Laura Misellie

Hailey Blake

Bad Boys küssen besser

Laura Misellie wurde 1990 im Ruhrgebiet geboren. Nach einer Ausbildung in einer Anwaltskanzlei in Oberhausen entschied sie sich dafür, die Beamten- laufbahn einzuschlagen. Heute lebt sie mit Hündin Ellie und Kater Aramis in Duisburg.
Seit April 2017 veröffentlicht sie Romane in den Genres Fantasy und New adult Romance, seit September 2020 unterstützt sie außerdem als Buchblog- gerin andere Autoren.

Mehr über Laura Misellie:
www.lauramisellie.de
www.facebook.com/lauramiselliautorin
www.instagram.com/lauramiselliautorin

Laura Misellie

Hailey Blake

Bad Boys küssen besser

FSC
www.fsc.org
MIX
Papier aus ver-
antwortungsvollen
Quellen
Paper from
responsible sources
FSC® C105338

Biografische Information der Deutschen Nationalbibliothek: Die Deutsche Nationalbibliothek verzeichnet diese Publikation in der Deutschen Nationalbibliografie; detaillierte bibliografische Daten sind im Internet über http://dnb.dnb.de abrufbar.

© 2019 Hailey Blake – Bad Boys küssen besser | 1. Auflage | Laura Misellie

Lektorat: Emilia Hasse
Korrektorat: Sandra Linke
Umschlagsgestaltung: Epic Moon Coverdesign
Herstellung und Verlag: BoD - Books on Demand, Norderstedt

ISBN: 9783753460956

Für **Frau Grütter**
Die Frau, die meine Leidenschaft für das Verfassen von Geschichten
bereits wahrgenommen hat, als sie mich das Schreiben lehrte.

Und für **Herrn Sawall**
Ich werde niemals diese eine Lehre vergessen, die sie uns mit auf den
Weg gegeben haben: „Wer lesen kann, ist klar im Vorteil."
Obwohl ich sie während der Schulzeit nie so umgesetzt habe, wie Sie
es sich gewünscht haben, so entsprach es doch immer einem Teil von
mir, nämlich der Liebe zu Büchern.
Geweckt durch Sie und unsere gemeinsame, erste Lektüre
„Herzgeflimmer".

Diese Geschichte spielt in einer ausgedachten Welt, mit nicht realen Schulformen, Städtenamen und gesetzlichen Bestimmungen.

Kapitel 1

»Er ist dein Freund, nicht meiner«
Mittwoch, 28. August

Er fällt mir direkt auf, als er den Raum betritt. Mit seinen hellbraunen Haaren und der stattlichen Statur. Und dann diese unglaublichen Augen. Welche Farbe ist das? Ich kann es von meinem Platz aus kaum erkennen, aber sie wirken grau. Blaugrau. Ich muss mich stark zusammenreißen, nicht allzu auffällig zu ihm zu starren.

Die Schuluniform, die niemand mag, scheint auch ihm zuwider zu sein. Das Hemd steckt lieblos in seiner Hose, hängt an einer Stelle über dem Gürtel. Die Krawatte liegt lose um seinen Hals. Er trägt die Schultasche lässig über der Schulter. Sein Gesichtsausdruck wirkt emotionslos und dadurch beinahe schon arrogant. Trotzdem steht er dort, vor der ganzen Klasse, und ist unglaublich attraktiv. Der Neue.

Er muss verschlafen haben. Offenbar hat ihm an diesem Morgen die Zeit gefehlt, sich vernünftig anzuziehen. Oder es ist ihm einfach egal, dass er nicht korrekt angezogen ist. Das würde zu der kühlen Mimik und der distanzierten Körperhaltung passen. Und vor allem passt es besser zu meiner Einschätzung, als ich ihn das erste Mal gesehen habe.

Für mich ist der Neue nämlich nicht wirklich allzu neu. Erst gestern ist er mir aufgefallen, als er und ich Zeugen einer Auseinandersetzung zwischen Benjamin Grolf und Gary Blansted waren. Ich schritt ein, er nicht.

In diesem Moment lenkt Thalia Mudo meine Aufmerksamkeit auf sich. Sie steht auf und stolziert auf den Neuen zu. Es ist zu erwarten gewesen, dass sie ihre Chance gleich nutzt. Niemand flirtet so viel wie sie.

Ich verdrehe genervt die Augen, will mir das Schauspiel aber auch nicht entgehen lassen.

Sie stellt sich dicht neben den Neuen, sieht zu ihm auf und stößt lediglich ein »Hey« aus. Ihre blonde Hochsteckfrisur sitzt perfekt. Bei dem vielen Haarspray ist das kein Wunder. Ähnliche Mengen Make-up befinden sich in ihrem Gesicht. Man könnte es wie immer heruntermeißeln.

Obwohl einige meiner Mitschüler ebenfalls interessiert beobachten, was sich vor ihren Augen abspielt, scheint der Neue sich nicht im Geringsten für Thalia zu interessieren. Er starrt sie an, doch es macht den Eindruck, als sähe er geradewegs durch sie hindurch. Dabei lässt sich ihr aufgedonnertes Äußeres eigentlich nur schwer ignorieren.

»Ich bin Thalia«, fährt sie nach einer Pause fort. »Thalia–«

»Mudo!«, wird ihr Name durch den Raum gebrüllt.

Sie zuckt merklich zusammen.

Im Klassenzimmer herrscht augenblicklich absolute Stille. Während jeder versucht, auf dem schnellsten Weg zu seinem Platz zu kommen, lehnt der Neue lässig an der Wand. Er ist augenscheinlich völlig unbeeindruckt von dem Gebrüll unseres Mathe- und Sportlehrers Mr. Jason Qurandi.

2

Der, seines Zeichens stellvertretender Schuldirektor, ist ein furchtbarer Lehrer. Er mobbt Schüler und wird oft beleidigend. Deshalb macht es den Eindruck, dass er seinen Job hasst. Er ist jeden Tag grauenhaft gelaunt und nicht zögerlich beim Verteilen von Strafarbeiten, weshalb sein Auftauchen etwas auslöst, das einer Panik ähnelt.

Es dauert nicht lange, bis ihm auffällt, dass jemand im Raum nicht von ihm beeindruckt ist und sofort den Kopf einzieht. »Du!« Er kneift die Augen zusammen, bis sie bloß noch Schlitze sind, und deutet ungeniert mit dem Finger auf den Fremden. »Setzen!«

Der Neue stößt sich von der Wand ab und geht langsam auf ihn zu. Ohne einen Ton von sich zu geben, lässt er eine Mappe auf das Lehrerpult fallen.

Mr. Qurandi, der schon fast schäumt vor Wut, schlägt die erste Seite auf. Dann wendet er sich gereizt den restlichen Schülern zu. »Kai McKenzie besucht von nun an diese Klasse.«

Ich schaue zu Alex und Gary. Alex grinst. Er amüsiert sich offenbar über Qurandis Autoritätsversuch. Gary starrt bloß mit glasigem Blick auf seinen Tisch. Ob er ihn wiedererkennt?

»Blake!«

Dass mir kein erschrockener Laut entfährt, ist reiner Zufall. Ich hasse es, wenn Qurandi meinen Namen brüllt. Widerwillig hebe ich die Hand.

»McKenzie, das ist Miss Blake. Neben ihr ist ein freier Platz. Wenn Sie Fragen haben, stellen Sie sie ihr. Und das gefälligst erst nach dem Unterricht.«

Langsam kommt Kai näher und setzt sich auf den Stuhl, der ihm zugeteilt wurde.

Ich spähe zu ihm herüber. Warum Qurandi ausgerechnet mich als Kais Ansprechpartnerin bestimmt, ist mir ein Rätsel.

Aber es ist kein Wunschkonzert. Wenn Qurandi will, dass ich mich um den Neuen kümmere, dann sollte ich das auch tun.

***

Was aber vorab erst mal über mich erzählen?

Mein Name ist Hailey Blake.

Der grinsende Idiot am anderen Ende des Raumes ist Alexander Matthews und mein bester Freund. Er ist ein sympathisches Kerlchen. Meistens jedenfalls. Alex gehört durchaus zur witzigen Sorte Typ, der einen im richtigen Moment zum Lachen bringen kann.

Wir besitzen seit diesem Sommer den ersten Grad unseres Schulabschlusses. Damit steht uns frei, eine Berufsausbildung zu beginnen. Doch wir haben beide beschlossen auf der Spellington-High zu bleiben, um den zweiten und somit höheren Grad in Angriff zu nehmen. Bei der anschließenden Jobsuche wird uns das einen Vorteil einbringen. Fast jeder unserer Mitschüler traf dieselbe Entscheidung, deshalb stellt es kaum eine Veränderung dar, weiterhin die Schulbank zu drücken.

Außer Alex gibt es in meinem Leben noch Benjamin Grolf und Gary Blansted. Sie sind Freunde von Alex. Ich verbringe deshalb viel Zeit mit ihnen. Eigentlich mag ich aber weder den einen noch den anderen.

Neben den dreien gibt es in meinem Leben noch Thalia Mudo, das Mädchen mit dem aufgedonnerten Äußeren. Uns verbindet seit dem Kindergarten eine ständig wechselnde Freundschaft. Die meiste Zeit finde ich sie anstrengend, doch irgendwie haben sich unsere Wege bisher nie vollständig getrennt.

Im Prinzip – und das klingt traurig, ich weiß – ist Alex mein bester und auch einziger Freund.

Kai McKenzie scheint sich für nichts und niemanden zu interessieren. Als der Schulgong ertönt, der das Ende des Schultages verkündet, habe ich ihn noch immer kein Wort sagen hören. Mein Blick haftet an ihm, als er seine Bücher in den Spind räumt.

In diesem Moment stellt Alex sich zu mir und grinst. »Mathe war doch heute mal richtig cool.«

»Sicher«, erwidere ich tonlos, wende dabei den Blick nicht von dem Neuen ab.

»Hast du Qurandis Gesichtsausdruck gesehen, weil er ihn ignoriert hat?« Alex scheint mal wieder mit Humor an die Sache heranzugehen, das tut er immer. Als ich aber trotzdem nicht reagiere, folgt er meinem Blick und sein Grinsen wird breiter. Er stolziert auf Kai zu, lehnt sich gegen einen Spind und spricht ihn an.

Langsam, um bloß nicht in das Bevorstehende hineingezogen zu werden, folge ich ihm. Ich kenne Alex' aufdringliche Art und bin mir sicher, dass Kai sich dadurch gestört fühlen wird. Es gibt vermutlich einen Grund, wieso er den ganzen Tag mit niemandem gesprochen hat.

»Hey.« Alex versuchte, mit der Betonung des Wortes cool und lässig zu wirken. Ich mag ihn gern, aber das ist er nicht. »Woher kommst du?«

Kai legt sein letztes Buch in den Spind und wendet sich, ohne einen Gruß zu erwidern, von Alex ab. Er sieht ihn nicht mal an.

Als er an mir vorbeigeht und sich unsere Blicke wie von selbst treffen, lächle ich. In seinen Augen erkenne ich jedoch deutliche Ablehnung. Bevor ich mich zwingen kann, das Lächeln zu unterlassen, ist er bereits hinter mir verschwunden.

5

»Wohl nicht sehr gesprächig, was?«, ruft Alex ihm verärgert hinterher. Er kommt auf mich zu, und ich erkenne den Frust wegen Kais Ablehnung sogar in seiner Körperhaltung.

Ich weiß nicht, wieso er sich aufregt. Kai ist nur irgendjemand. Dann ist er eben kein netter Mensch. Wen kümmert das? Stattdessen beschließe ich, etwas zur Sprache zu bringen, was mich amüsiert. »Du hättest jetzt mal *deinen* Gesichtsausdruck sehen sollen.«

Alex' Blick ist noch immer stur auf die Tür gerichtet, hinter der Kai verschwunden ist. Dann schüttelt er den Kopf und schließt vermutlich innerlich mit dem Thema Kai McKenzie ab.

Obwohl ein Teil von mir das ebenfalls will, bin ich fasziniert von dem Neuzugang. Keine Freunde zu suchen, ist in Ordnung. Vielleicht braucht er Zeit. Aber sogar jeglichen Kontakt zu scheuen, ist auffällig. Es weckt meine Neugier.

»Gary hatte es heute eilig«, spricht Alex auf dem Heimweg das Thema an, das mir seit dem gestrigen Tag auf der Seele brennt.

»Das liegt vermutlich an seinem Streit mit Ben. Er hat ein paar neue Freunde, und mit denen versteht sich Gary nicht besonders.«

Das ist wohl noch die Untertreibung des Tages. Angepöbelt haben sie ihn, sogar geschlagen. Gary suchte daraufhin so schnell das Weite, dass mich seine miese Laune an diesem Tag nicht wundert.

»Ja, die habe ich auch schon gesehen.« Alex weicht meinem Blick aus und sieht mit einer schuldbewussten Miene auf den Boden.

Ich bleibe stehen und verschränke die Arme vor der Brust.

6

Er räuspert sich und hält erst ein Stück entfernt inne. »Es tut mir leid ... Okay, hör mal. Ich mag Ben und finde es nicht gut, wenn du dich ständig mit ihm anlegst. Es ist bloß eine seiner Phasen. Das wird wieder vorbeigehen. Also vielleicht könntest du ihn einfach in Ruhe lassen, auch wenn er gerade nicht deinen Anforderungen entspricht.«

Ich stoße einen abschätzigen Laut aus. Ist das sein Ernst? Eine seiner Phasen? Ich spüre Bens Veränderung schon seit geraumer Zeit. Er ist launisch und wirkt immer öfter unberechenbar. Das schiebe ich nicht auf eine Phase, sondern eher auf einen psychischen Knacks. Nun steht ausgerechnet mein bester Freund vor mir und verteidigt die Tatsache, dass Ben mit einer Schlägertruppe um die Häuser zieht.

Ja, es stimmt. Ich kann Ben nicht ausstehen. Mit wem er seine Zeit verbringt, ist mir herzlich egal, solange ich ihn nicht um mich haben muss. Da ich ihn aber zwangsläufig zu ertragen habe, weil Alex ihn mag, kann ich nicht wegsehen, wenn er sich verhält wie ein psychopathischer Schläger.

Dennoch beschließe ich, dichtzumachen. »Was interessiert es mich eigentlich?« Ich zucke mit den Schultern und laufe die Auffahrt zum Haus hoch. »Er ist dein Freund, nicht meiner.«

Nicht mal die Rosensträucher und der angenehme Schatten, den die hochgewachsenen Bäume auf den Weg werfen, können den drastischen Abfall meiner Laune noch retten. Die Geduld für Alex' und die Verteidigungsversuche seiner Freunde hat schon immer ihre Höhen und Tiefen gehabt, doch momentan steht es darum besonders schlecht.

Ohne ein weiteres Wort betrete ich den Hausflur und lasse die Tür hinter mir ins Schloss knallen. Durch das Fenster gleich daneben beobachte ich, wie Alex den Kopf hängen lässt und seinen Weg nach Hause fortsetzt.

Seufzend lasse ich meinen Rucksack auf den Boden fallen. »Mama?« Ich verharre an Ort und Stelle, doch mein Ruf wird nicht erwidert. Das wundert mich nicht. Bestimmt ist sie im Büro und wird erst spät am Abend wieder da sein. So ist es beinahe jeden Tag.

Mir steht nicht der Sinn danach, allein in diesem Haus zu sitzen, solange ich innerlich aufgewühlt bin. Ich beschließe, wieder zurück zur Schule und in das danebenliegende Café *Luk's* zu gehen, um dort ein bisschen die Zeit totzuschlagen.

Auf dem Weg komme ich am Bolzplatz vorbei. Zuerst wundere ich mich nicht darüber, dass hier keine Kinder spielen. In der prallen Mittagssonne haben wir gefühlt vierzig Grad. Es ist unerträglich heiß, und niemand hält sich wohl länger im Freien auf, als er zwingend muss. Außer denen, die einen Garten mit Pool vorweisen können. Obwohl uns meine Mutter ein angenehmes Leben bietet und nicht wenig Geld nach Hause bringt, bin ich keine glückliche Besitzerin eines Pools.

Um mich herum herrscht Stille. In der Ferne grillt jemand, der Geruch steigt mir in die Nase. Dann wird die Ruhe gestört.

Ben und Kai stehen am Rand des Bolzplatzes und ich erschrecke mich, als Kai McKenzies Hand in diesem Augenblick an Bens Hals schnellt. »Droh mir nicht!« Obwohl er nicht laut spricht, höre ich jedes Wort.

Ich erstarre. Am liebsten würde ich das Atmen einstellen, um möglichst unauffällig zu wirken. Stattdessen verschwinde ich in hockender Haltung hinter einem Baum, um nicht entdeckt zu werden. Mich zu verstecken, scheint mir in diesem Moment angebracht zu sein.

»Jeder hat eine Schwachstelle, McKenzie«, höre ich Ben sagen. Ich erkenne ein kleines Lachen in seiner Stimme. »Verscherz es dir nicht mit mir, denn wenn ich *deine* finde …« Er vollendet den Satz nicht.

Stattdessen höre ich Schritte, die sich entfernen.

Weil ich vermute, dass die Luft rein ist, komme ich hinter dem Baum hervor und wische mir den Dreck von den Händen. Dann gehe ich einen Schritt nach vorn, als ich Kai nicht nur sprichwörtlich geradewegs in die Arme laufe.

Ich schrecke zurück, und als mir sein wütender Gesichtsausdruck auffällt, sehe ich ihm nicht länger in die Augen.

»Wie lange stehst du da schon?«, fährt er mich an und starrt dabei herrisch auf mich herunter.

So viel größer ist er gar nicht, doch ich fühle mich in seiner Gegenwart schlagartig unglaublich klein.

Ich runzele wegen seines Verhaltens die Stirn, als er sich ein paar Schritte von mir entfernt. Mit seinem verbalen Ausfall animiert er mich nicht gerade dazu, ihm zu antworten, also schweige ich.

Er meidet den Blickkontakt, reibt sich mit der Hand durch das Gesicht und mit den Fingern über die Augen.

Ich will mich zuerst abwenden und das Weite suchen, doch dann entscheide ich mich um und mache einen Schritt auf ihn zu. Neugier siegt bei mir zu oft über die Vernunft.

Kai steckt die Hände in seine Hosentaschen, lässt die Arme locker hängen und tritt einen kleinen Stein weg. Er dreht mir den Rücken zu, schlendert lässig auf und ab. Ich will gerade etwas sagen, als er mich anspricht. »Du musst wissen, dass ich hier neu bin und keine große Lust habe, mich für Leute einzusetzen, die ich nicht kenne.«

Er legt Rechenschaft für den vorigen Tag ab, das ist mir klar. Es wundert mich. Erst redet er kein Wort, jetzt will er sich erklären?

Sein Verhalten macht mich nach wie vor neugierig, doch der aggressive Ton in seiner Stimme lässt mich angespannt dastehen. »Du solltest Ben gegenüber nicht so vorlaut sein, wie du es gestern warst.«

Reine Definitionssache. Meiner Ansicht nach habe ich Ben lediglich gesagt, er solle Gary in Frieden lassen und sich nicht so aufspielen. Ich würde es eher als mutig bezeichnen, denn niemand sonst hat die Courage bewiesen, Ben aufzuhalten.

Ich lache leise. »Also soll ich lieber wie ein schüchternes Mädchen vor ihm weglaufen?« Noch nie habe ich mich vor Ben zurückgenommen. Ich werde mit Sicherheit nicht heute damit anfangen, weil ein Fremder mir dazu rät.

»Bist du denn nicht genau das?« Kai mustert mich.

Ist das der Schluss, zu dem er nach nur einem Tag gekommen ist? Er geht davon aus, dass ich nichts weiter bin als ein braves Vorstadtmädchen?

Zum Teil stimmt das sogar. Ich störe nie, bin meistens freundlich und hilfsbereit. Das ist auch schon alles. Ich bin aber dennoch nicht unscheinbar, steche oft heraus. Woran das genau liegt, weiß ich nicht. Vielleicht daran, dass ich nicht auf den Mund gefallen bin. Mir liegt das Herz auf der Zunge, hatte Alex mal gesagt. Leider spreche ich deshalb nur allzu oft aus, was ich denke. Auch dann, wenn es angebracht wäre, es für mich zu behalten. Alex hat außerdem mal behauptet, dass ich nicht unbedingt aussähe wie eine Kiste Nägel. Das sollte wohl ein Kompliment sein.

Kai holt mich aus meinen Gedanken, als er zu mir schlendert und neben mir stehenbleibt.

Ich wende meinen Blick abrupt von seinem Gesicht ab, da mir der kühle Gesichtsausdruck nicht zusagt. Doch dann bemerke ich die Verletzungen an seinen Armen. Kratzer, blaue Flecken und Blutergüsse.

Schon als ich Luft hole, fällt er mir schroff ins Wort. »Stell mir jetzt keine dummen Fragen, ja? Ich will nichts hören.« Obwohl die Worte hart klangen, liegt eine Spur von Erschöpfung in seinen Augen.

Als er dann die Hände aus den Taschen zieht, halte ich für einen Moment die Luft an. Mein Blick haftet an einer frischen Wunde. Sie befindet sich direkt an seinem Handgelenk.

Kapitel 2

»Kai.«

Für einen Moment wirkt dieser äußerst verwundert, dann dreht er sich zu der Person um, die ihn angesprochen hat.

Ich werfe dem Fremden ebenfalls einen überraschten Blick zu. Er wirkt auf eine merkwürdige Art gleichzeitig glücklich und verloren.

Kai scheint von dem Auftauchen des Jungen zuerst aus der Bahn geworfen zu werden. Er bringt nicht mehr heraus als dessen Namen. »Ray.«

Eine merkwürdige Stimmung liegt in der Luft.

Der Fremde sieht erst zu Kai, dann fällt sein Blick auf mich und er reicht mir die Hand. »Ich bin Ray Klevens, ein Freund von dem hier.« Er lächelt.

Ich erwidere es und bin überrascht, dass jemand so nett wirkt, obwohl er Kai seinen Freund nennt.

Was hat es wohl mit den beiden auf sich? Jetzt sind schon zwei Fremde im Dorf, das ist für Spellington wirklich ungewöhnlich.

Um irgendwie auf Rays Worte zu reagieren, werfe ich Kai einen verstohlenen Blick zu. »Ich nehme an, dass Kai dein einziger Freund ist, oder?« Über dessen schroffe Art kann ich nicht so leicht hinwegsehen und bin deswegen nicht in bester Stimmung. Da ändert auch die Freundlichkeit von Ray nichts dran.

Kai starrt mich zuerst abweisend an, dann wendet er sich dem Neuankömmling zu. »Wir sollten uns unterhalten.«

Ray lächelt noch immer, doch Unsicherheit schimmert hindurch.

Ich nicke bloß und beschließe, den beiden ihren Raum zu lassen. Trotzdem hoffe ich, dass ich zu einem späteren Zeitpunkt erfahren werde, was es mit dem plötzlichen und zeitgleichen Auftauchen der beiden auf sich hat.

Von diesem Aufeinandertreffen irritiert, gehe ich doch nicht zum Café und beschließe stattdessen, umzukehren. Als ich das Haus betrete, stelle ich überrascht fest, dass meine Mutter inzwischen dort ist. Als ich nach dem Grund für ihre frühe Anwesenheit frage, verkündet sie mir, ein Date zu haben.

Um zu verstehen, wieso mich diese Aussage verblüfft, muss ich wohl die häuslichen Umstände erklären.

Es gibt nur meine Mutter und mich. Wir leben allein in einem schönen, großen Haus mitten in Spellington. Ich wuchs ohne Vater auf. Irgendwo da draußen gibt es einen, aber aus den wenigen Erzählungen meiner Mutter weiß ich bloß, dass er uns kurz nach meiner Geburt verließ. Seitdem gab es keinen Kontakt.

Für gewöhnlich bleibt meine Mutter konsequent allein, bringt nie Männer nach Hause mit. Sie arbeitet in der Stadt und ist eine bekannte Anwältin. Deshalb verbringt sie ohnehin meist den ganzen Tag im Büro.

Das könnte sich ändern, sollte sie sich auf eine Beziehung einlassen. Mir ist es im Prinzip egal. Ich gebe zu, dass mir eine Vaterfigur gefehlt hat, allerdings bin ich in meinem Alter auch nicht mehr scharf darauf, einen potentiellen Kandidaten vorgesetzt zu bekommen.

Den Nachmittag verbringe ich in aller Ruhe vor dem Fernseher. Am Abend wird meine Mutter von ihrem Date abgeholt. Ich halte mich im Hintergrund, weil ich kein Interesse daran habe, den Mann kennenzulernen. Überrascht bin ich, als meiner Mutter keine zwei Stunden später wiederkommt. Und das auch noch mit ihrem Date.

Nur wenige Minuten später sitzen wir gemeinsam im Wohnzimmer und die Situation wirkt durchaus angespannt. Wer will denn bitte am Date der eigenen Mutter teilnehmen? Sie hätte mir den Mann auch erst in einigen Wochen vorstellen können.

Richtig unangenehm wird es, als der neue Göttergatte beschließt, mich auszufragen. Keine sinnvollen Fragen, geschweige denn originelle. Ob es ein Handbuch gibt, das einem näherbringt, wie man die Tochter des Dates für sich einnimmt? Eine komische Vorstellung. Na ja, ungefähr so merkwürdig wie dieser Moment.

Der arme Michael – sich vorzustellen war offenbar Punkt eins im Handbuch - stellt tapfer jede Frage, die ihm einfällt. »Und du gehst auf die Spellington-High?«

Ich antworte freundlich, denn ich will nicht dazu beitragen, den ersten Mann seit Ewigkeiten gleich wieder zu vergraulen. »Ja, es ist naheliegend, da ich ja hier wohne.«

»Und es läuft gut, ja? Macht dir die Schule Spaß?«

Was für eine blöde Frage. Welcher verrückte Teenager denkt denn bitte so? Mir gelingt dieses Mal nur eine Antwort, die deutlich nach Sarkasmus klingt. »Oh ja, irre Spaß.«

Michael lächelt, hat meinen Unterton anscheinend nicht herausgehört. »Und hast du denn auch schon einen Freund?«

Wow, okay … Diese Frage würde ich nicht mal meiner Mutter beantworten, völlig gleich wie die Antwort ausfällt.

Regen prasselt gegen das Fenster. Es fällt mir nur auf, weil endlich Stille herrscht. Michael scheinen die Fragen auszugehen. Oder ihm gefallen meine Antworten nicht.

Ich bemerke die Anspannung im Raum, meine Mutter nicht. Sie grinst bloß wie ein verliebter Teenager.

Merkwürdigerweise scheint es Michael nicht sonderlich zu stören, dass geschwiegen wird. Vermutlich ist es ein komischer Abend für ihn. Er will weg, da bin ich mir sicher.

Und dieses Gefühl teile ich mit ihm. Offenbar sind Dates nicht ganz die Sache meiner Mutter. In Zukunft sollte sie es lieber wieder lassen, denn Michael Brown werde ich nach diesem Abend bestimmt nie wiedersehen.

Donnerstag, 29. August

Am nächsten Morgen bin ich Alex noch immer so böse, dass ich nicht auf ihn warte und mich stattdessen allein auf den Weg zur Schule mache.

Dort angekommen stelle ich als Erstes überrascht fest, dass der schweigsame Kai McKenzie inzwischen um einiges redseliger ist. Bei ihm steht der Junge vom Vortag und die beiden führen eine energische Unterhaltung.

Als ich mich ihnen nähere, brechen sie ihren Dialog ab.

Kai mustert mich mit deutlicher Ablehnung im Blick.

Sein Gegenüber allerdings zwingt sich erneut zu einem Lächeln und streckt mir die Hand entgegen. »Nochmal der Form wegen … Ray Klevens«, stellt er sich freundlich vor. »Und bevor du jetzt beschließt, weiterzugehen und mich für immer zu ignorieren … Ich bin netter als der da.« Ein Grinsen huscht über sein Gesicht.

Verwundert schüttelte ich seine Hand. »Seid ihr Brüder?«

Ray lacht herzlich. »Nein, nur Freunde. Wir kennen uns aber schon unser ganzes Leben, also in gewisser Weise macht uns das zu einer Familie.«

Ein merkwürdiger Zufall, dass sie beide innerhalb so kurzer Zeit hier auftauchen. Doch meine Neugier ist erneut geweckt, und mit Ray erhoffe ich mir ein informativeres Gespräch, um dieser Sache auf den Grund zu gehen.

»Eigentlich war ich gerade auf dem Weg zum Direktor, um mich hier anzumelden«, erklärt er sich. »Kai wollte mich hinbringen, aber vielleicht bist du ja auch so nett?« Er wendet sich von mir ab und seinem Freund zu. »Und du kannst ja irgendwo hingehen und Menschen mit deiner Art in die Flucht schlagen. Was meinst du?«

Kai erwidert kein Wort. Ich höre nur ein Brummen, als er uns zurücklässt und deutlich sichtbar mit dem Kopf schüttelt.

Ich beschließe, mich dadurch nicht beleidigt zu fühlen. Stattdessen nehme ich mich des Neuen an und führe ihn durch die Schulflure. Noch ist nicht viel los. Ich bin an diesem Morgen übereilt und früh aus dem Haus geflohen, um nicht mit meiner Mutter über unseren grauenhaften Abend reden zu müssen.

Nachdem wir Ray einen Stundenplan besorgt haben, schlendern wir über den Hof in die Sporthalle. Seine Anwesenheit ist im Vergleich zu Kais wesentlich angenehmer. Inzwischen weiß er über meine Familienverhältnisse Bescheid, weil er sich interessiert danach erkundigt hat. Als ich nach seinen frage, gerät das Gespräch allerdings ins Stocken.

»Es ist schwierig, das alles zu erklären«, murmelt Ray bloß. »Und Kai wäre wütend, wenn ich es versuche.«

»Was hat er mit deiner Familie zu tun?«, frage ich ihn.

»Einfach alles.« Er seufzt und lässt die Hände in seinen Hosentaschen verschwinden. Betreten sieht er auf den Boden, weicht meinem Blick aus. »Kai und ich sind keine Brüder, aber er ist meine Familie.«

Das ist ein inniges Freundschaftsband. Diese Tatsache allein überrascht mich nicht. Auch Alex und ich sind so gute Freunde, dass ich ihn zu meiner Familie zähle. Dass Ray aber wirkt, als verheimliche er mir etwas, lässt nicht zu, dass ich mich damit abfinde. Etwas bedrückt ihn. Seine fröhliche Art von vor nicht mal einer halben Stunde ist restlos verschwunden.

Ich seufze und formuliere nach einem Moment des Schweigens die Frage so freundlich, wie ich kann. »Was stimmt mit dir nicht?«

Eigentlich rechne ich nicht mit einer ehrlichen Antwort. Immerhin kennen wir uns kaum. Es gibt keinen plausiblen Grund, wieso er mir vertrauen sollte. Für ihn bin ich eine Fremde, so wie er für mich.

Umso überraschter bin ich, als er mir mitteilt, was ihm auf dem Herzen liegt. »Kai ist meine Familie, weil er alles ist, was ich noch habe. Er war da, als die Polizei an meiner Haustür geklingelt und mir mitgeteilt hat, dass meine Eltern auf dem Rückweg vom Restaurant verunglückt sind. Er war an meiner Seite, als ich begriffen habe, was das bedeutet.«

Überrascht vor Entsetzen reiße ich die Augen auf, als auch ich verstehe, was er mir da offenbart.

»Da wir in diesem tollen Land mit siebzehn nicht allein über unser Leben bestimmen dürfen, hat die Fürsorge mich in ein Heim gesteckt. Auf der Beisetzung meiner Eltern bin ich weggelaufen.«

Die Worte wecken Mitleid für den Fremden mit den treuen, braunen Augen. Deshalb ist er also hier. Er versteckt sich bei seinem Freund.

»Aber was sagen Kais Eltern dazu?« Ich versuche, mir die Umstände zusammenzureimen. »Es ist eine große Sache, dass du einfach verschwindest. Denkst du nicht, dass sie es melden werden?«

»Kai kam allein her«, weist Ray mich darauf hin. Es klingt, als ob ich es wissen müsste.

»Also ist er schon volljährig?«

»Bald.«

Unsere Blicke treffen sich.

Scheinbar wartet er auf eine Reaktion. Auf eine Entscheidung.

Ich will ihnen ihre Anwesenheit nicht erschweren, mich nicht in ihre Gründe dafür einmischen.

Ray möchte in der Nähe des einzigen Menschen bleiben, der für ihn noch die Bedeutung von Familie hat. Kai hat vermutlich ebenso einen Grund, wieso er nach Spellington gekommen ist.

Ich nicke und beschließe, mich mit den Umständen abzufinden. »Am besten behauptest du, dass deine Eltern dich hier wohnen lassen. Falls mal jemand danach fragt.« Noch einmal nicke ich. »Niemand sollte erfahren, dass du Waise bist. Wissen Kais Eltern, dass er hier ist?« Erneut sehe ich diesen merkwürdigen Ausdruck in Rays Augen. »Ach, was frage ich eigentlich?«

Er lächelt nur verlegen.

»Wo wohnt ihr?«

»Kai besitzt ein Haus.«

Ich stoße ein Lachen aus. »*Wer* ist er? Was treibt er hier?«

Ray senkt den Blick. »Du musst nur wissen, dass er genug Geld hat, damit wir davon leben können. Frag ihn bitte niemals nach dem Warum, in Ordnung?«

Das habe ich nicht vor, weil ich mir ziemlich sicher bin, dass sein Hauskauf nicht mit rechten Dingen vor sich ging. Aber diese ganze Sache ist nicht mein Problem. Es geht mich nichts an, was sie hier treiben und was sie hergeführt hat. An mir soll ihr Erfolg nicht scheitern.

Mit diesem Gedanken endet unser kleiner Ausflug auf die andere Seite des Schulgeländes. Ein Blick auf die Uhr verrät mir, dass wir uns langsam auf den Weg in den Klassenraum machen sollten. Bei Qurandi zu spät zu kommen, trägt nicht zu seiner Zufriedenheit bei.

Der Hof ist wie leergefegt. Auch in den Schulfluren, die normalerweise um diese Uhrzeit von Hektik erfüllt sind, ist nicht eine Menschenseele, als wir das Gebäude betreten.

»Ist es hier immer so still?« Ray lächelt, doch in seinen Augen liegt die gleiche Verwunderung, die ich verspüre.

Nein, es ist niemals ruhig in dieser Schule. Selbst wenn alle Klassen im Unterricht sind, hört man wenigstens leise Stimmen aus den Räumen dringen.

Auf dem Flur liegen vereinzelt Rucksacke, als seien sie lieblos abgeworfen worden. Die absolute Stille um uns herum frisst sich wie ein ungutes Gefühl in meinen Bauch. Etwas stimmt hier nicht.

»Suchen wir jemanden«, äußere ich verhältnismäßig leise.

Auch der nächste Gang ist auf den ersten Blick wie leergefegt. Intuitiv greife ich nach der Klinke zu meinem Klassenraum und drücke die Tür vorsichtig auf. Doch dann erkenne ich, dass etwas am anderen Ende des Flurs auf dem Boden liegt. Ich kneife die Augen zusammen, um es besser sehen zu können.

»Julie«, hauche ich bloß, als ich den Körper meiner Mitschülerin erkenne.

Sie rührt sich nicht.

In dieser Sekunde wird mir klar, was hier passiert. Mein Blick prüft hektisch alle Einzelheiten.

Julie liegt in einem ungleichmäßigen, roten Kreis auf dem Boden, den Blick starr auf die Wand gerichtet. An dieser befinden sich Spritzer der gleichen Farbe.

Ich verspüre Panik. Ein Schrei bahnt sich den Weg durch mein Innerstes. Doch bevor er hinausdringt, hindert mich eine Hand auf meinem Mund daran.

Ruckartig werde ich zur Seite gerissen.

Kai McKenzie drückt mich an die Wand, seine Hand noch immer fest auf meinem Mund. Hinter ihm eilt Alex zur Tür und schließt sie leise. Neben uns steht Ray, die Augen weit aufgerissen. Er presst sich selbst die Hand auf den Mund, als stünde er ebenfalls kurz davor, zu schreien.

Meine Augen suchen den Raum ab. In der Ecke kauert Thalia, wippt vor und zurück, die Hände auf die Ohren gepresst und die Augen zusammengekniffen. Sonst ist niemand bei uns.

Ich selbst zittere und gebe mir alle Mühe, den Anblick von Julie aus meinen Gedanken zu verdrängen. Ihr lebloser Körper, die vor Angst aufgerissenen Augen, das Blut. Es gelingt mir nicht. Meine Finger krallen sich in Kais Armen fest. Nicht bewusst. Ich kann es nicht verhindern.

Kai starrt mich eindringlich an, ermahnt mich damit, still zu sein. Das tut er eine gefühlte Ewigkeit. Bis sich meine Atmung verlangsamt und ich mich beruhige. Erst mein Nicken bringt Kai dazu, von mir abzulassen. Er lässt mich los, weicht zurück und stellt sich dicht an die Wand neben der Tür.

Alex' und mein Blick treffen sich. Ich eile in seine Arme und fühle mich ein kleines Bisschen besser, als er mich fest an sich drückt. Unser Streit ist vergessen, und ich will nur noch von ihm wissen, was hier vor sich geht.

Als ich die Frage beinahe lautlos flüstere, ist es erst seine Antwort, die mir das Grauen endgültig verdeutlicht.

»Es ist Ben. Er läuft Amok.«

Kapitel 3

»Verschwindet«
Donnerstag, 29. August

Rückblickend hätte ich all die Male, die ich Ben offenbarte, dass er mir zuwider ist, besser die Klappe gehalten. Ich glaube zwar nicht, dass mein Verhalten der Grund für dieses Desaster ist, allerdings ist es bestimmt eine der unendlich vielen Kleinigkeiten, die hierzu beigetragen haben. Dazu, dass er den Verstand verlor.

Die näherkommenden Sirenen verschaffen mir zuerst ein Gefühl der Sicherheit. Doch als auch Minuten später noch immer keine Entwarnung gegeben wird, glaube ich, dass sie uns nicht so bald zu Hilfe kommen werden. Sie müssen sich vermutlich erstmal einen Überblick verschaffen. Die Polizei weiß nicht, wo sich Ben befindet.

Wir erfahren das leider in diesem Augenblick schneller, als uns lieb ist. Die Tür öffnet sich und Ben betritt mit einer Schusswaffe in der Hand den Klassenraum.

Ich stehe bloß da. Seltsamerweise fühle ich mich nicht von Furcht zerfressen, denn ich habe Alex an meiner Seite. Nach dem Gespräch mit Ray über starke Freundschaftsbande glaube ich fest daran, dass wir das gemeinsam überstehen können.

Hätte ich gewusst, dass dieses Band im selben Moment an Bedeutung verliert, wäre ich an diesem Morgen vermutlich nicht so überstürzt aus dem Haus geeilt. Ich wäre im Bett geblieben und hätte den Tag verstreichen lassen.

Aber ich bin hier und werde in dieser Sekunde von meinem besten Freund in die Richtung eines Irren gestoßen, während er selbst zu seinem Schutz hinter dem Pult in Deckung geht. Es ist ein grober Stoß, der mich Ben ausliefert. Es wäre zum Lachen, wenn es mir nicht das Herz zerreißen würde.

Nur einer amüsiert sich sichtlich darüber. Der Verrückte mit der Waffe in der Hand, in deren Mündung ich starre. Noch vor einer Sekunde habe ich mich sicher gefühlt, durch die bloße Anwesenheit meines besten Freundes. Jetzt stehe ich da, und mir wird bewusst, dass ich in Schwierigkeiten stecke.

Ben und ich sehen einander in die Augen. Etwas an ihm hat sich zunehmend verändert. Mal für Mal, wenn wir uns sahen, ist es schlimmer geworden. Es ist der Ausdruck in seinen Augen. An diesem Morgen macht er mir das erste Mal Angst.

Ich erkenne Verrücktheit. Er wirkt überhaupt nicht zurechnungsfähig.

Benjamin Grolf zielt auf mich und *lächelt*. Seine Augen funkeln. Er empfindet Freude, weil er mich verängstigt. Das ist nicht normal. Ben ist krank. Das wird mir jetzt deutlich bewusst. Aber wie soll ich aus der Sache herauskommen? Wie kann ich ihn dazu bringen, die Waffe zu senken?

Es ist vorbei. Ben wird mich erschießen und es gibt nichts anderes, woran ich denke. Fallen einem im Angesicht des Todes normalerweise nicht all die schönen Momente ein, die man erlebt hat?

Ich werde sterben.

»Hey …« Ray schiebt sich genau in die Schusslinie.

Ich bin fassungslos wegen dieser Geste.

Ben senkt die Waffe. Als sei er irritiert, weil er Ray nie zuvor gesehen hat. Ich wünschte, ich würde deswegen Erleichterung verspüren, doch ich halte nur die Luft an.

Kai steht hinter Ben an der Wand.

Der nimmt ihn nicht wahr, ist fokussiert auf Ray und mich.

Die Tatsache, dass Ray sich aufopfernd in die Schusslinie stellt, bringt Kai McKenzie dazu, leichtsinnig zu reagieren. Er könnte weglaufen und sich retten. Doch sein bester Freund ist in Gefahr, deshalb trifft er eine Entscheidung, die in keiner Weise der von Alex ähnelt. Er macht einen Schritt auf Ben zu.

Der wird in diesem Moment auf ihn aufmerksam und wirbelt herum.

Ein Schuss löst sich und ich zucke zusammen, stoße im selben Moment einen spitzen Schrei aus. Der Knall hallt mir in den Ohren.

Ich rechne damit, dass Kai zurückweicht oder umfällt, doch er hält nicht inne. Er greift nach Bens Arm und reißt ihn in die Höhe. Ein weiterer Schuss löst sich. Der Schreck geht mir durch Mark und Bein.

Ray zieht mich mit sich in die Hocke und drängt mich in die Ecke hinter dem Pult. Er hält mich im Arm, drückt mich fest an sich. Mit aufgerissenen Augen starrt er zu seinem besten Freund. Angst liegt in seinem Blick.

Auch ich beobachte die beiden.

Kai hat Bens Arm fest im Griff. Er hebt sein Knie und rammt es ihm in den Magen. Ben lässt daraufhin die Waffe los und sie fällt zu Boden. Er windet sich los, will sie erreichen, doch Kai hält ihn zurück und tritt ihm in die Seite. Ben stolpert, prallt mit Wucht gegen das Pult und presst sich die Hand auf die Rippen. Kai zögert nicht, holt aus und verpasst ihm einen Faustschlag ins Gesicht. Ben sinkt auf die Knie, als er auch schon im Nacken gegriffen wird. Sein Kopf knallt auf die Tischkante. Erst einmal, als würde Kai kurz zögern, dann ein zweites Mal, mit noch mehr Wucht.

Als Kai ihn loslässt, sinkt Ben bewusstlos auf den Boden.

Ich sitze nur da und rühre mich nicht, bin starr vor Angst. Mit den Händen klammere ich mich an Rays T-Shirt.

Uns gegenüber sitzt Alex. Sein Gesicht ist feucht. Er zittert und vermeidet den Blickkontakt zu uns.

Kai sieht auf Ben herunter, dann wendet er sich an Ray. »Du musst von hier verschwinden, sofort!« Es klang herrisch. Ein schmerzverzerrter Unterton lag in seiner Stimme.

Wir bringen uns auf die Beine und ich erkenne, warum.

Blut rinnt seinen Arm hinab und tropft auf den Boden. Dort bildet sich auch unter Bens Kopf eine kleine Blutlache.

Ray stürmt auf seinen Freund zu. »Was? Nein!« Von dem Waschbecken zu seiner Linken greift er sich das Handtuch und reicht es ihm. »Du musst das von einem Arzt ansehen lassen.«

»Aber du musst gehen, Ray.« Kai flüsterte es nur, doch deshalb klang es keineswegs weniger eindringlich. »Wenn sie dich hier finden—«

»Ich gehe aber nicht ohne dich«, unterbricht Ray ihn und mustert Kais Verletzung. »Das ist nur ein Streifschuss. Wir kriegen das hin. Du musst nur mit mir kommen.«

Rays Worte machen mir in diesem Moment deutlich, dass Kai keinesfalls in einem Polizeibericht genannt werden sollte. Jemand darf nicht wissen, dass er hier ist. Was auch immer die beiden hier gemeinsam durchziehen, ihr Erfolg ist davon abhängig, dass die falschen Leute sie nicht finden.

Ich stammele, als ich zu reden beginne. »Gleich um die Ecke führt eine Treppe in den Keller. Folgt dem Gang, dann kommt ihr automatisch am Lager der Krankenstation vorbei.

Nehmt mit, was ihr jetzt braucht. Dann verschwindet hinten raus. Alle Polizisten werden hier gleich reinstürmen.«

Kai und Ray mustern mich beide mit großen Augen.

»Na los, haut ab!«

»Was hast du ihr gesagt?«, raunt Kai seinem Freund zu.

»Geht!«, ermahne ich ihn energisch.

Ray nickt mir zu, dann schiebt er Kai aus dem Raum.

Schon kurz danach höre ich die Treppe zum Keller hinter ihnen zufallen und fast zeitgleich die Polizisten, die das Gebäude stürmen.

»Hier!«, rufe ich, um auf uns aufmerksam zu machen, und wende mich dann an Alex. »Steh auf.«

Hektisch gehe ich in Gedanken durch, wie sich der bewusstlose Ben plausibel erklären lässt. Als Alex sich aufrappelt und zu mir stellt, fällt mir etwas ein.

Männer in besonderer Schutzkleidung stürmen mit Maschinenpistolen den Raum.

Alex und ich treten einen Schritt zurück, als sie Ben Fesseln anlegen. Dann wird er mit einer Liege abtransportiert.

Jemand drängelt sich durch die Polizisten bis in die vorderste Reihe. »Was ist hier passiert?«, fragt Qurandi und mustert uns mit einer Mischung aus Sorge und Strenge. »Wer hat ihn überwältigt?«

Alex holt Luft, um ihm zu antworten.

Ich komme ihm zuvor und zwinge mich, zu lächeln. »Das war er. Ben hat auf mich gezielt und Alex hat mich beschützt.«

Kapitel 4

»Du hast nichts getan«
Freitag, 30. August

Als ich mich an den Küchentisch setze, kann ich vor Müdigkeit kaum die Augen aufhalten. Wie viele Stunden habe ich geschlafen? Völlig egal, ich fühle mich verkatert. Nach den Geschehnissen am gestrigen Morgen, der stundenlangen Befragung in den Tag hinein und dem anschließenden alkoholischen Absturz mit einem Teil meiner Mitschüler im *Luk's* ist das kein Wunder. Halb sieben ist jetzt definitiv keine gute Zeit, um wieder auf den Beinen zu sein.

Wenn mir außerdem an diesem Tag nach einer Sache nicht der Sinn steht, dann ist es die Schule. Ich kann mir nicht vorstellen, dass das in der nächsten Zeit überhaupt nochmal so sein wird.

Bens Tat wird sich inzwischen im ganzen Dorf herumgesprochen haben. Mir graut davor, weitere Fragen zu beantworten. Immer wieder die Lüge, wie Alex Ben angeblich überwältigt hat, zu erklären.

»Guten Morgen.« Die Stimme meiner Mutter klang gereizt.

Ich verdrehe genervt die Augen, weil ihre miese Stimmung nicht dazu beiträgt, dass meine eigene besser wird.

Sie steht mit verschränkten Armen vor mir und tippt mit den Fingerspitzen angespannt auf ihre Arme. »Ich habe von deinem Abend gehört.«

Natürlich weiß sie es. Wann gibt es mal etwas, das meiner Mutter im Dorf entgeht? Allerdings bestehen ihre Informationen meistens nur aus Halbwahrheiten, die sie beim Kaffeeklatsch aufgeschnappt hat. Das ist dieses Mal bestimmt nicht anders.

»Wir haben nur getrunken.« Mehr bringe ich nicht heraus. Ich kann die Augen kaum aufhalten und weiß, dass ohnehin ein Donnerwetter folgen wird. Was spielt es dann noch für eine Rolle, was ich zu sagen habe?

»*Nur getrunken?*« Und da ist sie. Die ziemlich hohe Stimme meiner Mutter. »Ein Mädchen ist tot, viele weitere deiner Mitschüler sind verletzt. Du standest einem Amokläufer gegenüber und wärst beinahe umgekommen. Ist das in deinen Augen etwa ein Grund, sich volllaufen zu lassen?«

Aber sowas von, denke ich.

»Zu feiern, dass man noch lebt, halte ich für durchaus angemessen«, murmele ich leise.

»Ihr habt also gefeiert? Obwohl Julie–«

Ich falle ihr sofort ins Wort und lege so viel Wut in meine Stimme, wie ich kann. »Tu nicht so, als hättest du sie gekannt! Du hast ihren Namen gestern das erste Mal gehört, also spiel jetzt nicht die Betroffene. Du hast sie nicht dort liegen sehen. Du hast keine Ahnung, wie das gestern für uns gewesen ist. Nach einem grauenvollen Tag haben sich ein paar Jugendliche zusammengesetzt, um Abschied zu nehmen. Wir haben getrunken, damit es uns leichter fällt, in den Schlaf zu finden. Du bist Anwältin, keine Psychologin, also kannst du nicht mal ansatzweise nachempfinden, was gerade in uns allen vorgeht. Halt dich raus und rede nicht von Dingen, von denen du keine Ahnung hast.«

Sie schnappt hörbar nach Luft. »Andere Menschen werden dieser Sache auf den Grund gehen. Ihr werdet euch jemandem gegenüber öffnen und erklären müssen. Die Schule beginnt heute mit Einzelsitzungen bei einem Therapeuten und ich denke, dass-«

»Fein«, unterbreche ich sie erneut. »Aber dann versuch du doch jetzt nicht, ein Gespräch mit mir zu erzwingen.«

Wir starren einander aufgebracht in die Augen.

Ich bin eigentlich nicht wirklich wütend auf meine Mutter. Sie ist bloß mein Ventil. Sie anzuschreien, hilft mir. Ich verletze sie mit meinen Worten, das ist mir klar. Doch bei dem, was in mir vorgeht, kann ich darauf keine Rücksicht nehmen.

Meine Mutter seufzt. »Du willst also behaupten, dass du einfach so mit dem zurechtkommst, was da gestern passiert ist?«

»Nein, verdammt, ich stehe total neben mir«, schreie ich. »Ich sage nur, dass du mir nicht helfen kannst und mich deshalb in Ruhe lassen sollst.«

Ich greife nach meinem Rucksack und stürme aus dem Haus. Meine Mutter meint es nur gut, das ist mir klar, aber nichts, was sie sagt oder tut, kann auch nur ansatzweise etwas besser machen.

Auf dem Weg zur Schule mache ich mir Gedanken darüber, was mich dort erwarten wird. Unterricht mit Sicherheit nicht. Wenn die Schule einen Therapeuten geholt hat, dann wird das ein sehr langer und sehr emotionaler Tag.

Als ich dort ankomme, lungern meine Mitschüler auf dem Hof herum. Niemand scheint das Bedürfnis zu verspüren, das Gebäude zu betreten. Außer denjenigen, die mit einer Durchsage zu ihren Therapiegesprächen gerufen werden.

Mit einem fremden Menschen über dieses Erlebnis zu sprechen, soll helfen. Das wird es nicht, da bin ich mir sicher. Aber ich kann mich nicht dagegen sperren, also setze ich mich auf eine Bank und warte.

Was soll ich zu dem Therapeuten sagen? Dass mir die Angst noch in den Knochen sitzt? Dass ich mich sorge, weil ich seit gestern nichts mehr von Kai und Ray gehört habe? Dass Kai angeschossen worden ist? Ich will wissen, wie es den beiden geht. Insbesondere Kai. Ich bewundere seinen mutigen Einsatz, uns zu helfen. Gestern Morgen hielt ich ihn noch für leichtsinnig, doch heute finde ich, dass er mutig war.

Thalia und Dana laufen an mir vorbei. Ich lächele leicht, als sie mir zunicken. Auch in ihren Augen erkenne ich noch immer die Angst. Ich erinnere mich daran, wie Thalia zusammengekauert in der Ecke des Klassenraums gesessen hat.

Enya Lionoens kommt aus dem Gebäude. Sie hält nicht inne, stürmt einfach vom Gelände. Vermutlich hatte sie ihr Gespräch, und es ist ihr nahegegangen. Sie ist allerdings noch nie der Typ gewesen, der sich anderen mitteilt oder vor jemandem weint. Sie wird wahrscheinlich vor allen anderen damit fertigwerden. Irgendwann.

»Hey.«

Ich horche auf, als ich die Stimme höre.

Ray steht neben mir und lächelt auf mich herunter.

Mir fällt ein Stein vom Herzen.

Er blickt sich um, dann sieht er mich wieder an. »Warst du schon drin?«

»Nein«, erwidere ich direkt.

30

»Anscheinend werden wir nochmal von der Polizei befragt. Die Schule denkt offenbar, dass wir redseliger sind, wenn wir für unsere Aussagen nicht auf das Revier müssen.«

Ich hole Luft und will ihn intuitiv zum Gehen auffordern. Er darf doch auf keinen Fall mit einem Polizisten sprechen.

Ray bremst mich gleich mit einem Lächeln aus. »Ich gehe da nicht rein. Mich haben die wahrscheinlich noch nicht auf dem Schirm. Meine Anmeldung dürfte sich mit der ganzen Sache hier überschnitten haben.« Er zögert einen kurzen Augenblick. »Weißt du schon, was du ihnen sagen wirst?«

»Das Gleiche, was ich ihnen gestern erzählt habe. Alex ist der Held, der mich gerettet hat. Dass ihr da wart, wissen sie nicht.«

Rays Lächeln drückt Dankbarkeit aus. »Wie geht es dir?«

Ich zucke mit den Schultern. »Heute Morgen habe ich meine Mutter angebrüllt. Einfach so, weil sie besorgt war. Ich habe immer noch ein bisschen Angst und komme nicht so richtig zur Ruhe.«

Allerdings spüre ich, dass sich das schlagartig ändert, seit Ray neben mir steht. Er hat mich beschützt, sich zwischen mich und eine Waffe gestellt. Nur ein Gefühl bleibt übrig, wenn ich die Angst ausblende.

»Ich bin wütend.«

»Auf Ben?«

»Auf Alex.«

Rays Augen werden vor Überraschung größer. »Sei das nicht«, rät er es mir sanft. »Er hatte Angst. Deshalb hat er sich so entschieden.«

Das sehe ich anders, aber es ist nicht der richtige Zeitpunkt, das auszudiskutieren. Stattdessen will ich ansprechen, was wirklich wichtig ist, und grinse. »Ich bin auch ein kleines Bisschen wütend auf die beiden Neuen, die ihren Hals riskiert haben, um mich zu beschützen. Ich weiß nämlich nicht, wie ich ihnen für meine Lebensrettung jemals ausreichend danken soll.«

Ray erwidert mein Grinsen. »Na ja, wir sind neu hier. Für den Anfang wäre es nicht schlecht, Freunde zu finden.«

Ich nicke zufrieden. »Und Kai? Wie danke ich ihm? Denn Freunde sucht er bestimmt nicht.«

Ray zuckt mit den Schultern, scheint sich über meine Aussage zu amüsieren. »Irgendwann wird sich da schon was ergeben. Um ihn herum ist zwar diese Mauer, aber … Er ist ein guter Kerl.«

Daran zweifele ich nach seiner Heldentat nicht mehr. Wenn ich auch nicht bestreiten kann, dass mich seine rohe Gewalt nicht nur auf positive Weise beeindruckt hat.

In der Ferne entdecke ich Alex. Er verlässt das Schulgebäude, und als er mich sieht, kommt er auf mich zu.

»Ich gehe nicht weg.« Ray entfernt sich gerade so weit, dass es höflich ist, doch er bleibt nah genug bei mir, um mich nicht allein zurückzulassen.

Mein Blick ruht auf ihm, während er mir den Rücken zuwendet. Als er sich gestern aufopfernd vor mich gestellt hat, dachte ich, ich bräuchte ihn. Mich beschleicht der Gedanke, dass es vielleicht auch andersherum so ist.

»Der schon wieder?« Mit diesen Begrüßungsworten stellt sich mein bester Freund an meine Seite. Er mustert Ray kritisch. Als sein Blick schließlich auf mich fällt, wirkt er verändert. Nicht wie der Alex, den ich kenne. »Bist du jetzt die Busenfreundin von Kais Kumpel? Wie schnell sich die Dinge doch ändern.«

Ich spreche so leise, wie ich kann, presse die Worte durch die Zähne hinaus. »Da hast du verdammt recht«, sage ich.

»Dein Freund hat Julie erschossen und viele Menschen verletzt. Er hat mir eine Waffe vor die Nase gehalten und wollte mich auch erschießen. Hundert Mal habe ich dir gesagt, dass mit ihm etwas nicht stimmt, doch du hast ihn verteidigt. Vielleicht vergisst du also mal für einen Moment, dass Kai dich scheiße behandelt hat. Er und Ray haben uns den Arsch gerettet. Kai wurde angeschossen. Also hör auf, dich wie ein schmollender Fünfjähriger zu verhalten! Ray hat mich keinem Irren in die Arme gestoßen, um seine eigene Haut zu retten.«

»Und das macht aus euch jetzt Freunde?« Alex ist angespannt. Er will sich verteidigen, doch in meinen Augen gibt es keine Gründe, die er vorbringen kann, um sein Verhalten zu rechtfertigen. Das sieht er wohl selbst ein, denn er seufzt und scheint sich zu beruhigen. »Warum hast du es getan? Wieso hast du mich zum Helden gemacht, obwohl du ganz eindeutig wütend auf mich bist?«

Ich wende den Blick nicht ab, starre ihm geradewegs in die Augen. »Manchmal opfert man sich für seine Mitmenschen auf, Alex.« Ich will es ihm ruhig und sanft erklären, doch er hat recht, ich bin wütend. »Man tut es, indem man für sie kämpft, so wie Kai. Oder indem man sich schützend vor jemanden stellt, so wie Ray. Oder indem man lügt, um sie zu schützen, so wie ich. Einer musste herhalten, damit diese Sache keine Fragen aufwirft. Deshalb habe ich Qurandi erzählt, dass du der Held warst.«

»Aber ich habe nicht—«

»Nein, hast du nicht«, unterbreche ich ihn. »Du hast nichts getan. Ich habe gesehen, aus welchem Holz du geschnitzt bist, Alex. Du hast dich wie ein Feigling versteckt, anstatt irgendjemandem zur Seite zu stehen. Nicht mal mir.«

»Ich hatte Angst!«

»Die hatten wir alle.« Ich verschränke die Arme vor der Brust. »Zwei Fremde waren dennoch in der Lage, mir beizustehen. Mein bester Freund nicht. So einfach ist das. Und deshalb bin ich zu Recht wütend auf dich.«

Er nickt mehrfach, unentschlossen, was er dazu sagen soll. Als er mich schließlich erneut anspricht, höre ich den Kloß in seinem Hals durch seine Stimme. »Ich gehe.«

Verwundert über diese zusammenhanglose Aussage reiße ich die Augen auf.

»Meine Eltern halten es für eine gute Idee«, setzt er hinzu. »Sie wollen, dass ich Distanz zu dieser ganzen Sache gewinne. Ein Freund meines Vaters verschafft mir einen Ausbildungsplatz drüben in Nerson Bake. Ich könnte sofort anfangen.«

Ich bin mir sicher, dass irgendwo in mir Trauer aufkommen will. Doch die Wut in meinem Bauch unterdrückt alle positiven Gefühle für Alex und lässt mich kaltherzig reagieren. »Und ist es das, was du willst?«

»Ich konnte die ganze Nacht nicht schlafen«, murmelt er betreten. »Abstand zu gewinnen, wird mir guttun. Uns. Du bist zu Recht wütend auf mich, aber ich hoffe, dass du es nicht ewig sein wirst.«

Das ist eine Sache, die ich nicht absehen kann. Ich weiß nur, dass mich dieses Gefühl zurzeit von innen heraus auffrisst. »Dann geh. Ich komme hier zurecht.«

Ich sehe zu Ray und unsere Blicke treffen sich. Er wirkt so traurig, wie ich es sein sollte. Er strahlt den Schmerz aus, den ich fühlen sollte.

Doch ich verstehe, dass Alex gehen muss, um den Amoklauf zu verarbeiten. Ich selbst bin mir sicher, dass ich das schaffen werde, indem ich meine Zeit mit den Menschen verbringe, die mich vor Ben gerettet haben. Dazu zählt mein bester Freund nicht. Abstand zu ihm zu gewinnen, ist in meinen Augen die richtige Entscheidung.

Als Alex mich stehenlässt, bin ich zu aufgebracht, seinen Weggang zu betrauern. Ich muss zuerst für mich selbst sorgen, das hat jetzt oberste Priorität.

»Hailey Blake ins Sekretariat«, dröhnt in diesem Moment die Durchsage über den Hof.

Ich seufze und stehe auf. Rays leises Lachen hält mich zurück und ich wende mich ihm verwundert zu.

»Es ist nichts.« Er zuckt mit den Schultern. »Mir wird nur gerade bewusst, dass ich bisher nicht mal deinen Namen kannte.«

Ich lächele. »Namen seiner Freunde sollte man sich merken.«

Er hat sich zwischen mich und eine Waffe gestellt und mir damit das Leben gerettet. Wenn uns das nicht bereits zu Freunden gemacht hat, dann weiß ich auch nicht.

Kapitel 5

»Du bist mir etwas schuldig«
Montag, 9. September

Obwohl Alex und ich unseren Streit noch immer nicht aus der Welt geschafft haben, verletzt es mich sehr, dass er verschwindet. Nerson Bake ist zwar nicht so schrecklich weit entfernt, aber ich bin mir sicher, dass in der nächsten Zeit keiner von uns beiden in den Bus steigen wird, um den anderen zu besuchen. Es wird einfach nicht mehr so sein, wie es mal gewesen ist.

Obwohl mir das klar ist – und vermutlich auch ihm – fällt der Abschied ziemlich kühl aus, als Alex am frühen Morgen mit seinem Vater und dem Umzugswagen vor meinem Haus steht.

Ich will nicht mit ihm reden, habe ihm nichts zu sagen. Innerlich zerreißt es mich. Die Wut auf Alex und seine Feigheit ist abgeschwächt. Ray hat mir in den vergangenen Tagen so intensiv ins Gewissen geredet, dass es gar nicht anders kommen konnte. Trotzdem steht jetzt etwas zwischen Alex und mir. Bens Amoklauf ist nichts, was ich leicht ausblenden kann.

Vermutlich werde ich schon bald bereuen, Alex so kühl verabschiedet zu haben. Doch es ist zu früh, den Streit fallenzulassen. Die Zeit wird alles regeln.

Als er die Straße hinunterfährt, befindet sich in meinem Bauch wieder ein wenig Wut. Aber nicht auf ihn. Dieses Mal bin ich wütend auf Ben. Er ist schuld an der Entwicklung und daran, dass Alex wegzieht. Am liebsten würde ich Ben besuchen und ihm sagen, was er für ein Scheißkerl ist. Doch sie lassen niemanden zu ihm, nicht mal seine Eltern. Er ist in einer geschlossenen Psychiatrie für Jugendliche untergebracht. Dort versucht man nun offenbar, herauszufinden, was genau mit ihm nicht stimmt.

»Geht es dir gut?« Es ist Michael, der sich in diesem Moment zu mir stellt und mich mustert. Er mimt den fürsorglichen Freund meiner Mutter und das ist echt nervig.

Ich kann nicht glauben, dass er nach wie vor da ist. Noch dazu ist er ständig hier. Trotz des miserablen ersten Dates scheinen er und meine Mutter der Sache eine Chance geben zu wollen. Mir soll das ja recht sein, aber er soll mich in Ruhe lassen.

Ich schüttele nur den Kopf, antworte ihm nicht. Stattdessen mache ich mich auf den Weg zur Schule. Als ich dort eintreffe, werde ich sofort daran erinnert, dass nicht nur unsere Eltern wie Glucken an uns hängen.

In der Schule werden jetzt Sicherheitskontrollen durchgeführt, die wohl verhindern sollen, dass so etwas wie mit Ben noch einmal geschieht. An jedem Eingang stehen Polizisten und kontrollieren uns mithilfe körperlicher Durchsuchungen, Gepäckröntgenanlagen und Detektorrahmen.

Die letzten Tage haben mich an das Prozedere gewöhnt. Eigentlich finde ich sogar, dass es eine gute Sache ist. Es vermittel uns ein Gefühl von Schutz, wenn wir in unseren Klassenräumen sitzen. Leider dauert es nun extrem lang, bis wir überhaupt dort ankommen. Jeden Tag kommt irgendwer zu spät zum Unterricht, weil die Kontrollen so viel Zeit in Anspruch nehmen.

Ich werfe einen Blick auf die Uhr und fluche innerlich, weil ich wegen Alex' Abschied spät dran bin und nun in der langen Schlange stehe, die zum Detektorrahmen führt. Heute werde ich die sein, die zu spät zum Unterricht kommt.

Gelangweilt blicke ich mich um. Dann stelle ich fest, dass Kai direkt hinter mir steht und stoße einen überraschten Laut aus. Er ist allein. »Wo ist Ray?«

Zuerst mustert er mich ausdruckslos, doch schließlich scheint auch ihm klarzuwerden, dass die Schlange zu lang ist, um sein Schweigen durchzuziehen. »Schon drin«, antwortet er brüsk.

Er hat mir zwar das Leben gerettet und ich schulde ihm für den Rest meines Daseins auf dieser Welt Dank dafür. Doch leider macht ihn seine Heldentat in keiner Weise zu einem umgänglichen und freundlichen Kerl. Im Gegenteil. Jeden Tag gelange ich näher zu der Erkenntnis, dass Kai einfach nur ein unfreundlicher und arroganter Typ ist.

Mir entfährt ein abschätziger Laut. »Und du bist zu cool, um pünktlich zu sein?«

Seine Mimik verdunkelt sich. »Wir stehen gemeinsam in dieser Schlange, Blake.«

Da hat er auch wieder recht. Das war ein Eigentor.

Ich starre ihn an, während er an mir vorbeisieht und offenbar die Kontrollen am Detektorrahmen beobachtet.

Er sieht noch ein bisschen schlecht aus. Also nicht im tatsächlichen Sinn. Er sieht so gut aus wie immer, aber er wirkt nach wie vor etwas mitgenommen.

Weil ich im Vergleich zu ihm ein freundlicher Mensch bin, erkundige ich mich nach seinem Arm. »Hast du noch Schmerzen?«

Er schweigt.

»Also andere Menschen antworten, wenn ihnen eine nette Frage gestellt wird«, murmele ich verdrießlich.

»Was für ein netter Mensch du doch bist.« Das klang nicht mal entfernt so höflich, wie die Worte es vermuten lassen.

»Man kommt fröhlicher durchs Leben«, bemerke ich. »Wirklich, du solltest es auch mal ausprobieren.«

Kai lacht leise und abschätzig. »Mit deinen Nettigkeiten hast du Ray um den Finger gewickelt. Er vertraut dir.«

Ich ahne, worauf Kai anspielt. Ray muss ihm erzählt haben, dass er mich über sein Problem aufgeklärt hat. »Er kann mir vertrauen«, schwöre ich flüsternd. »Ich werde gegenüber niemanden auch nur ein Wort über Rays Eltern verlieren.«

Ich wende mich ab und beobachte die Kontrollen am Detektorrahmen. Es geht nur langsam voran und ich spüre förmlich, wie Kais Blick in meinem Nacken brennt.

Er beugt sich vor und flüstert ebenfalls. Auch in seiner leisen Stimme höre ich den Groll gegen mich noch deutlich heraus. »Und? Wieso tust du es nicht?«

»Denkst du vielleicht, du wüsstest etwas über mich, weshalb du mir das nicht glauben kannst?«

»Ich weiß alles, was ich zu diesem Zeitpunkt über dich wissen muss«, erwidert er kühl. »Dein Freund hat dich verlassen, und jetzt hat Ray das Gefühl, dich trösten zu müssen. So ist er, aber vielleicht tust du uns einfach den Gefallen und suchst dir dafür einen anderen.«

»Das würde dir gut passen, was?« Ich bin nicht bereit, die neu gewonnene Freundschaft zu Ray aufzugeben, nur weil Mister Unverschämt ein Problem damit hat.

»Ja, das würde es in der Tat« erwidert Kai. »Du bist mir etwas schuldig. Vielleicht behältst du es im Hinterkopf, wenn ich dich darauf hinweise, dass du dich von Ray und mir fernhalten sollst. Was ich übrigens hiermit tue.«

»Es steht dir jederzeit frei, wieder zu verschwinden.« Es platzte aus mir heraus, dennoch war es nicht mehr als ein wütendes Flüstern. »Aber das ist nicht möglich, nicht wahr? Vielleicht solltest du also mal deine Worte überdenken, denn du bist mehr auf meine Freundlichkeit angewiesen als ich auf deinen Schutz.«

»Du solltest dich besser aus meinen Angelegenheiten raushalten«, warnt er mich.

»Deine Angelegenheiten interessieren mich einen Scheiß«, murmele ich. »Ich will nur, dass du mich in Frieden lässt.«

Sofort schließt sich seine Hand um meinen Arm und drückt grob zu. »Pass auf, dass du dich nicht in Dinge einmischst, die dich nichts angehen.«

Ich wende mich ihm zu und starre ihm direkt in die Augen. Hinter der grau-blauen Iris blitzt Abneigung auf, das erkenne ich deutlich. Dann zögere ich nicht länger und schlage ihm mit Nachdruck gegen den Arm.

Er zuckt zusammen, denn offenbar habe ich die Wunde der Schussverletzung getroffen. Sein Griff lockert sich, schließlich lässt er mich los.

Ich spüre die Blicke der Leute, die hinter uns in der Schlange stehen. Robin sieht kritisch zu Kai, Enya hingegen wirkt überrascht.

»Ist das also deine Art?«, frage ich kaum hörbar, um die Leute vor uns nicht auch noch auf uns aufmerksam zu machen. »Grob oder gewalttätig werden, wenn die Dinge nicht so laufen, wie du es haben willst? Bens Kopf an der Tischkante zu zertrümmern, scheint dir immerhin zugesagt zu haben. Dein Blick dabei ist mir nicht entgangen.«

Ein Teil von mir rechnet erneut mit einer handgreiflichen Reaktion. Dann sehe ich die Abneigung aus Kais Augen weichen. Es wirkt, als starre er geradewegs durch mich hindurch.

»Miss?«

Ich reiße mich von Kais Anblick los, lege meinen Rucksack auf dem Band der Röntgenanlage ab und gehe durch den Detektorrahmen. Wie von selbst hebe ich im Anschluss die Arme und lasse mich von der Polizistin abtasten.

Ich warte auf meinen Rucksack, der von einem weiteren Polizisten durchsucht wird.

Der wirft noch einen Blick auf das kleine Namensetikett, das darin eingenäht ist. Dann hält er mir meine Tasche entgegen und lächelt. »Hier, bitte … Hailey.«

Weil er mich so direkt mit meinem Vornamen anspricht, verharre ich einen Moment. Er ist jung. Und was noch viel ausschlaggebender für mein Starren ist, er ist süß. Seine Haare sind extrem kurz, fast wie bei einem Soldaten. Sein Lächeln ist das charmanteste, was ich an diesem Morgen bisher gesehen habe. Kleine Grübchen bilden sich an seinen Mundwinkeln. Er ist größer als ich und wirkt in der Uniform äußerst stattlich. Seine grünen Augen funkeln auf gewisse Weise. Er hat einen leichten Drei-Tage-Bart.

Ich mustere seine Uniform und mein Blick bleibt an seinem Namensschild hängen. »Danke … Ian.«

Dann werfe ich Kai noch einen bösen Blick zu und mache mich schließlich auf den Weg zu meinem Klassenraum.

Kapitel 6

»Er ist nur nicht nett«
Freitag, 13. September

An diesem Morgen schleiche ich mich früh aus dem Haus. Unter anderem, weil mir aufgefallen ist, dass Michael es nicht wieder verlassen hat. Da ich deshalb aber zu früh dran bin, sitze ich nun im Café neben der Schule und trinke einen Kaffee. Es hat eine Zeit gegeben, in der ich niemals allein irgendwo hingegangen wäre. Aber Dinge ändern sich.

»Wer so traurig guckt, braucht wohl mal etwas Ablenkung.«

Mein Blick streift den unauffälligen Mann neben mir nur kurz. Er lächelt mir freundlich entgegen. Eigentlich wirkt er recht unscheinbar mit den dunklen Haaren und Augen, der schlanken Figur.

Ich brauche eine ganze Weile, bis ich ihn wiedererkenne. Ihm gehört der Club im Ort. Ich war schon oft mit Alex und einigen Leuten aus der Klasse dort. Eine andere Location, in der man feiern kann, gibt es in der Umgebung nicht.

Spellington ist nicht groß. Im Ort befinden sich bloß noch eine Kneipe, der ramponierte Supermarkt zwei Straßen weiter und der kleine Zeitungsbetrieb, der wöchentlich die *Spellington Post* herausbringt. Erst im Nachbardorf sind ein Einkaufscenter, ein Bowlingcenter und ein Kino. Ein großer Park verbindet beide Orte mit der Stadt. Wieso lebe ich in dem langweiligsten Vorort der Menschheitsgeschichte?

Weil ich auf die Worte des Clubbesitzers noch immer nicht reagiert habe, spricht er mich erneut an. »Kommst du heute Abend?«

Stimmt, ja, er gibt diese lächerliche Gedenkfeier. Eigentlich ist es doch nur ein weiterer Grund für ein Besäufnis. Niemand wird sich im Club aufhalten und sich besinnen. Geschweige denn darüber nachdenken, was er an Julie gemocht hat.

Obwohl ich es für pure Heuchelei halte, nicke ich. Soweit ich weiß, geht allerdings meine ganze Klasse hin. Es gehört sich wohl einfach, mich ihnen anzuschließen.

Ich entdeckte Kai im Schatten einer Laterne, auf einer Mauer sitzend. Zu meiner Überraschung ist er mitgekommen. Da er Julie nicht kannte, muss ich davon ausgehen, dass er nur da ist, um mich im Auge zu behalten. Denn Ray hat sofort zugestimmt, mich in den Club zu begleiten. Kai vertraut mir nicht und tut alles dafür, dass mir diese Tatsache auch bloß nicht entgeht.

Zuerst will ich unfreundlich sein und ihn meinen Unmut über seine Anwesenheit spüren lassen. Dann fällt mir aber auf, dass er erschöpft wirkt und eine Hand auf seinen Arm presst. Mit der Schusswunde nicht zum Arzt zu gehen ist rückblickend eine wirklich dumme Entscheidung gewesen. Andererseits hätte ein Arzt die Polizei verständigt, also hatte Kai wohl keine Wahl.

Sein Anblick ruft mir in Erinnerung, dass er sich aufopfernd für Ray und mich eingesetzt hat. Ich reiße mich deshalb zusammen und bleibe freundlich. »Wieso bist du mitgekommen, wenn du Schmerzen hast?«

Kai reagiert nicht, obwohl er mich für einen Moment ansieht und ich deshalb ganz sicher weiß, dass er mich gehört hat.

»Ich sollte mich wohl freuen, wenn du schweigst. Immer, wenn du den Mund aufmachst, kommen Gemeinheiten heraus.«

Nicht mal darauf erwidert er etwas.

Ich seufze. »Vielleicht können wir es uns leichter machen.« Zögernd setze ich mich neben ihn, aber er würdigt mich keines Blickes. »Anscheinend werden wir uns in Zukunft zwangsweise in der Nähe des anderen aufhalten müssen, weil Ray und ich uns gut verstehen. Sag mir doch also einfach, was genau dir an mir missfällt. Vielleicht ist es etwas, das ich ändern kann.«

Ich will wirklich nur in Frieden gelassen werden. Wenn eine kleine Anpassung meinerseits dazu beitragen kann, bin ich für eine Veränderung bereit.

Kai sieht mich nicht an, doch er holt Luft, um etwas zu sagen. »Ich will dich einfach nicht ständig in meiner Nähe haben.«

Ich schmunzele über diese Aussage. Dieser Fakt bedarf keiner Worte.

»Du musst nichts an dir ändern. Sei einfach du selbst, nur eben in der Nähe eines anderen.«

Innerlich verfluche ich Ray dafür, dass er mich gebeten hat, nach seinem Freund zu sehen. Er ist mit Enya ins Gespräch vertieft und ich wollte nicht verhindern, dass er weitere Kontakte knüpft. Wenngleich es mich überrascht, dass er ausgerechnet die düster angezogene und geschminkte Mitschülerin

44

für ein Gespräch auserkoren hat. Allerdings würde ich Enya diesem Moment auch vorziehen.

Kai starrt stur geradeaus und gibt sich solche Mühe, mich links liegen zu lassen, dass es in mir bereits wieder brodelt. Dennoch versuche ich, den Groll nicht in meine Stimme zu legen.

»In Ordnung«, sage ich. »Du willst, dass ich mich aus deinen Angelegenheiten raushalte, das tue ich. Aber Ray und ich freunden uns gerade an. Ich wäre dir also dankbar, wenn du dich im Gegenzug auch einfach raushältst.« Seine Antwort warte ich nicht ab. Stattdessen stehe ich auf und lasse Kai allein auf der Mauer zurück.

Als ich den Club wieder betrete, halte ich Ausschau nach Ray. Am liebsten würde ich ihm sagen, dass Kai auch heute Abend auf verlässliche Weise ein unausstehlicher Kotzbrocken ist. Doch Ray ist noch immer in ein Gespräch mit Enya vertieft. Er lächelt und sogar Enya wirkt an seiner Seite aufgeschlossen. Ich würde mich nur ungern zu ihnen stellen und mich aufdrängen.

Mein Blick fällt auf die Ecke, in der normalerweise ein Mikrofon für kleine Bühnenauftritte steht. Statt der Technik liegen dort heute Blumensträuße in diversen Farben. Ein Foto von Julie wurde aufgestellt und wird sanft durch einige Kerzen beleuchtet. Obwohl ich Julie nicht gut kannte, treibt es mir die Tränen in die Augen. Ben soll in der Hölle schmoren für das, was er getan hat.

»Hallo Hailey.«

Ich sehe überrascht zu der Person, die mich anspricht, und erkenne sofort die kurzen Haare und das markante Lächeln des Polizisten wieder, den ich in den letzten Tagen einige Male bei der Schulkontrolle getroffen habe. Heute scheint er privat hier zu sein, denn er trägt keine Uniform.

Ich deute auf seine Kleidung. »Man muss glatt zweimal hinschauen, bis man Sie erkennt.«

Er lacht und nickt bloß.

»In Zivil auf einer Gedenkfeier, auf die ich nie gegangen wäre, hätte ich eine Wahl gehabt«, bemerke ich.

»War Julie denn keine Freundin von Ihnen?«, fragt er verwundert.

»Glauben Sie etwa, dass alle Menschen in diesem Raum mit ihr befreundet waren?«, erwidere ich abschätzig. »Julie war ein stilles Mädchen aus einer anderen Klasse als meiner. Ich habe sie nicht wirklich gekannt. Ich bin hier, weil sie nicht verdient hat, was ihr zugestoßen ist. Wir alle sind doch nur hier, weil wir uns betroffen und wütend fühlen.«

»Geht es Ihnen schlecht?«, erkundigt er sich freundlich. »Lässt Sie dieser Tag noch nicht los?« Er sieht mich eindringlich an.

Dass er sich für mein Befinden interessiert, wundert mich. »Wenn ich Ihnen darauf ehrlich antworte, verraten Sie es dann meiner Mutter? Oder dem Therapeuten?«

»Ihrer Mutter?« Er schmunzelt. »Vielleicht trinken wir erst ein Bier, bevor Sie mich ihr vorstellen?«

Zuerst will ich ihn dafür rügen, dass er aus einem ernsten Thema einen Spaß macht. Doch sein charmantes Auftreten hält mich davon ab, deshalb lache ich leise. Ich weiß nicht mal mehr seinen Namen. »Dürfen Sie denn etwas mit mir trinken, Mr. Polizist?«

»Ich bin nicht im Dienst«, antwortet er und zwinkert mir zu. Er wartet auf eine erneute Reaktion von mir. Als ich schließlich nicke, führt er mich zur Theke und hält zwei Finger in die Luft, als der Kellner ihn ansieht. Er sinkt auf einen Barhocker und deutet auf einen weiteren neben sich. »Sollte ich Ihnen wirklich ein Bier ausgeben? Sie haben schon nüchtern meinen Namen vergessen.«

Ich setze mich zu ihm und entschuldige mich.

»Sie haben Glück, ich bin heute sehr nachgiebig«, sagt er und reicht mir die Hand. »Ian Horres.«

»Hailey Blake«, nenne ich meinen Namen der Form wegen.

Der Kellner stellt uns das Bier hin und, noch während ich einen großen Schluck trinke, fragt Ian mich etwas, über das ich wirklich nicht mehr reden möchte. »Du standest dem Amokläufer also gegenüber? Dein bester Freund hat ihn überwältigt?«

Ich schüttele den Kopf. »Können wir bitte das Thema wechseln?«

Er nickt einsichtig. Dann erhellt sich seine Miene und er spricht mich erneut an. »Gut, zurück zu deiner Mutter. Wann stellst du mich ihr vor?«

Ich grinse und lasse mich kommentarlos darauf ein, dass wir uns anscheinend nun duzen. »Du verstehst dich nicht gut auf Smalltalk, oder?«

»Wer stellt sich bei einem Date schon besonders klug an?«

»Wow, vom Namenlosen zum Date in nur einer Minute. Hast du bereits eine Kirche für unsere Hochzeit im Auge?«

»Vielleicht darf ich dich vorher noch zu einem richtigen Date einladen?«

»Dir ist aber schon klar, dass wir hier auf einer Gedenkfeier sind?«, erwidere ich amüsiert.

Ian zuckt mit den Schultern. »Bei der Geschwindigkeit unserer Beziehung sollten wir keine Zeit verschwenden. In etwa fünf Minuten wird man auf unsere Gedenkfeier gehen.«

Ich zögere einen Augenblick und sehe ihn nur an. Er hat etwas an sich, das mich interessiert. »Du bist auf eine makabre Art charmant, weißt du das?«

Er lacht herzlich. »Ich gebe zu, ein Mann mit Anstand hätte bis Montag gewartet, um dich anzusprechen. Aber ich werde von der Schule abgezogen und fürchte, mein Taktgefühl ist schon ohne mich an meinen Schreibtisch zurückgekehrt.«

Er ist süß, hat Humor und ist Polizist. Vermutlich ist er ein verdammt guter Fang. Zum Teufel also mit dem Anstand.

Ich will gerade Luft holen und ihm sagen, dass ich ihn wirklich gern wiedersehen würde, als ich im Augenwinkel wahrnehme, dass Kai den Club betritt.

Offenbar verfinstert sich meine Mimik im selben Moment, denn Ian spricht mich auf ihn an. »Ein Freund von dir?«

Ich beobachte, wie Kai auf Ray zugeht und sich zu ihm stellt. Sofort verschwindet auch Enyas Lächeln aus ihrem Gesicht, und sie verabschiedet sich von Ray, lässt die beiden allein zurück. »Der andere ist ein Freund von mir. Kai ist eher sowas wie der brummige Zwerg aus dem Märchen mit dem vergifteten Apfel.«

Ian lacht. »Grumpy?«

Ich zucke mit den Schultern.

Dann sehe ich, dass Ray mir zuwinkt und mich dazu auffordert, mit ihm zu kommen. Offenbar brechen er und Kai auf.

Da Ray noch zu der Sorte Gentlemen gehört, die darauf bestehen, einen nach Hause zu bringen, stehe ich auf. »Es war nett, Ian. Ich muss jetzt los.«

»Hailey, pass auf dich auf.« Bei diesen Worten wirft er zu meiner Verwunderung Kai einen Blick zu.

»Das ist nicht nötig.« Ich tue es mit einer laschen Handbewegung ab. »Kai ist nicht gefährlich. Er ist nur nicht nett.«

Ian nickt und lässt mich ziehen. Kurz bevor ich den Club dann aber mit den Jungs verlasse, ruft er meinen Namen und ich halte inne. Er sagt kein weiteres Wort, hebt nur die Arme fragend nach oben.

»Du weißt ja, wo du mich findest«, rufe ich amüsiert, weil er nicht lockerlässt.

Ich wende mich den Jungs zu und stelle fest, dass Ray Ian anlächelt.

Kai hingegen wirft mir einen kritischen Blick zu. »Hast du hier heute allen Ernstes ein Date klargemacht?«

»Ach, halt die Klappe, Grumpy.« Ich schaue ihn nur grinsend an und laufe los.

Kapitel 7

»Wie dein neuer Freund«
Dienstag, 24. September

Meine Mutter und ich haben früh gelernt, uns zu arrangieren, obwohl wir oft verschiedener Meinung sind. Das war leicht, solange es nur sie und mich gab. Nun ist da aber Michael und mein Leben zu Hause verkompliziert sich von Tag zu Tag. Zuerst hat es nur daran gelegen, dass ich meine Mutter in verliebter Stimmung kaum ertrage.

An diesem Tag bestellt sie mich per SMS nach der Schule in die Kneipe. Um etwas trinken zu gehen ist es definitiv noch zu früh. Außerdem kann ich mich nicht daran erinnern, dass ich jemals in ihrer Nähe Alkohol getrunken habe. Dennoch mache ich mich brav auf den Weg.

Richtig verwundert bin ich erst, als ich die Kneipe betrete. Musik dringt mir in die Ohren, und nicht nur meine Mutter ist da, sondern auch Michael, einige Bekannte und viele Anzugträger, die ich sofort als Arbeitskollegen meiner Mutter identifiziere.

Die winkt mir aufgekratzt wie ein nerviger Teenager zu, als sie mich erblickt. Im selben Moment greift Michael an den Lautstärkenregler der Musikanlage und dreht sie leiser.

»Party am Nachmittag?«, bemerke ich. »Was feiern wir? Bist du befördert worden, oder so?«

Meine Mutter kommt auf mich zu und greift nach meinen Händen. »Mein Schatz, ich muss dir etwas Wundervolles sagen.«

Ich stutze. Oh Gott, hoffentlich ist sie nicht schwanger. Aber für die Verkündung dieser Neuigkeit hätte sie wohl kaum ihre Arbeitskollegen dazu gebeten.

»Michael und ich werden heiraten.«

Es trifft mich wie ein Schlag. Ich muss mich verhört haben. Wie lange kennen die beiden sich jetzt? Ein paar Wochen?

»Das ist nicht dein Ernst, Mama.« Irritiert schweift mein Blick zu Michael.

Der zuckt mit den Schultern. »Manchmal weiß man es eben einfach.«

Die beiden sind verrückt, *das* weiß ich. Und zwar mit absoluter Gewissheit.

Meine Mutter sieht mich erwartungsvoll an. Womit rechnet sie? Freudensprünge? Darauf kann sie lange warten.

Mir fallen tausend Dinge ein, die ich ihr sagen möchte. Sie alle haben damit zu tun, dass ich ihr diesen Irrsinn ausreden muss. Aber ihr verliebtes Grinsen zeigt mir, dass ich mich ebenso gut mit einem Stein unterhalten könnte.

Deshalb beschließe ich, zu schweigen. Ich setze nur ein Lächeln auf. Meine Mutter ist ein schwieriger, launischer Mensch. Ich sollte dieser Sache einfach noch ein paar Wochen ihren Lauf lassen, vermutlich erledigt sich die Verlobung von selbst.

»Na dann«, sage ich nach einem merklichen Zögern. »Glückwunsch. Ich … Na ja, ich habe Hausaufgaben und sowas, also fahre ich jetzt wieder zurück.«

Eigentlich bin ich nur zu müde, um mich mit der Verlobung meiner Mutter an diesem Tag noch länger auseinanderzusetzen. Seit dem Vorfall in der Schule schlafe ich schlecht, doch in diesem Augenblick fühle ich mich so erschöpft, dass ich nur nach Hause will, um mich hinzulegen.

Die Enttäuschung in dem Blick meiner Mutter entgeht mir nicht, doch ich störe mich nicht daran und verlasse die Kneipe wesentlich schneller, als ich sie betreten habe.

Ein Ruckeln reißt mich aus dem Schlaf. Als ich die Augen öffne, bin ich schlagartig verwirrt. Wo bin ich? Hektisch blicke ich mich um. Verdammt, ich muss viel zu weit gefahren sein. Auf der Leuchttafel im vorderen Teil des Busses steht das Wort *Endstation*.

»Miss, Sie müssen aussteigen«, ermahnt mich im selben Augenblick die Stimme des Fahrers.

Weil mir keine andere Möglichkeit bleibt, stehe ich auf und trete verwundert an das Bushaltestellenschild heran.

»Scheiße«, murmele ich lauter als beabsichtigt.

Ich bin in Nerson Bake. Wenn das mal keine miese Fügung ist. Ein zweiter Blick auf das Schild sagt mir, dass der nächste Bus erst in einer Stunde fährt. Ich habe wirklich keine Lust, so lange hier herumzustehen.

Natürlich könnte ich Alex anrufen. Seine Mutter wäre bestimmt nett und würde mich zurückbringen. Aber ich will ihn nicht sprechen und um einen Gefallen bitten.

Also laufe ich los. Zu Fuß ist es ein weiter Weg bis nach Hause, doch ich beschließe, mich an die Bushaltestellen zu halten und zu einem späteren Zeitpunkt einfach von dem Bus auf meinem Weg einsammeln zu lassen.

Nerson Bake ist ein schönes Städtchen. Ich bin bisher nie hier gewesen, weiß aber, dass es etwas größer ist als Spellington. Die Straßen werden auf beiden Seiten von hohen Buchen eingerahmt und die spenden mir zum Glück Schatten. Das gute Wetter hält sich in diesem Jahr lang. Von mir aus könnte es aber auch endlich kälter werden. Ich mag die Winterzeit lieber, mit dem vielen Schnee und dem Weihnachtsfest.

In Gedanken träume ich schon vom kommenden Winter und laufe gemütlich die Straßen entlang. Nach einer Weile hält neben mir ein Auto, und ich bin überrascht, als die Scheibe herunterfährt und mich jemand anspricht.

»Hey Spellington.«

»Wie bitte?«, erwidere ich verwundert.

»Du bist aus Spellington«, sagt der junge Mann, der mich aus dem Auto heraus anlächelt. Er deutet auf meine Kleidung. »Die Schuluniform.«

Jetzt leuchtet es mir ein. Ich nicke.

»Wo willst du hin?«

»Nach Hause, aber eure Busverbindung ist mies«, antworte ich. »Ich dachte, ich laufe schon mal vor.«

Er grinst. »Wenn du reinspringst, fahre ich dich.«

Mir entfährt ein ungläubiges Lachen. »Nein, danke.«

Der junge Mann steigt aus dem Auto und legt dann lässig die Unterarme darauf ab. »Ich bin kein Stalker oder so.«

»Aber vielleicht ja ein Mörder?«, erwidere ich.

Er grinst noch immer. »Nein, das bin ich nicht.«

»Das würde ein Mörder jetzt wohl sagen«, vermute ich.

»Ich bin Polizist«, weist er mich darauf hin. »Deshalb auch mein nettes Angebot. Der Weg nach Spellington ist weit. Wenn ich heute Abend schlafen gehe, würde ich mich besser fühlen, wenn ich weiß, dass du gut zu Hause angekommen bist.«

Habe ich ein Schild um den Hals hängen, auf dem steht *Alle Polizisten dieses Landes, kommt her zu mir?*

Ich seufze. »Hast du eine Marke oder so?«

»Reicht dir auch eine Uniform? Ich bin nicht im Dienst.« Er deutet auf seine Rückbank.

Ich werfe einen Blick durch die Seitenscheibe. Da liegt wirklich eine Uniform auf dem Sitz. »Und wenn du frei hast und dir langweilig ist, fährst du sie spazieren?«

»Vielleicht«, antwortet er und zwinkert mir zu. »Vielleicht komme ich aber auch gerade nur von der Reinigung.«

Sind eigentlich alle Polizisten als Kind in einen Kessel mit flüssigem Humor gefallen?

Erneut seufze ich, dann gebe ich nach und nicke. »In Ordnung. Es wäre echt nett, nach Hause gefahren zu werden.«

»Na los, steig ein.« Er wirft sich schwungvoll auf seinen Sitz. »Ich muss nur eben das Leichentuch auf die Rückbank legen, das brauche ich später noch.« Er mustert mich prüfend, als ich mich neben ihn setze. Erst als ich über seinen Witz lache, startet er den Motor und fährt los.

Mittwoch, 25. September

»Alles in Ordnung?«, fragt Ray mich und stupst mir mit dem Finger gegen die Schulter.

Keine Ahnung, was er damit bezweckt. Vielleicht rechnet er damit, dass ich umkippe und von der Bank falle.

Ich reibe mir über die Augen und lächle müde. »Ich schlafe schlecht, das ist alles. Und mein Tag gestern war zu komisch, um noch lustig zu sein.«

Mit neugierigem Gesichtsausdruck setzt er sich zu mir.

Ich ahne, dass er ohnehin fragen wird, wenn ich es nicht freiwillig erzähle. Deshalb richte ich mich auf und werfe den Kopf in den Nacken. »Meine Mutter wird heiraten. Einen Mann, denn sie etwa fünf Minuten kennt. Und dann bin ich gestern noch im Bus eingeschlafen und aus Versehen bis Nerson Bake gefahren. Und weil die Busse da ziemlich blöde Fahrtzeiten haben, bin ich die halbe Strecke nach Hause gelaufen. Gott sei Dank war dann jemand so nett und hat mich mitgenommen.«

»Also ein mieser Tag«, bemerkt Ray verständnisvoll.

»Davon kann ich langsam echt keinen mehr gebrauchen«, murmele ich verdrießlich. Dann verfinstert sich mein Blick, als Kai über den Schulhof auf uns zukommt.

»Schlecht drauf?«, brummt er mir direkt entgegen. Offensichtlich ist ihm mein Gesichtsausdruck nicht entgangen.

»Du hast ja schließlich kein Patent auf diese Stimmung«, antworte ich nicht weniger grummelig.

Ray wendet sich an seinen besten Freund. »Lass sie in Frieden, Kai. Sie hatte gestern einen miesen Tag und musste sogar per Anhalter fahren.«

Obwohl ich mein Gesicht inzwischen wieder mit meinen Händen auf den Beinen stütze, spüre ich sofort Kais Blick auf mir.

»Sie ist eingeschlafen und mit dem Bus bis Nerson Bake gefahren«, höre ich Ray sagen. »Hätte nicht gedacht, dass in einem größeren Ort als Spellington die Buszeiten schlechter sind.«

Wohl wahr. Aber ich hätte auch nicht damit gerechnet, dass Ben durchdreht und an unserer Schule Amok läuft. Ich hätte nicht damit gerechnet, dass wir in diesem Jahr so plötzlich eine Schülerin weniger sind. Ich hätte nicht damit gerechnet, dass Alex mich im Stich lässt und wegzieht. Und ich hätte nicht damit gerechnet, dass meine Mutter sich verhält wie ein dummer und unreifer Teenager. Willkommen in meinem Leben.

Erschöpft hebe ich den Kopf und muss sofort feststellen, dass Kai mich kritisch anstarrt. Seine Gemeinheiten brauche ich heute wirklich nicht.

»Du hättest anrufen können«, sagt er. »Ich hätte dich abgeholt.«

Mir entfährt ein ungläubiges Lachen. »Klar.«

Sogar Ray scheint von der Aussage seines Freundes überrascht zu sein.

Kai hingegen wirkt beinahe wütend. »Es sei denn, du willst draufgehen«, bemerkt er brüsk. »Dann steig ruhig weiterhin in fremde Autos ein.«

Ray grinst, doch ich fühle mich durch Kais Worte angegriffen. »Der Kerl ist Polizist, in Ordnung?«

»Ah, wie dein neuer Freund«, erwidert Kai.

Auch dadurch fühle ich mich angegriffen.

Bevor ich allerdings darauf reagieren kann, kommt Ray mir zuvor und hisst eine unsichtbare weiße Flagge zwischen uns. »Vielleicht beruhigen wir uns wieder, ja? Hailey, in fremde Autos einzusteigen ist wirklich keine gute Idee.«

Das weiß ich. Allerdings hat mir die Tatsache, dass es sich bei dem Fremden um einen Polizisten gehandelt hat, einfach die Vorsicht genommen.

Ray deutet auf seinen Freund. »Und Kai hat angeboten, dich in solchen Fällen abzuholen. Das ist doch nett.«

Kai schüttelt vehement den Kopf. »Das hat nichts mit Nettigkeit zu tun«, sagt er schroff. »Ich bin bisher nur nicht davon ausgegangen, dass sie dumm ist.« Dann streckt er mir die Hand entgegen. »Gib mir dein Handy.«

Ich starre ihn aufgebracht an, will protestieren.

Ray meldet sich erneut zu Wort. »Er meint *bitte*.«

Ich hole mein Handy aus der Tasche und sehe erst Ray an, dann wieder Kai. »Du bist ein unverschämter und-«

»Jetzt gib schon her«, sagt er und reißt mir das Telefon einfach aus der Hand. Er tippt darauf herum und hält es mir wieder entgegen.

Irritiert mustere ich ihn.

»Ich habe meine Nummer eingespeichert.« Das klang, als sei es selbstverständlich.

Er hat es also wirklich als Angebot gemeint. Und wäre er nicht so unausstehlich, würde ich es *nett* nennen.

Ich seufze. »Brauchst du meine?« Keine Ahnung, wieso ich das frage. Er will sie sowieso nicht, da bin ich sicher.

»Nein«, erwidert er brüsk und läuft dann kopfschüttelnd davon.

Ich bleibe regungslos sitzen und werfe nach einigen Sekunden Ray einen Blick zu. Vielleicht kann er mir ja erklären, was hier gerade passiert ist.

»Es war wirklich dumm«, sagt er, dann lächelt er allerdings. »Kai hat deine Nummer bereits, deshalb will er sie nicht.«

Jetzt bin ich überrascht.

Ray wirkt wegen des Verhaltens seines Freundes amüsiert. Aber Kai McKenzie interessiert sich einen Dreck dafür, wie ich nach Hause komme. Ich bin ihm völlig egal, ganz sicher. Er scheint nur endlich zu akzeptieren, dass Ray das anders sieht.

Kapitel 8

»Es gibt für mich nur zwei Seiten«
Donnerstag, 20. Oktober

Mir widerstrebt es, jeden Tag gemeinsam mit Kai den Weg zur Schule und wieder zurückzulaufen. Leider muss ich wohl einsehen, dass es ihn und Ray nur im Doppelpack gibt.

Als wir uns an diesem Tag auf den Weg machen, läuft Kai nur schweigend neben uns her. Wenigstens hat er aufgehört, mich permanent kritisch zu mustern, wenn ich mit Ray Späße mache.

Dann entfährt ihm plötzlich ein äußerst leiser aber deutlicher Fluch, und er huscht so schnell durch den Eingang des *Luk's*, dass ich mich über sein Verhalten wundere.

»Was—«

Ray hebt ruckartig die Hand, presst sie mir auf den Mund und zieht mich ebenfalls mit sich durch die noch offene Tür des Cafés. Erst als sie hinter uns zufällt, lässt er mich los.

Sofort hebe ich die Arme, um meine Verwunderung zu demonstrieren. »Okay, was war *das*?«, frage ich laut.

Anstatt mir zu antworten, wirft Ray seinem Freund einen entsetzten Blick zu, die Augen aufgerissen. »War das—«

»Verdammt, ja«, fällt Kai ihm ins Wort.

Die beiden verfallen in Schweigen.

Ich stehe neben ihnen und warte darauf, dass mich jemand aufklärt. Da das aber anscheinend keiner der beiden vorhat, wende ich mich an Ray. »Vor wem versteckt ihr euch?«

Beide werfen mir einen Blick zu, als sei es schlimm, dass ich diese Frage stelle.

Kai mustert mich kritisch.

Ray hingegen seufzt. »Vielleicht erzählen wir ihr—«

Kais Blick bringt ihn sofort zum Schweigen.

Mir geht ein Licht auf. »Es geht hier um dich, oder?«, frage ich ihn. »Deine Angelegenheiten, aus denen ich mich raushalten soll.« Neugierig sehe ich hinaus und entdecke einen Mann mittleren Alters, der langsam über den Bordstein schlendert und dabei seine Umgebung beobachtet. »Sucht dich dieser Kerl?«

Kai schweigt, weicht aber meinem Blick aus. Ich habe recht, da bin ich mir sicher.

»Sag es ihr«, bemerkt Ray.

»Nein«, erwidert Kai brüsk. »Das geht sie nichts an. Wenn du ihr deine Geheimnisse verraten willst, fein, aber meine behalte ich für mich.«

Rays Gesichtsausdruck wirkt rebellisch. Er will mir offenbar die Wahrheit sagen. »Ich habe sie hier gerade hineingezerrt wie ein Entführer, also nein.« Dann sieht er mich an. »Das ist Henry.«

Ein Name sagt mir nichts, er ist keine relevante Information. »Und wer *ist* Henry?«, hake ich nach.

»Sie haben es herausgefunden«, sagt Ray an seinen Freund gewandt.

Kai blickt verwundert durch die verspiegelten Scheiben zu Henry. »Nein, haben sie nicht.«

»Aber er ist hier«, erwidert Ray eindringlich. »Er wird wohl kaum Urlaub machen.«

Ich verschränke frustriert die Arme.

Kai scheint mein genervter Gesichtsausdruck nicht zu entgehen. Ihm ist aber offenbar bewusst, dass ich auf eine Antwort bestehen werde, denn er wendet sich mir zu. »Dieser Mann sucht mich.«

»Du hast also niemandem gesagt, dass du dir hier mal eben ein Haus gekauft hast?«, erwidere ich sarkastisch.

Kai lacht abfällig. »Ja, das ist für dich und dein Leben in dieser kleinen, heilen Vorstadtwelt ein Schock, was?«

Ray wirft ihm einen finsteren Blick zu, als wolle er ihn ermahnen, mich nicht aus Frust zu beleidigen.

»Ich bin mitten in der Nacht gegangen und habe vielleicht vergessen, einen Zettel mit meiner neuen Anschrift dazulassen.« Kai sprach es mit einer unglaublichen Selbstverständlichkeit aus. »Wenn man die Wahl zwischen Gehen und Bleiben hat, verschwindet man manchmal besser.«

Ich zucke mit den Schultern. »Fein.«

Sein Gesichtsausdruck verdunkelt sich. »Wenn du jemanden sagst, dass—«

»Ich hab's satt, dass du dich so verhältst«, fahre ich ihm über den Mund. »Tu nicht so, als hättest du mir gerade detaillierte Informationen über dein Privatleben anvertraut.« Ich schüttele den Kopf. »Du misstraust mir? Das ist dein gutes Recht. Ich hätte jeden Grund, jetzt da rausgehen und den Kerl auf dich aufmerksam zu machen, weil du ein Arschloch bist. Doch ich werde es nicht tun, denn so wie ich Rays Geheimnis für mich behalte, würde ich auch dich schützen. Also vertrau mir oder lass es, aber ich bin nicht dein Feind. Ich habe verdammt nochmal nichts getan, um so von dir behandelt zu werden.« Mit den Worten stürme ich aus dem Café und überlasse die beiden sich selbst.

Freitag, 21. Oktober

Endlich Wochenende. Für mich bedeutet das nicht nur zwei schulfreie Tage, sondern auch, dass ich Kai nicht sehen muss.

Mit einem Tee in der Hand schlendere ich durch das Haus. Meine Mutter ist mit Michael unterwegs, und ich genieße die Ruhe im Haus. Gerade, als ich mich auf die Couch setzen und den Fernseher einschalten möchte, klingelt es jedoch an der Tür.

Als ich sie öffne und in Kais mürrisches Gesicht blicke, entfährt mir beinahe ein genervter Laut. »Was willst du hier?«

»Lässt du mich rein?«, fragt er bloß.

Obwohl mir kein plausibler Grund einfällt, wieso ich es tun sollte, drücke ich ihm brüsk meine Tasse in die Hand. »Hier. Will ich mal ein guter Gastgeber sein, was?«

Er folgt mir ins Wohnzimmer. Sein Blick schweift durch den Raum, dann riecht er an dem Tee und stellt die Tasse zur Seite. »Vermisst du Alex?«

Offenbar will er nicht lange darum herumreden.

Ich lasse mich auf die Couch sinken. »Was soll das werden?«

»Beantworte die Frage«, erwidert er kühl. »Wie geht es dir ohne Alex?«

Ich stoße einen abfälligen Laut aus. »Du meinst, wenn ich gerade mal nicht grundlos von einem unverschämten Arschloch angemacht werde?«

»Genau.«

Mit dieser Antwort entlockt er mir unerwartet ein leichtes Grinsen. Er widerspricht nicht mal. Hält er sich vielleicht selbst auch für einen unausstehlichen Menschen? »Du willst also Smalltalk über meine Angelegenheiten führen und von deinen darf ich immer noch nichts wissen?«

Kai läuft einige Schritte durch den Raum, während mein Blick an ihm haftet. »Ray hat dich gern«, bemerkt er knapp.

Ich verschränke die Arme vor der Brust. »Und das passt dir nicht, ich weiß.«

Kai lehnt sich an die Wand nahe der Wohnzimmertür und lässt die Hände in seinen Hosentaschen verschwinden. »Wieso sollte ich dir vertrauen, Blake?« Das klang nicht abweisend, obwohl er mich bei meinem Nachnamen genannt hat.

Nicht ein einziges Mal hat er bisher meinen Vornamen genutzt. Auch das ist ein Zeichen seiner geringen Wertschätzung für mich. Dennoch hat seine Frage ruhig und beinahe freundlich geklungen.

»Ich weiß es nicht«, antwortete ich deshalb freundlich. »Man vertraut anderen einfach. Man riskiert es.«

»Ich nicht.« Sein ernster Blick ruht auf mir.

Ich lehne mich vor und stütze mich mit den Unterarmen auf meinen Beinen ab. »Wieso soll ich dir einen Grund geben, mir zu vertrauen? Sag du mir doch einfach, wieso du es nicht tust.«

»Weil du mir noch nicht bewiesen hast, dass ich es kann.« Das kommt wie aus der Pistole geschossen. Er hat nicht eine Sekunde darüber nachgedacht.

Ich seufze und lasse den Kopf hängen. Wir befinden uns offensichtlich in einem Teufelskreis. Wie soll ich ihm beweisen, dass er mir vertrauen kann, wenn er mir keine Chance dazu gibt?

Wir schweigen beide.

Kai ist zu mir gekommen, um mit mir zu reden. Was aber will er genau von mir? Worauf zielt dieses Gespräch ab?

Zögernd beschließe ich, ihm auf seine anfängliche Frage zu antworten. »Alex fehlt mir. Spellington fühlt sich ohne ihn nicht mehr so an wie früher.« Ich stoße einen wehmütigen Laut aus. »Vielleicht ist es dumm von mir, das so zu sehen. Als er mich in diesem Klassenraum in Bens Richtung gestoßen hat … Etwas hat sich verändert und vermutlich sollte ich froh sein, dass er weg ist.«

Kai sieht mich beinahe nachgiebig an. »Alex hatte an diesem Tag Angst. Menschen reagieren unterschiedlich, wenn sie sich fürchten.«

»Aber du bist für Ray aufs Ganze gegangen und hast Ben überwältigt«, sage ich. »Hattest du denn keine Angst?«

Unser Blickkontakt reißt ab, stattdessen sieht sich Kai erneut im Raum um. Er antwortet nicht direkt, schweigt eine ganze Weile. »Alex traf eine Entscheidung, auf die er vermutlich rückblickend nicht stolz ist. Es ist okay, wenn du einige Zeit lang wütend auf ihn bist, aber du solltest es nicht für immer sein.«

»Du stellst dich auf seine Seite?«, frage ich. Das meine ich überhaupt nicht feindselig, allerdings bin ich überrascht.

»Ich tue nichts dergleichen«, antwortet Kai. »Es gibt für mich nur zwei Seiten. Die von Ray und meine eigene. Alles darüber hinaus kümmert mich nicht.«

Das klang ganz wie der Kai, den ich bisher kennengelernt habe.

Trotzdem schmunzle ich, stehe auf und gehe auf ihn zu. »Wenn du das wirklich so meinst, warum bist du dann hergekommen? Wieso wolltest du wissen, ob ich Alex vermisse?«

Kai stößt sich von der Wand ab und stellt sich nah vor mich. »Ray macht seine Witze, flirtet mit diesem düsteren Mädchen–«

»Enya«, unterbreche ich ihn. »Ihr Name ist Enya Lionoens.«

Kai starrt mir geradewegs in die Augen, scheint nicht auf meine Worte eingehen zu wollen. »Ray war immer dieser nette, lustige Kerl und er wird es irgendwann wieder sein, doch aktuell geht es ihm nicht gut. Er sucht deswegen Nähe zu anderen Menschen, um sich abzulenken. Ich will Rücksicht darauf nehmen, was Ray braucht. Da das unter anderem du zu sein scheinst, muss ich mich wohl damit abfinden. Das gefällt mir nicht, allerdings ist es Ray wichtig.«

Ich stehe nur da, sehe ihn an und bin geneigt, ihn für diese Worte zu mögen. Kai lässt mich deutlich wissen, dass er mich nicht bei sich haben will, aber er ist bereit, seine eigenen Wünsche zurückzustellen. Ich schätze ihn dafür, dass er Ray ein guter Freund ist.

In der letzten Zeit habe ich diesbezüglich einiges mitbekommen. Kai geht mit Ray völlig anders um, als mit jedem anderen. Vor allem dann, wenn er glaubt, niemand würde es merken. Es ist vermutlich die gute Seite an ihm, von der Ray mich immer wieder überzeugen möchte. Diese Seite lässt Kai wie einen ganz anderen Menschen erscheinen. Und diesen Menschen könnte ich mögen, da bin ich mir sicher. Die Frage ist nur, ob ich diese Seite an ihm jemals selbst zu spüren bekommen werde.

Das möchte ich, deshalb fasse ich in dieser Sekunde den Entschluss, Kai eines Tages als Freund zu gewinnen. Mit Rays

Unterstützung und einer ordentlichen Menge Geduld und Ausdauer werde ich das vielleicht schaffen.

Ich lächle leicht und unterbreche unser unangenehmes Schweigen, lege eine Spur Humor in meine Stimme. »Also erlaubst du mir, Rays Freundin zu sein?«

»Ihr braucht nicht meine Erlaubnis, um befreundet zu sein«, erwidert er. »Ich unterstütze Rays Wunsch, dich in sein Leben zu lassen, wenn ich kann. Also hole ich dich ab, wenn du das nächste Mal irgendwo strandest. Ich dulde dich von mir aus auch in meinem Haus. Doch ich will direkt klarstellen, dass ich nicht in euer Freundschaftsding hineingezogen werden möchte.«

»Aber natürlich«, stimme ich zu, grinse aber innerlich wie ein Honigkuchenpferd.

»Das ist mein Ernst«, beharrt er.

Ich nicke. »Wir sind uns einig. Es ging immer nur darum, Rays Freundin zu sein, nicht deine.«

Nach einem kurzen Moment nickt er und verabschiedet sich schließlich.

Ich verharre, bis die Tür ins Schloss fällt, dann werfe ich mich auf die Couch und schalte den Fernseher ein. Mit einem Lächeln und der Genugtuung, dass er mir geglaubt hat.

Kapitel 9

Dass meine Mutter mich für einen verlängerten Wochenendtrip zu Hause allein lässt, wundert mich seit den vergangenen Wochen nicht allzu sehr. Sie und Michael schweben auf Wolke Sieben, stecken mitten in ihren unvernünftigen Hochzeitplänen und sind mit ihrer Verliebtheit nahezu unerträglich.

Als sie an diesem Morgen endlich das Haus verlassen, freue ich mich zwar darüber, tun und lassen zu können, was ich will, doch ich bin in dem großen Haus nicht gern für mich. Das ist etwas anderes, wenn ich weiß, dass meine Mutter am Abend nach Hause kommt. Aber die Gewissheit, dass ich die nächsten vier Tage völlig allein sein werde, schmälert meine Freude schneller, als mir zuerst lieb ist.

So kommt es allerdings, dass ich an diesem Tag nur halb so genervt bin, als Thalia Mudo in der Schulpause geradewegs auf mich zusteuert. Ich schaue zu Kai, der in wenigen Metern Entfernung auf einer niedrigen Mauer sitzt und ein Buch liest.

Dann wandert mein Blick zu Ray, der bei Enya steht und mit ihr ins Gespräch vertieft ist. Ich bin jedes Mal erstaunt darüber, dass Ray scheinbar der Einzige ist, mit dem sich Enya länger als fünf Minuten beschäftigt. Er macht sie wahrscheinlich zu einer gesellschaftsfähigen Person, wenn das so weiter geht.

Jedenfalls ist mir weder Kai noch Ray in dieser Sekunde eine Hilfe und ich bin Thalia völlig ohne Ausrede ausgeliefert, als sie vor mir zum Stehen kommt und ein breites Lächeln aufsetzt.

»Hallo Hailey«, grüßt sie fröhlich.

»Hallo Thalia«, erwidere ich die Begrüßung und grinse, als sie kein weiteres Wort sagt. »Was kann ich für dich tun?«

Ihr Blick gleitet für den Bruchteil einer Sekunde zu Kai hinüber, dann wieder zu mir. »Hast du am Wochenende schon was vor?«

Mein Alltag wird aus gähnender Langeweile bestehen, aber will ich ihr das wirklich verraten? »Weißt du, ich—«

»Einige von uns treffen sich im Club, und ich wollte fragen, ob du mitkommen möchtest«, fällt sie mir ins Wort.

Das klingt tatsächlich reizvoll. »Einige?«, frage ich dennoch.

»Na ja, da wären Robin, Mike, Dana, Gary und noch ein paar«, antwortet sie.

Ich nicke zuerst langsam, dann entschlossener. »Na gut, von mir aus.« Offenbar sind Thalia und ich mal wieder an dem On-Punkt unserer Freundschaft angekommen.

Wieder sieht sie zu Kai hinüber. »Bringst du deine Freunde mit?«

Ich spüre förmlich, wie Kai mich im Augenwinkel finster mustert, ohne dabei den Kopf zu bewegen. »Ray hat sicher Lust«, sage ich und hebe dann meine Stimme an, damit Kai sich angesprochen fühlt. »Was ist mit dir? Möchtest du mit den

Leuten, die nicht Teil deines Lebens sein dürfen, etwas trinken gehen? Wir halten uns auch brav aus deinen Angelegenheiten raus, versprochen.« Ich wende mich ihm mit einem Grinsen zu und ernte zu meiner Überraschung ein Schulterzucken.

Das wertet Thalia anscheinend als Ja, denn ihr Lächeln wird so breit, wie ich es nie für möglich gehalten hätte. »Cool.« Dann fällt ihr Blick über meine Schulter und für einen kurzen Moment wirkt sie überrascht, bis ihr Lächeln wieder die Oberhand in ihrer Gesichtskirmes gewinnt. »Dein Freund kommt sicher auch mit.«

»Mein—«

»Wenn ich darf«, ertönt Ians Stimme hinter mir und ich drehe mich zu ihm um. »Wohin gehen wir bei unserem zweiten Date?«

Ich grinse sofort und will ihn ermahnen, da kommt Thalia mir bereits zuvor. »Wir gehen morgen in den Club.«

Ian nickt und sieht mich an. »Hailey?«

»Klar, komm mit«, sage ich. »Wenn du es nur nicht wieder Date nennst.«

»Es kommt drauf an, was wir aus dem Tag oder eher dem Abend machen«, bemerkt er mit einem Schmunzeln.

Im selben Moment sehe ich im Augenwinkel, wie Kai den Kopf hebt und ihn ansieht. Seine Reaktion lässt mich vermuten, dass er ebenso wie ich weiß, worauf Ian so scherzhaft anspielt. Wenn er es überhaupt als Witz meint, da bin ich mir nicht sicher.

»Ich hole dich ab«, schlägt Ian vor. »Vielleicht komme ich etwas eher, dann könnte ich deine Mutter kennenlernen.«

»Tja, die ist leider übers Wochenende nicht zu Hause, also wird das wohl nichts.«

»Umso besser«, sagt er. »Vielleicht verbringen wir einfach den Tag zusammen bei dir auf der Couch und gehen anschließend mit den anderen weg.«

Das hört sich verlockender an, als ich jemals laut zugeben würde. Nicht vor Thalia und erst recht nicht vor Kai, dessen merkwürdiger Blick auf uns ruht.

Mein Schweigen wertet Ian offenbar als Ja. »Ich komme dich einfach morgen nach der Schule abholen und wir gehen zu dir.« Er wendet sich an Thalia. »Wir sehen uns.« Dann sieht er zu Kai herüber. »Bist du auch da?«

Der mustert ihn mit gewohntem Argwohn im Blick. »Bin ich wohl. Ray und ich sind so gut wie immer in ihrer Nähe.«

Das klingt in meinen Ohren ziemlich ähnlich wie eine Warnung, obwohl ich nicht verstehe, wieso er es so ausspricht.

Nachdem Ian sich von mir verabschiedet hat und auch Thalia sich auf den Weg zu Dana macht, stehe ich nur da und mustere Kai irritiert. »Du musst nicht mitkommen, wenn du keine Lust hast«, sage ich.

Vermutlich ist er deshalb wieder so verstimmt.

»Ich werde da sein«, erwidert Kai bloß kühl und widmet sich dann wieder seinem Buch.

Freitag, 28. Oktober

»Den liebe ich«, sagt Ian und hält beim Durchschalten der Fernsehkanäle inne.

Auf dem Bildschirm sehe ich einen Mann in hautengem Kostüm durch eine Menge springen, offensichtlich auf der Jagd nach einem Bösewicht.

Alex mochte solche Superheldenfilme ebenfalls. Ich hingegen kann ihnen nicht viel abgewinnen.

»Erzähl mir was über dich«, bemerke ich und versuche das Verkehrschaos, das die Figur im Film verursacht, auszublenden.

Ian stellt den Fernseher leiser und sieht mich amüsiert an. »Tun wir nun doch so, als hätten wir ein Date?«

»Du wolltest unbedingt eins, dann halt dich auch an die Spielregeln«, werfe ich ihm lachend vor.

Er nickt, schaltet den Fernseher aus und wendet sich mir mit dem ganzen Körper zu. »Ich bin zwanzig Jahre alt, wohne zwischen Spellington und Nerson Bake, arbeite als Polizist, habe einen Bruder, tolle Eltern und einen begnadeten Sinn für Humor.« Ich grinse, doch bevor ich ihm etwas über mich erzählen kann, fährt er fort. »Du bist siebzehn, lebst seit deiner frühen Kindheit hier in Spellington, besuchst für den zweiten Grad die Spellington-High, bist Einzelkind, wohnst hier allein mit deiner Mutter und ich will dich auf jeden Fall näher kennenlernen.«

Verdammter Charmeur.

»Du lässt nicht mehr locker, oder?«, frage ich mit einem Schmunzeln.

»Das wäre fatal, bei all der Konkurrenz in deiner Nähe«, antwortet er. »Du und Alex?«

»Wir wa—« Ich breche den Satz ab. »Wir *sind* Freunde.«

»Du und Ray?«

»Dito.«

»Du und Kai?«

Ich schüttele energisch den Kopf. »Glaub mir, der ist keine Konkurrenz für dich.«

Ian lacht leise. »Warum sieht er mich dann so an, wie er es gestern auf dem Schulhof getan hat?«

Ich zucke mit den Schultern und will nicht näher darauf eingehen. »Er hat nur diesen einen Gesichtsausdruck, schätze ich. Lass ihn einfach gucken.« Um meinen Worten Nachdruck zu verleihen, lehne ich mich vor und lege die Hand an Ians Arm. »Er ist nicht ansatzweise so charmant wie du.«

»Dann muss ich es riskieren«, erwidert Ian. Bevor ich ahnen kann, was er damit meint, lässt er den Rest unseres Abstands zueinander verschwinden und unsere Lippen berühren sich. Beinahe wirkt er zögerlich, als würde er mir die Möglichkeit lassen wollen, zurückzuweichen.

Ich erwidere den Kuss weit weniger zurückhaltend und fahre mit der Hand über seinen Hals, lasse mich von ihm in seine Arme ziehen.

Erst das Klingeln an der Haustür lässt uns innehalten.

»Haben wir nicht noch eine Stunde?«, bemerkt Ian verwundert.

Das dachte ich auch, trotzdem stehe ich auf und betrete den Flur. Ian folgt mir und streicht mir über den Rücken, als ich die Tür öffne und Kai und Ray davor entdecke.

»Sind wir zu früh?« Kai tritt ohne Aufforderung an uns vorbei und läuft geradewegs ins Wohnzimmer.

»Ach was, nein«, murmele ich. »Ich hole was zu trinken aus der Küche.«

Ray macht direkt einen Schritt auf mich zu. »Ich begleite dich.«

Ich nicke und beobachte, wie Ian Kai folgt.

Kaum, dass ich den Küchenschrank öffne, um zwei Gläser herauszuholen, drängt sich Ray an meine Seite. »Entschuldige, aus irgendeinem Grund, den ich selber nicht ganz verstehe, platzen wir in euer Date«, flüstert er.

»Wie meinst du das?«, erkundige ich mich ebenfalls leise.

»Damit meine ich, dass unser frühes Auftauchen nicht meine Idee war.«

»Und was genau verleitet Kai dazu, plötzlich mehr Zeit als nötig in meiner Nähe zu verbringen?«

Ray deutet mit einem Kopfnicken in Ians Richtung. »Er kann ihn nicht leiden.«

»Er kann niemanden ausstehen, das ist doch wirklich nichts Neues.«

»Nein«, beharrt Ray nachdrücklich und späht mit mir gemeinsam durch den Flur bis hinein ins Wohnzimmer. »Er kann ihn wirklich nicht ab. Keine Ahnung, was Ian gemacht hat, aber das hier geht über Kais normale Abneigung hinaus.«

Ich seufze. Es wäre ja auch zu schön gewesen, wenn die Sache mit Kai einfach friedlich ihren Lauf genommen hätte.

Kapitel 10

»Es ist nur ein Rat«
Freitag, 28. Oktober

Thalia Mudos Auftritt am Abend schafft es zum Glück, mich von meinem Frust wegen Kais unbegründeter Abneigung gegen Ian abzulenken. Auch ich bin trotz der kühlen Temperaturen durchaus dünn und knapp bekleidet, allerdings hoffe ich, dass ich dadurch nicht so wirke wie Thalia. Um weniger anzuhaben, könnte sie höchstens in Unterwäsche auf der Tanzfläche herumhüpfen.

Noch dazu scheint sie hyperaktiv zu sein. Nach dem energischen Versuch, Kai auf die Tanzfläche zu ziehen, der sie im Gegenzug nur drohend ansah, hat sie nun Ray mit sich gezerrt.

Kai bleibt mit mir an der Theke zurück, während Ian mit Robin und Mike einige Meter entfernt in ein Gespräch verwickelt ist. Ich will eigentlich nur in Ruhe mein Bier trinken, habe aber festgestellt, dass sich Kais Laune Stunde um Stunde verschlechtert hat.

Dennoch starte ich den Versuch, ein Gespräch in Gang zu bringen. »Weißt du eigentlich, wie man sich amüsiert?«

»Oh, bitte erklär mir, wie das geht. Nichts würde ich lieber hören.« Kai trinkt seinen Whisky in einem Zug leer. Es ist nicht sein erster und das merkt man deutlich an der Art und Weise, wie er mit mir spricht. Der Alkohol lässt ihn lockerer wirken, freundlicher macht er ihn allerdings nicht.

»Wow«, erwidere ich bloß und ich glaube, dass der Sarkasmus in meiner Stimme nicht zu überhören ist. »Wer hätte gedacht, dass du noch charmanter wirst, wenn du trinkst?«

In diesem Augenblick lehnt sich eine junge Frau neben mir an die Theke und spricht mich ohne Umschweife an. »Ich kenne da jemanden, der auch nicht besonders nett ist, wenn Alkohol im Spiel ist.«

Ich starre sie bloß an, warte auf eine relevante Information hinter ihren Worten.

Sie deutet mit einem Nicken in Ians Richtung. »Du solltest auf dich aufpassen und dich besser von ihm fernhalten.«

»Und wer bist du?«, frage ich verwundert.

Als die junge Frau antwortet, klingt ihre Stimme besorgt. »Es ist nur ein Rat.«

Was zum Henker hat das zu bedeuten? Ian ist der netteste Kerl, der mir je untergekommen ist. Jetzt kommt eine Fremde daher und will mir das, was sich da zwischen uns entwickelt, kaputtmachen?

»Entschuldige, aber ich lege keinen Wert auf die Meinung einer wildfremden Frau«, sage ich, wende mich von ihr ab und starre stattdessen in mein Bierglas.

»Ich bin nicht irgendeine Fremde«, beharrt sie. »Nicht für Ian Horres. Ich bin die Freundin einer Frau, die Ian besser kennt als du. Er ist nicht der nette Kerl, für den du ihn hältst. Ich weiß, dass er charmant wirkt, aber du wärst nicht die Erste, die auf diese Masche reinfällt und es dann bitter bereut.«

Ich schüttele energisch den Kopf. Wieso sollte ich ihren Worten Glauben schenken? Ich mag Ian. Er ist sympathisch und aufmerksam. Es gibt keine Anhaltspunkte dafür, dass er all das nur spielt. Nur die Worte einer Frau, die ich noch nie zuvor gesehen habe.

Ihre Hand berührt meinen Arm. »Ich verstehe, dass du mir nicht glauben möchtest. Frag ihn nach Tess und dann wird dir hoffentlich seine Reaktion zeigen, dass er etwas verbirgt.«

Ich starre sie noch einen Augenblick an, trinke schließlich mein Bier in einem Zug leer und lasse sie stehen. Ich bin in diesem Augenblick so wütend, dass mir die Lust auf diesen Abend vergangen ist.

Aufgebracht eile ich aus dem Club und halte erst inne, als mich die kalte Luft trifft, als würde ich gegen eine Wand laufen.

Obwohl ich nicht mit Gesellschaft rechne, kommen wenig später Kai, Ray und Thalia aus der Tür. Schweigend machen wir uns auf den Weg. Thalia stellt zum Glück keine nervigen Fragen wegen unseres abrupten Aufbruchs. Sie ist zu beschäftigt damit, Ray langweilige Anekdoten zu erzählen. Beide bekommen nicht mal mit, dass ich nach einigen Metern immer langsamer werde.

Ich friere, habe keine dicke Jacke dabei und will nur noch nach Hause. Und das obwohl dort niemand auf mich wartet.

Kai wird ebenfalls langsamer und als Ray und Thalia einiges an Vorsprung haben, spricht er die merkwürdige Situation wider Erwarten an. »Anscheinend gibt es etwas, das du nicht über Ian weißt.« Er läuft neben mir, seine Hände in den Jackentaschen vergraben und eine Mütze tief in seine Stirn gezogen.

Wieso ziehen sich Männer eigentlich den Temperaturen entsprechend an und nur wir Frauen frieren lieber, um durch ein schickes Outfit aufzufallen?

Als wir in die nächste Seitenstraße einbiegen, bleibe ich zitternd stehen und verschränke die Arme vor der Brust. Meine dünne Strickjacke reicht definitiv nicht, um mich zu wärmen.

Mein Kiefer schlottert, als ich beschließe, doch noch auf Kais Worte zu reagieren. »Und wenn diese Frau lügt? Vielleicht ist sie nur sauer, weil er sie mal verschmäht hat.«

Kai stellt sich dicht vor mich. Für einen Moment glaube ich, dass er das tut, damit mir wärmer wird. Doch scheinbar will er nur sichergehen, dass mir sein mahnender Gesichtsausdruck nicht entgeht. »Und was, wenn sie die Wahrheit sagt?« Es klang schroff. »Sie redet von einem Mädchen, das es bitter bereut hat, Ian vertraut zu haben. Willst du jetzt also wirklich ein Risiko eingehen und irgendwann denken, dass sie recht hatte? Möchtest du dich dann daran erinnern, dass *ich* dir geraten habe, auf sie zu hören?«

Ich starre ihn an, will möglichst wütend wirken, aber das kommt mit meinem schlotternden Kiefer vermutlich nicht zur Geltung.

»Wenn du irgendwann merkst, wer dieser Kerl tatsächlich ist, könnte es bereits zu spät sein, Blake«, ermahnt Kai mich laut. »Dann ist dir vermutlich schon was zugestoßen, weil du nicht nur einer Fremden misstraut hast, sondern auch mir nicht glauben wolltest. Und ich werde mich fragen, ob ich nicht energisch genug gewesen bin, dich von der Möglichkeit zu überzeugen, dass Ian nicht automatisch ein feiner Kerl ist, nur weil er eine Uniform trägt. Aber weißt du was? Ich will überhaupt nicht energisch sein. Es sollte mich nicht kümmern, was du treibst. Ich habe keine Lust, dir auf Schritt und Tritt hinterher zu sein und dir zu helfen, wenn du durch deinen Leichtsinn in Schwierigkeiten gerätst.«

»Kai.« Ray ermahnte ihn leise aber eindringlich, als er sich mit Thalia neben uns stellt.

Die wirkt verdutzt. So hat sie Kai noch nicht erlebt, ich auch nicht. Vielleicht trägt sein Verhalten ja dazu bei, dass Thalia sich einen anderen sucht, den sie anschmachtet.

Ich stehe einfach da und sehe Kai stur in die Augen. »Wow, dann lass es halt«, erwiderte ich teilnahmslos.

Er will mir nicht helfen? Nicht in meiner Nähe sein? Nicht auf mich achten? Ich zwinge ihn doch nicht dazu. Er kann es jederzeit lassen. Jederzeit damit aufhören, sich in mein Leben einzumischen, obwohl ich aus seinem die Finger lassen soll.

Ich hole hörbar Luft. »Niemand zwingt dich, auf mich aufzupassen.« Meine Stimme klang leise. »Ich bin nicht schutzlos oder so, nur weil Alex nicht mehr hier ist. Ich fühle mich einsam, in Ordnung?«

Kai funkelt mich noch immer uneinsichtig an, doch ich lasse ihm nicht die Chance, erneut das Wort zu ergreifen.

»Ich verstehe nicht, was du willst«, sage ich und reibe mir energisch über die Arme, um mich zu wärmen. »Du behandelst mich wie Luft, wenn es dir passt. Und wenn es mir dann so gar nicht passt, fängst du an, dich einzumischen. Warum tust du das? Wieso lässt du mir nicht einfach das kleine Bisschen Glück, das ich empfinde, wenn ich an Ian denke?« Ich spüre, wie sich Wut in meinem Inneren ausbreitet. »Dir kamen die Worte dieser fremden Frau doch gerade recht, nicht wahr? Du kannst Ian nicht ausstehen, obwohl er dir nichts getan hat. Du bist heute in der Hoffnung in mein Haus geplatzt, uns zu stören. Bei was, Kai? Macht dich der Gedanke, dass er mich anfassen könnte, wirklich so wahnsinnig? Für wen hältst du dich? Du kannst mich nicht wie Dreck behandeln und dann den unerwünschten Wachhund spielen.«

»Hailey«, ermahnt Ray dieses Mal mich.

Kai starrt mich kühl an, als würden meine Worte einfach an ihm abprallen. »Ich habe dir gesagt, warum ich das tue.«

»Nein, du hast mir erklärt, wieso du dich dazu herablässt, mich in deinem Haus zu dulden!«, entfährt es mir sofort aufgebracht. »Ich sollte nicht mit Ray reden, jetzt nicht mehr mit Ian und am besten überhaupt niemals mit dir. So wäre dir das hier am liebsten, nicht wahr?«

»Ich habe doch nur gesagt, dass du nicht leichtsinnig–«

»Hör auf!«, schreie ich ihn an. »Ich bin nicht naiv, nur weil ich mich auf einen charmanten Kerl einlassen möchte. Einen, der mich mag, mich gut behandelt und damit einfach das genaue Gegenteil von dir ist.«

Ray wirft die Hände in die Luft und wendet sich genervt von uns ab. »Ich bringe Thalia nach Hause. Macht doch weiter mit– Was auch immer das hier werden soll.«

Kai ergreift sofort das Wort. »Die Frau kennt Ian. Sie sagt, dass man ihm nicht trauen kann. Mein Gefühl–«

»Ich scheiß auf deine Gefühle, Kai McKenzie«, unterbreche ich ihn. »Wann empfindest du mal etwas, außer Hass und Vorurteile? Du behandelst jeden wie Dreck, bist ein unausstehlicher, arroganter und unfreundlicher Mistkerl!«

Ich halte abrupt inne, als mir die Veränderung in Kais Augen auffällt. Die Wut darin verschwindet, stattdessen schüttelt er den Kopf und wendet sich von mir ab.

Vielleicht bin ich zu weit gegangen. Wenn ich wütend bin, sage ich oft Dinge, die ich nicht so meine. Kai ist kein umgänglicher Mensch, aber natürlich hat er Gefühle. Sie stärken das Freundschaftsband zwischen ihm und Ray. Sie sind vermutlich auch der Grund dafür, dass er in Spellington ist.

Ich atme tief durch und versuche, meine Selbstbeherrschung wiederzufinden. »Ich kann nicht nachfühlen, was du durchgemacht hast, was dich hergetrieben hat oder wer alles dafür verantwortlich ist, dass du dieser distanzierte, kalte Mensch geworden bist. Ich kann einfach nur nicht abstreiten, dass Ian mir ein gutes Gefühl gibt. In seiner Nähe fühle ich mich wohl, und es nicht meine Schuld, dass mir das in deiner Nähe leider unmöglich ist. Du solltest nicht so tun, als wüsstest du es besser, und dich einfach raushalten.«

Kai wendet sich mir wieder zu und seine Hände schnellen an meine Arme. Am liebsten wäre ich überrascht wegen der Handgreiflichkeit zurückgewichen, aber er lässt mir mit seinem festen Griff keine Chance dazu. »Ich bin seit einer Ewigkeit nichts anderes gewohnt, als das Schlechte in anderen Menschen zu sehen.« Er sprach leise, doch in seiner Stimme lag noch immer eine Spur Wut. »Mein Vater ist ein Säufer. Dieser Mann, den wir vor dem Café gesehen haben, sucht mich. Wenn man mich hier findet, bringt man mich zu jemandem zurück, der—« Er starrt mir eindringlich in die Augen, dann lockert sich sein Griff. »Jeder, der es im Leben gut mit mir meinen sollte, hat mich im Stich gelassen. Mach mir keinen Vorwurf, dass ich deshalb der geworden bin, der hier vor dir steht. Ich würde meinem schlimmsten Feind nicht die Hölle wünschen, aus der ich entkommen bin.«

In seinen Augen befindet sich keine Wut mehr. Auch keine Trauer. Für eine Sekunde blitzt dort etwas auf, was ich nicht zuordnen kann. Dann überkommen mich Schuldgefühle für das, was ich gesagt habe.

Kai und ich stehen Sekunden später immer noch genauso da, bis wir uns restlos beruhigt haben. Mein ganzer Körper zittert vor Kälte. Ich spüre weder meine Hände noch meine Füße. Dann löst Kai endlich seinen Griff und weicht von mir zurück.

Ich bin nicht länger wütend auf ihn, kann aber den Gedanken nicht ertragen, dass er immer so mit mir umspringen wird. Doch man kommt mit Wut nicht gegen Wut an. Kai Vorwürfe zu machen und sauer auf ihn zu sein, wird mich nicht weiterbringen. Ich muss irgendwie zu ihm durchdringen. Das wird mir wohl besser gelingen, wenn ich nett bleibe. Selbst dann, wenn er es nicht ist.

»Ich habe dir nichts getan und bin nicht schuld an den Dingen, die du hinter dir lassen willst«, sage ich. »Du hast also keinen Grund, mich zu verletzen. Ich kann dir nicht beweisen, dass ich es gut mit Ray oder dir meine, wenn du mich ausgrenzt.« Ich gebe mir Mühe, selbstbewusst aufzutreten. Doch meine Muskeln schmerzen vor Kälte und ich stehe da wie ein Häufchen Elend.

Kai mustert mich, dann nickt er. Aus heiterem Himmel zieht er seine Jacke aus und hält sie mir entgegen. Vielleicht soll es eine nette Geste sein. Eine Entschuldigung für seinen verbalen und körperlichen Ausbruch.

Doch an diesem Abend ist es in meinen Augen zu spät dafür. Zu viele gemeine Dinge sind gesagt worden. Ich schüttele den Kopf, wende mich von ihm ab und setzte den Heimweg allein fort.

Vielleicht sollte ich ihn künftig ignorieren und mir doch nichts aus ihm machen. Aber dann wird mir klar, was an diesem Abend passiert ist. Kai hat sich so aufgeführt, weil er befürchtet, Ian könnte mir Schaden zufügen. Und das zeigt mir immerhin, dass ich Fortschritte mache.

Kapitel 11

Noch einmal sehe ich zu ihm hinüber. Nicht ganz, nur gerade so, dass ich ihn im Augenwinkel erkenne. Er konzentriert sich auf den Film – wieder so ein Held in Ganzkörperanzug – und hält meine Hand.

Ich kann mich deutlich daran erinnern, wie energisch ich Ian verteidigt habe. Doch Date für Date und Mal für Mal später, bei dem mich Kai mich am Tag danach kritisch mustert, lasse ich mich ein wenig mehr von den Worten der fremden Frau beeinflussen. Natürlich möchte ich nicht glauben, dass Ian eine Seite an sich hat, die mir missfallen könnte.

Dennoch spiele ich an diesem Abend mit dem Gedanken, ihn auf die Freundin dieser Frau anzusprechen. Tess. Es ist nur ein Name, doch ich glaube, dass er diese lockere und leichte Sache zwischen Ian und mir zerstören wird.

Eine Melodie dringt mir in die Ohren und erst als Ian mich angrinst, realisiere ich, dass mein Handy klingelt.

Ich entschuldige mich knapp und gehe in die Küche, um den Film nicht zu stören. »Ray?«, melde ich mich leise.

Sofort nehme ich lautes Gepolter durch den Hörer wahr, mitten heraus schließlich die genervt klingende Stimme meines Freundes. »Ja, hi. Entschuldige, wenn ich jetzt unhöflich klinge, aber ich komme gleich zu dem Grund meines Anrufes. Ich—«

Wieder ertönt Lärm im Hintergrund und ich höre Kais gedämpftes Grummeln.

Ich lache leise. »Was treibt ihr da?«

»Ich gar nichts«, beteuert Ray. »Ich stehe hier, bin schick angezogen und gleich verabredet.«

»Du hast ein Date mit Enya?«, frage ich amüsiert. »Das ist schön.«

Nun höre ich Rays Lachen durch den Lautsprecher. »Ja, das ist ein Grund, sich zu freuen. Aber sag mal … So auf einer Skala von eins bis zehn, wie *schön* fändest du es, herzukommen und Kai Gesellschaft zu leisten?«

Für einen kurzen Augenblick stehe ich nur verdutzt da und halte seine Frage für einen Witz. Doch sein Lachen ist erloschen, und mich beschleicht der Gedanke, dass er es ernst meint. »Ich schätze so minus fünf. Wieso?«

»Kai hat vor etwa zwei Stunden eine Whiskyflasche geöffnet und bald ist sie leer. Noch Fragen?«

»Ja«, antworte ich sofort. »Warum ist das mein Problem?«

Ray seufzt. »Es ist nicht wirklich ein *Problem*. Er ist nur ziemlich betrunken, und ich will ihn in diesem Zustand nicht allein lassen.«

Wieder höre ich ein Poltern.

»Ich befürchte, das Haus steht nach meinem Date nicht mehr, wenn keiner hier ist und auf ihn achtet«, sagt Ray. »Ich würde dich nicht darum bitten, wenn es mir nicht wichtig wäre.

Ich möchte nur Enya auf keinen Fall versetzen, sie ist wirklich toll.«

Ein Fakt, den ich noch immer nicht ganz nachvollziehen kann.

Mir liegt das Nein schon auf der Zunge, als Ray mich flehend unterbricht. »Hailey, bitte. Vielleicht hilft es, wenn ich dir sage, dass Kai nicht nur zum polternden Idioten mutiert, sondern beim Trinken auch ziemlich redselig wird?«

Das ist in der Tat ein schlagendes Argument. Ich könnte Kai alles fragen, was ich über ihn wissen möchte. Vielleicht ist er betrunken genug, mir einen Einblick in seine Angelegenheiten zu gewähren.

Ich werfe einen Blick über die Schulter ins Wohnzimmer, wo Ian auf der Couch sitzt und noch immer in den Film vertieft ist. Ein Teil von mir will ihn nicht davonjagen. Der andere aber fühlt sich an diesem Abend ohnehin nicht in seiner Nähe wohl und möchte unbedingt mehr über Kai erfahren.

»In Ordnung«, sage ich und laufe bereits ins Wohnzimmer. »Ich brauche zehn Minuten, dann bin ich da.«

Schon als ich auflege, hebt Ian den Blick und mustert mich verwundert. »Was ist los?«

Soll ich ihm die Wahrheit erzählen? Dass ich ihn wegschicken muss, weil Kai einen Babysitter braucht? Auf keinen Fall, das lässt sich nicht plausibel erklären.

»Das war Ray«, sage ich deshalb nur knapp. »Es tut mir wirklich leid, aber ich muss sofort los.«

Ian blickt mich noch immer verdutzt an.

»Ray ist mein Freund und er braucht jetzt jemanden, der ihm hilft. Bitte versteh das.«

Ian scheint kurz darüber nachzudenken, dann nickt er. »Ja, natürlich. Wenn dein Freund dich braucht, solltest du zu ihm gehen.« Er steht auf und steckt sich seinen Autoschlüssel und sein Handy in die Hosentaschen. »Rufst du mich an?«

Ich nicke nur hastig und drücke ihm ebenso schnell einen flüchtigen Kuss auf die Lippen. »Danke, bist ein Schatz.«

***

Auch als ich Kais Haus betrete, werde ich direkt von einem Scheppern empfangen.

Ray steht vor mir und verharrt im Flur, wirft noch einen Blick zurück zu dem Türbogen, der offensichtlich zu dem Raum der Lärmquelle führt. »Es tut mir leid«, entschuldigt er sich leise. »Aber vielleicht weißt du am Ende des Abends, warum er hin und wieder so aus der Haut fährt. Ich … Wirklich, tut mir unendlich leid.«

Ich setze ein Lächeln auf und tätschele liebevoll seinen Arm. »Mach dir keine Gedanken und genieß dein Date.«

»Scheiße«, flucht Kai, als er in dieser Sekunde den Flur betritt. Er schüttelt leicht seine Hand, dann hebt er den Blick und starrt mich entgeistert an. Sofort sieht er zu Ray. »Wirklich? Du denkst, ich brauche einen Babysitter, und holst ausgerechnet sie her?«

»Weil das Dorf ja voller Menschen ist, die unbedingt ihren Freitagabend mit dir verbringen wollen«, murmelt Ray zuerst leise, dann spricht er Kai direkt an. »Sie passt vielmehr auf das Haus und die Inneneinrichtung auf.« Ihm fällt wohl - genau wie mir - in diesem Moment das Blut an Kais Hand auf, denn er wendet sich mir zu und seufzt. »Wir haben einen Erste-Hilfe-Kasten im Gästebad.«

Kai taumelt vor, geradewegs auf mich zu, doch dann biegt er nach links in die Küche ab und zieht unbeholfen an dem

Griff eines Schrankes. »Hättest du nicht heute dein fünfzigstes Date mit diesem Kerl?«, lallt er.

Ians Namen nennt er aus reiner Boshaftigkeit nicht, da bin ich mir sicher. Doch ich antworte ihm nicht auf seine Frage, weil Ray mir in diesem Augenblick einen überdeutlichen, entschuldigenden Blick zuwirft. Ich bedeute ihm bloß mit einem Nicken Richtung Tür, dass er endlich gehen soll, und als er meiner Aufforderung folgt, wage ich mich durch den Flur.

Ich war bisher nicht bei den beiden zu Hause, bin deswegen neugierig und beschließe, mich umzusehen. Im Hintergrund höre ich, dass Kai eine Flasche öffnet, und dann das leise Gluck-Geräusch, als er daraus trinkt.

»Willst du einen Whisky?«, fragt er, als ich gerade zu meiner Rechten die Tür zum Gästebad öffne.

»Nein, danke«, antworte ich und hole den Erste-Hilfe-Kasten aus dem Regal. »Du hast offensichtlich genug für uns beide getrunken.«

»In der anderen Flasche war nicht mehr viel drin, als ich angefangen habe.«

Ich nicke bloß und mit dem kleinen Koffer in der Hand gehe ich auf den weißen Türbogen zu, der mich geradewegs in das Wohnzimmer führt. Dabei komme ich an zwei Treppen vorbei, die linke führt nach unten und die rechte nach oben. Außerdem erhasche ich einen Blick in die Küche, die mit den weißen Hochglanzschränken und der schwarzen Arbeitsfläche nicht unbedingt meinem Geschmack entspricht.

Das Wohnzimmer hingegen ist zwar spärlich eingerichtet, gefällt mir aber farblich viel mehr. Links von mir, vor einem zweiten, offenen Eingang zur Küche steht eine hölzerne Essecke. Daneben ein großes Bücherregal, in der hinteren Ecke eine Musikanlage und auf der gegenüberliegenden Seite befinden sich eine braune Mikrofaser-Eckcouch, der dazugehörige

Sessel und ein passender Couchtisch. Mitten im Raum und in Richtung Sofa gedreht steht auf einem kleinen Unterschrank ein Fernseher. Die gemütliche Einrichtung, die hellen Wände und der braune Laminatboden kommen aber nicht gegen die Aussicht an, die sich mir bietet. Die komplette hintere Wand besteht nur aus einzelnen Fenstern, die vom Boden bis zur Decke reichen. Dahinter befindet sich ein idyllisches Gärtchen.

»Hier«, reißt Kai mich aus meinem Staunen und hält mir ein Glas hin, das bis über die Hälfte gefüllt ist, vermutlich mit Whisky.

Ich will ablehnen, gebe aber auf, bevor ich es überhaupt versuche. »Nett hast du es hier«, sage ich und nehme ihm das Glas aus der Hand. »Deine Einrichtung?«

»Was man so alles auf die Schnelle kaufen konnte«, erwidert er knapp.

Mein Blick fällt auf das prall gefüllte Regal. Wenigstens seine Liebe zu Büchern spricht für ihn, wenn auch seine Alkoholfahne diese positive Empfindung beinahe wieder zunichtemacht.

Kai wirft sich auf die Couch, setzt die Whiskyflasche an die Lippen und trinkt einen großen Schluck.

Mir wird schon beim Zusehen übel. »Kann ich mir mal deine Hand angucken?«

»Nein.« Wie immer war das eine brüske, unfreundliche Antwort.

»Alles klar«, erwidere ich dennoch entschlossen. »Zeig her.«

Wir starren einander einige Sekunden in die Augen. Ich werde nicht nachgeben, welche Flüche er mir auch dafür an den Kopf schleudern möchte.

Doch zu meiner Überraschung streckt er mir wortlos seinen Arm entgegen.

Ich setze mich zu ihm und sehe sofort, dass er sich die Fingerknöchel aufgeschlagen hat. Woran, das frage ich nicht. Stattdessen interessiere ich mich eher für den Grund, der hinter seinen Aggressionen und dem Besäufnis steckt.

Schweigend greife ich nach einem Verband und überlege, wie ich das Gespräch mit ihm in Gang bringen soll.

Er hingegen scheint nicht lange darüber nachzudenken und spricht mich einfach an. »Wo hast du deinen Freund gelassen?«

Mein Blick ruht auf seiner Hand, und ich tupfe ihm vorsichtig mit einem Desinfektionstuch die Finger ab. »Ian ist nicht mein Freund. Wir gehen das locker an.«

»Aber er war bei dir, oder nicht?«

»Und?«, frage ich bloß.

»Du hast ihn weggeschickt, damit du herkommen kannst.«

»Ray hat mich gebeten, nach dir zu sehen.«

»Nicht, wenn er gewusst hätte, dass du heute ein Date hast.«

»Offensichtlich hat er nicht mitbekommen, dass ich es erwähnt habe. Egal, nun bin ich hier.« Ich wundere mich darüber, dass Kai tatsächlich gesprächiger ist als sonst.

»Hoffentlich habe ich Ian jetzt nicht das perfekte Ende eines Dates ruiniert«, betont er sarkastisch.

»Oh ja, das wird dich heute Nacht bestimmt um den Schlaf bringen«, murmele ich bloß und wickele die Mullbinde um seine Hand.

»Dich ja nun nicht mehr.«

Ich verknote den Verband und schlage Kais Hand daraufhin unwirsch weg. »Dich beschäftigt also mein Sexleben, ist es das?«

Kai wirft mir wegen meiner groben Reaktion zuerst einen entrüsteten Blick zu. »Darf man nicht fragen?«, erwidert er schließlich grinsend.

»Darf ich dich denn dann auch mal was fragen?«, reagiere ich vorwurfsvoll.

Der betrunkene Kai ist zwar gesprächiger, aber dafür wesentlich forscher, als mir lieb ist. Ich sehe ihm an, dass er mich mit seinen Sprüchen nur ärgern will.

Ich packe den Erste-Hilfe-Kasten zusammen und stelle ihn zur Seite, bevor ich mich aufgewühlt an ihn wende. »Also? Hast du wirklich Lust auf Smalltalk, auch wenn du dann mal etwas von dir preisgeben müsstest?«

»Klar, lass uns plaudern«, antwortet er zu meiner Überraschung, beugt sich vor und trinkt aus seiner Flasche. Dann greift er nach dem Glas auf dem Tisch und reicht es mir erneut. »Schläfst du mit Ian?«

Ich kenne inzwischen einige Gesichtszüge an Kai, doch das süffisante Grinsen ist mir neu. Was Alkohol so alles bewirken kann.

Da ich aber genau den anscheinend brauche, um diesen Abend zu überstehen, greife ich nach dem Glas und trinke einen großen Schluck daraus. Ich erschaudere kurz. »Mit fällt wirklich kein Grund ein, wieso ich ausgerechnet mit dir darüber reden sollte. Wir sind keine Freunde, schon vergessen?«

Kai lehnt sich mit einem zufriedenen Gesichtsausdruck zurück. Wahrscheinlich, weil er mich zum Trinken animiert hat. »Also hast du jetzt doch keine Fragen mehr an mich?«

Die Offenlegung meines Privatlebens für nähere Informationen aus seinem?

Ich seufze. »Okay, eine Info von mir für eine von dir.«

Kai nickt deutlich. »Der Deal steht und startet mit deiner Antwort.«

Ich setze das Glas an die Lippen und trinke es in einem Zug leer. Vielleicht wird mir im betrunkenen Zustand egal sein, dass Kai ein undurchsichtiger Idiot ist. »Ian und ich schlafen noch nicht miteinander.«

Ohne Aufforderung beugt Kai sich vor und füllt mein Glas bis zum Rand. Eine Reaktion auf meine Worte bekomme ich nicht. »Was willst du wissen?«, fragt er stattdessen.

»Was ist passiert, dass du deiner Heimat den Rücken gekehrt hast und nun hier bist?«

»Direkt ans Eingemachte, okay«, antwortet er und seine Mimik verdunkelt sich drastisch, als er den Whisky in der Flasche schwenkt und hineinstarrt. »Meine Mutter ist tot. Nein, sieh mich nicht so an, es ist lange her.« Er seufzt. »Mein Vater veränderte sich daraufhin. Er trinkt und das so ziemlich jeden Tag. Und wenn er das tut, mangelt es ihm an Selbstbeherrschung.«

Ich höre den merkwürdigen Unterton heraus und ahne, was er damit ausdrücken will.

Kai räuspert sich, trinkt einen Schluck und setzt wieder ein Grinsen auf. »Also … Bist du überhaupt noch bereit, Ian ranzulassen, nachdem diese Frau Misstrauen gesät hat?«

»Hat sie das denn?«, erwidere ich.

»Sonst wärst du heute Abend nicht hergekommen, um deine Zeit mit mir statt mit ihm zu verbringen.« Er zwinkert mir zu und lässt mich auf diese Weise wissen, dass er glaubt, mich durchschaut zu haben. »Wie sieht's aus? Noch auf Wolke Sieben?«

Ich senke den Blick. »Nein, nicht ganz«, gebe ich ihm recht. »Aktuell denke ich, dass es gut wäre, nichts zu überstürzen.«

Er nickt beinahe zufrieden und hält mir die Flasche entgegen. Als ich das Glas erneut in nur wenigen Zügen leertrinke, muss ich husten, so sehr brennt der Whisky in meinem Hals. Kai schenkt nach.

Mein Blick fällt auf die blassen Narben an seinen Handgelenken und Unterarmen. Anfangs zog ich in Erwägung, dass er sich selbst verletzt hat. Das glaube ich heute nicht mehr. »Wie ist das passiert?«

»Bei den Auseinandersetzungen mit meinem Vater«, antwortet er. »Aber wenn der andere ein Trinker und bereit ist, dich mit ganzen Flaschen oder deren Scherben zu beschmeißen, stehen die Chancen nicht günstig für dich selbst.«

Ich beuge mich vor und streiche sanft mit den Fingerspitzen über die Erhebungen auf seinem Arm. »Aber es muss doch jemanden geben, der sich für dich einsetzt«, vermute ich laut. Eigentlich ist es vielmehr eine Hoffnung.

»Den gibt es.« Kai trinkt einen Schluck. »Henry.«

»Der Mann vor dem Café?«, frage ich überrascht.

»Er ist einer von den Guten«, sagt Kai in einem überzeugten Ton. »Er war sowas wie mein Babysitter. Ihm bedeute ich vermutlich weitaus mehr als dem Mann, der sich mein Vater nennt.«

»Er ist doch bestimmt nicht der Einzige«, bemerke ich mitfühlend. Dann allerdings fällt mir auf, wie nah ich Kai inzwischen bin, lehne mich zurück und ziehe meine Hand an mich. »Ich meine, klar, vermutlich sollte mich nicht wundern, dass die Leute sich damit schwertun, dich zu mögen. Immerhin bist du so charmant wie ein Felsbrocken.« Ich halte inne, will eigentlich auf keinen Fall dazu übergehen, Kai zu beleidigen. Er hat an diesem Abend nichts getan, um das zu verdienen. »Gibst du denn mal jemandem das Gefühl, dass er dir wichtig ist? Das ist immerhin eine Sache, die auch auf Gegenseitigkeit beruht. Wann hast du das letzte Mal ehrlich gesagt, was du empfindest?«

Kai zögert einen Moment, dann nickt er, stellt die Flasche zur Seite und rutscht nah an mich heran. »Ich bin mir nicht sicher, ob ich es dir wirklich sagen soll ... Aber da wir jetzt hier sind und das auch mal ohne Ray, da muss ich es einfach loswerden. Ich finde dich umwerfend. Du hast mir von Anfang an gefallen, ich konnte es nur nicht zeigen. Ian ist mir im Weg, darum kann ich ihn nicht leiden. Doch du hast mich ihm heute vorgezogen, deshalb hoffe ich, dass du mir eine Chance gibst. Nicht heute, aber vielleicht irgendwann.« Langsam beugt er sich vor, bis ich seinen Atem auf meiner Haut spüre. Seine Hand fährt mir über den Rücken und er zieht mich mit Nachdruck an sich.

Ich sträube mich und bin mir sicher, dass mein Körper mit allen verfügbaren Signalen Nein schreit. Ich bin nach einem Überraschungsmoment auch bereit, diese Signale in Wörter umzuwandeln.

In dieser Sekunde drückt Kai mir einen sehr flüchtigen Kuss auf die Lippen und verfällt dann in einen Lachanfall, der mir die Sprache raubt.

Er greift nach der Flasche und hört erst auf zu lachen, als er einen Schluck daraus trinkt. »Meintest du sowas? Einer Frau weismachen, dass ich sie mag?«

Dieser Mistkerl. »Du bist noch unausstehlicher, wenn du trinkst«, werfe ich ihm vor. »Aber mach du nur deine miesen Witze. Irgendwann wird dir wirklich eine gefallen, und dann wirst du mit deiner Art gegen eine Wand laufen und wie ein neidischer Idiot allein zu Hause sitzen, weil sich die Frau deiner Träume lieber für jemanden entschieden hat, der schlichtweg *netter* war als du.«

Kai lacht erneut. »Glaub mir, ich bin nie eifersüchtig.«

Ich starre ihn ungläubig an. »Dann lag dir offenbar noch nie jemand am Herzen.«

»Ich bin ohnehin nicht der Typ für feste Sachen«, bemerkt er. »Menschen mögen sich, verlieben sich und verletzen sich irgendwann wegen Nichtigkeiten so sehr, dass sie sich im Streit trennen.« Er schüttelt den Kopf. »Warum sollte man sich das freiwillig antun, wenn man von vornherein verhindern kann, sich so zu fühlen?«

Hinter dieser rhetorischen Frage verstehe ich bloß, dass er anscheinend sein Dasein lieber als Weiberheld fristet.

»Ian macht wirklich einen netten Eindruck«, sagt Kai plötzlich aus heiterem Himmel. »Nur bevor du ihm vielleicht irgendwelche Gefühle gestehst, solltest du ihn auf diese Tess ansprechen. Ich zumindest nehme die Warnung der Frau aus dem Club zu ernst, um mich von seinem netten Auftreten blenden zu lassen.«

»Und ich tue das?«, frage ich prompt, sehe aber sofort ein, dass er wohl recht hat. »Ich nehme die Sache also auf die leichte Schulter, denkst du?«

»Ja.«

Ganz offensichtlich tue ich das. Ich halte mich ständig mit Ian allein im Haus auf. Ich bin drauf und dran, mich auf ihn einzulassen. Was zum Teufel stimmt nicht mit mir? Ich sorge mich tatsächlich darum, dass diese Frau nicht gelogen haben könnte.

»Und wenn ich ihn nach Tess frage und mir die Antwort nicht gefällt?«, frage ich verunsichert.

Kai zuckt mit den Schultern und trinkt einen Schluck. »Für diesen Fall weißt du ja jetzt, wo ich den Alkohol aufbewahre.«

Kapitel 12

»Alles ganz harmlos«
Sonntag, 27. November

»Einen wunderschönen Morgen, mein Sonnenschein.«

Ich hebe den Kopf, stütze das Kinn auf meiner Hand ab und werfe Ray einen mürrischen Blick zu. »Reite nicht drauf rum, ja?« Mir tut der Schädel weh und ich bin mir sicher, noch nie einen schlimmeren Kater gehabt zu haben.

»Ach, weißt du …«, bemerkt Ray und stützt sich grinsend neben mir auf dem Tisch ab, »… vermutlich würde sich jeder Mann darüber freuen, wenn er nachts nach Hause kommt und eine Frau in seinem Bett liegt, die auf ihn wartet. Nur kam ich von einem Date und habe nicht damit gerechnet. Außerdem warst du völlig ausgeknockt. Und noch dazu bist du meine Freundin und keine Frau, mit der ich in einer fragwürdigen Situation landen möchte. Nachdem du also die Nacht in meinem Bett verbracht und mich quasi damit auf die Couch verbannt hast, darf ich mich über deinen Kater amüsieren.«

Ich gebe bloß einen zustimmenden Laut von mir.

»Außerdem kann ich deinen Zustand und meine Nacht auf der Couch weglächeln, weil ich im Prinzip sehr froh darüber bin, dass ich dich in meinem Bett gefunden habe und nicht in Kais. Das grenzt bei seinem Ruf fast an ein Wunder.« Ray wendet sich lachend von mir ab.

Ich hingegen setze mich aufrecht hin und sehe ihm verwundert hinterher. »Du lässt mich also mit einem betrunkenen Kerl allein im Haus, der dafür bekannt ist, Mädchen abzuschleppen?«

»Ich hätte ja nie erwartet, dass du mittrinkst«, antwortet Ray. »Aber anscheinend ist es sogar dann abwegig, dass ihr euch näherkommt.«

Das überrascht mich nicht. Obwohl ich mich nicht daran erinnere, wie ich in Rays Bett gekommen bin und ebenfalls nicht daran, wie Kais und mein Abend endete.

»Da kommt der Nächste«, bemerkt Ray. »Ich mache dann mal Frühstück.«

Während er in der Küche verschwindet, werfe ich einen Blick auf die Tür.

Kai schlurft herein, sieht mich nur knapp an und setzt sich dann zu mir. Sofort greift er nach der Kaffeekanne.

Ich lasse meine Stirn wieder auf den Tisch sinken und schließe die Augen. Dieser Mistkerl sieht auch am Morgen nach zu viel Whisky einfach sexy aus, während ich mich fühle, als würde ich in diesem Augenblick von einem LKW überrollt.

»Im Bad sind Aspirin«, bemerkt Kai knapp.

Ich strecke den Daumen nach oben, ohne mich aufzurichten. »Es ist nicht fair, dass es dir besser geht als mir. Du hast viel mehr getrunken.«

»Ich hatte aber im Vergleich zu dir schon heute Nacht einige Aspirin«, erwidert er und senkt dann seine Stimme. »Zum

Glück bin ich wachgeworden und konnte das Lager wechseln, bevor Ray nach Hause kam.«

Ich bin geneigt, wieder nur den Daumen in die Höhe zu strecken, als ich mich allerdings frage, was er damit meint. Entsprechend verwundert hebe ich den Kopf und sehe ihn an. »Was soll das heißen?«

Ray erscheint im selben Moment neben uns und stellt frische Brötchen auf dem Tisch ab. »Zeitung?«, fragt er an Kai gewandt.

Der nickt und als Ray das Haus verlässt, um die Zeitung aus dem Vorgarten zu holen, sieht er mich an. »Erinnerst du dich nicht daran?«, fragt er leise. »Wir sind zusammen in Rays Bett eingeschlafen.«

OH GOTT, was soll das bedeuten?

»Keine Sorge, Blake«, flüstert er, als ich Ray den Hausflur wieder betreten höre. »Alles ganz harmlos.«

Und was zum Teufel heißt das? Harmlos kann einiges sein, es bedeutet nämlich nicht zwangsläufig *nichts*. Doch Ray betritt das Wohnzimmer und offenbar sind Kai und ich uns stillschweigend einig, dass er nichts davon zu wissen braucht.

Ray ist so nett und schenkt mir Kaffee ein. Wortlos führe ich die Tasse an meine Lippen und versuche angestrengt, mich an die letzte Nacht zu erinnern. Wir haben viel getrunken. Wir sind erstaunlich locker miteinander umgegangen. Ich weiß nun etwas über Kais Herkunft, seinen Vater. Darüber, dass er keine Freundin hat und gern Mädchen aufreißt, weil er Liebe für eine überflüssige Fantasievorstellung hält. Er hat mich reingelegt und mir in diesem Zusammenhang einen flüchtigen Kuss gegeben. Doch das war noch relativ früh am Abend. Was ist später passiert?

Mein nüchternes Ich ist sehr wohl in der Lage zu erkennen, dass Kai ein unglaublich attraktiver Typ ist. Aber ebenso weiß ich, dass er nicht charmant oder umgänglich ist. Das ist allerdings gestern Abend anders gewesen. Er war gesprächig, zu Scherzen aufgelegt und alles in allem nicht unbedingt unausstehlich. VERDAMMT.

»Ich glaube, ich muss nach Hause«, murmele ich.

Ray sieht mich an, Kai starrt bloß auf seine Zeitung.

»Mir ist nicht so gut und ich möchte duschen«, erkläre ich mich knapp, weil Ray mich verwundert mustert.

Er lächelt. »Dafür musst du doch nicht gehen. Iss ein Brötchen, dann wird es dir besser gehen. Und danach kannst du hier duschen. Ich gebe dir Sachen von mir.«

Obwohl es mir in keiner Weise zusagt, an diesem Morgen noch länger meine Zeit in Kais Gegenwart zu verbringen, nicke ich. Ich muss erst mal klarkommen, bevor ich das Haus verlasse.

Ein *Ping* lässt mich aufhorchen.

Ray greift nach seinem Handy und ich sehe seinen Finger langsam über den Bildschirm gleiten. Bestimmt ist es eine Nachricht von Enya. Sobald ich mich besser fühle, sollte ich mich auf jeden Fall nach seinem Date erkundigen.

»Die ist von Enya«, sagt Ray in diesem Augenblick.

»Hattet ihr einen netten Abend?«, fragt Kai, ohne den Blick von der Zeitung abzuwenden. »Warst ja lange weg.«

Zu unserem Glück, nicht wahr?

»Ja, das Date war toll«, antwortet Ray, den Blick dabei kritisch auf sein Handy gerichtet. »Aber deswegen schreibt sie nicht. Ist einer von euch in den sozialen Netzwerken?«

Kai und ich schütteln den Kopf. Ich habe noch nie viel von solchen Plattformen gehalten, wieso sollte ich mich dort anmelden?

»Anscheinend hat dort jemand heute Nacht etwas anonym hochgeladen«, murmelt Ray. In seiner Stimme erkenne ich nun Fassungslosigkeit. »Enya hat es mir gerade geschickt.«

Ich wundere mich in diesem Moment viel mehr darüber, dass ausgerechnet sie sich anscheinend in den sozialen Netzwerken herumtreibt.

»Was Interessantes?«, fragt Kai und legt die Zeitung zur Seite, weil auch ihm offenbar das zögerliche Verhalten seines Freundes auffällt.

»Es ist ein Papier«, erklärt Ray. »So wie es aussieht aus einer Akte. Da steht groß und fett Vernehmungsprotokoll drüber.« Sein Blick schweift zu mir. »Da geht es um Ian.«

Überrascht reiße ich die Augen auf und werde dafür augenblicklich mit einem Stechen in den Schläfen bestraft. »Mein Ian?« Ich strecke die Hand aus, will es sehen.

Ray gibt mir sein Handy. »Da hat es offenbar jemand darauf abgesehen, ihn bloßzustellen. Bestimmt die Frau aus dem Club.«

Ich starre auf den Bildschirm und muss mich anstrengen, die kleinen Buchstaben zu erkennen. Auf dem Papier wird tatsächlich deutlich, dass es sich um eine Befragung über Ian Horres handelt. Hektisch scrolle ich herunter und halte die Luft an, als ich den Vorwurf lese.

»Oh Gott«, bringe ich nur knapp heraus, als ich spüre, dass die Übelkeit mich übermannt. Ich lasse das Handy auf den Tisch fallen, springe auf und stürme auf direktem Weg in das Gästebad, um mich zu übergeben.

»Vielleicht hat man es verworfen«, vermutet Ray. »Wenn diese Tess nicht gegen ihn ausgesagt hat. Meinst du, *sie* hat es hochgeladen?«

»Nein, das war jemand anderes«, erwidert Kai. »Hätte sie das getan, hätte sie auch ebenso gut gegen ihn aussagen können. Wir können nur spekulieren, aber das ändert nichts an dem Vorwurf der sexuellen Nötigung. Wenn es mal nur das gewesen ist. Anscheinend gab es keine Beweise. Nur die Worte eines Zeugen und Ians.«

Ich stehe schweigend auf der Treppe und höre den beiden zu. Nach der Dusche fühle ich mich wirklich besser, aber das rettet mir nicht mehr den Tag. Ich bin fassungslos. Wie oft waren Ian und ich allein im Haus? Ihm wird vorgeworfen, sich Tess gegen ihren Willen aufgezwungen zu haben. Was, wenn er es bei mir versucht hätte? Niemals hätte ich mich gegen einen Mann wie ihn zur Wehr setzen können. Ich bin körperlich zierlich und schwach. Ich wäre ihm völlig ausgeliefert gewesen.

»Verdammte Scheiße, der Kerl könnte jetzt auch ebenso gut im Gefängnis sitzen«, bemerkt Ray. »Ob er wirklich—«

»Ich frage ihn«, unterbreche ich meinen Freund. Dann trete ich durch den Türbogen, der ins Wohnzimmer führt, und lasse mich neben Kai auf die Couch fallen.

Der wendet sich mir direkt aufgebracht zu. »Das wirst du nicht. Du wirst nicht mehr mit ihm reden und dich schon gar nicht mit ihm treffen. Wenn er dich nochmal anfasst, wird er sich wünschen, man hätte ihn ins Gefängnis gesteckt.«

Puh, das ist viel Zorn in seiner Stimme. Noch mehr in seinen Augen.

Auch Ray macht keine Anstalten, seinem Freund das aggressive Vorhaben ausreden zu wollen.

Als ich Kai wieder ansehe, blitzt etwas vor meinem geistigen Auge auf.

Ich lache, weil es uns beiden nicht gelungen ist, das Gleichgewicht zu halten. Mir ist unglaublich schwindelig, doch ich fühle mich leicht. Offenbar aber nicht leicht genug, denn Kai hat im betrunkenen Zustand nicht die Kraft aufbringen können, mich vorsichtig abzusetzen. Stattdessen sind wir gemeinsam auf die Matratze gefallen und er liegt über mir, kann sich nur mit Mühe abstützen, um mich nicht unter seinem ganzen Körpergewicht zu zerdrücken.

»Du bist nicht wirklich so schlimm, wie du mich glauben lässt, oder?«, frage ich.

»Hailey?« Rays Stimme riss mich aus meiner blassen Erinnerung. »Du solltest auf Kai hören. Er meint es bloß gut mit dir.« Sein Blick wandert zu seinem Freund. »Nicht wahr?«

Noch immer starren Kai und ich einander in die Augen.

Er muss gar nicht antworten. Keine Ahnung, was in der letzten Nacht passiert ist, doch diese eine Sache glaube ich ganz sicher zu wissen: Kai ist nicht der schlechte Kerl, für den ich ihn oft halte.

»Wenn du meinst«, reagiert er dann aber bloß kühl auf Rays Worte und wendet sich ab.

Kapitel 13

»Dann war sie wohl bei dir«
Freitag, 2. Dezember

»Alles in Ordnung?«, fragt Ray und lehnt sich an den Spind neben meinem. Ich erkenne die Sorge in seinem Blick, weil ich mich in den letzten Tagen etwas zurückgezogen habe.

»Klar«, antworte ich.

Nichts ist in Ordnung, aber das hat gar nichts mit ihm zu tun. Ich werde nur noch irre, weil ich mich nicht daran erinnern kann, was sich vor einigen Nächten zwischen Kai und mir abgespielt hat.

Sein Haus habe ich seitdem nicht betreten. Ich nutze stattdessen die Unterrichtsstunden und die Schulpausen, um Kai unentwegt anzustarren. Vielleicht fällt es mir wieder ein, wenn ich ihn nur lange genug ansehe. Wahrscheinlich sollte ich aber einfach über meinen Schatten springen und ihn nach der Nacht fragen.

Das allerdings gestaltet sich schwer, weil Ray eigentlich immer in unserer Nähe ist. Ich will ihn nicht wegen etwas neugierig machen, an das ich mich selbst nicht erinnern kann.

»Klassenfahrt also, hm?«, bemerkt Ray lächelnd. »Mit wem teilst du dir ein Zimmer?«

»Thalia hat mich gefragt«, antworte ich.

»Das ist schade«, erwidert er. »Du hättest es dir ja mit Enya teilen können.«

Ich setze ein Lächeln auf. »Schön, dass du dich mit ihr so gut verstehst. Aber ich möchte nicht mit ihr auf ein Zimmer gehen. Sie ist so—«

»Enya ist echt nett«, platzt es grinsend aus Ray heraus.

»Da bin ich mir sicher«, stimme ich ihm zu und bin mir tatsächlich nur darüber sicher, dass mir noch nie eine Lüge leichter gefallen ist.

»Und Thalia ist nervtötend«, fährt Ray fort. Bei ihm klingt das nicht mal besonders ablehnend, aber niemand von uns kann wohl abstreiten, dass Thalia ein Mensch mit einigen negativen Seiten ist.

Ich verstehe seine Ambition. Er hat Enya gern und möchte, dass ich sie ebenfalls mag. Insbesondere weil ich glaube, dass sie Kai nicht ausstehen kann – was für eine Überraschung.

Ich seufze. »Ich habe Thalia schon zugesagt. Aber wenn du möchtest, kannst du Enya ja zum Essen an unseren Tisch bitten oder so. Vielleicht werden wir ja warm miteinander.«

Auch wenn ich mir das nach all den Jahren ohne eine Annäherung nicht wirklich vorstellen kann.

»Das wäre toll.« Ray lächelt.

Dann schlendern wir gemeinsam durch den Gang. Inzwischen fällt es mir leichter, mich dabei nicht von negativen Gefühlen übermannen zu lassen. Bens Amoklauf ist lange her, zumindest empfinde ich es so.

Am Ausgang steht Kai und wartet auf uns. Im selben Moment höre ich einen Tumult von draußen. Kai gelingt es vor mir, einen Blick hinauszuwerfen. Bevor ich überhaupt weiß, was vor sich geht, stürmt er davon.

Verwundert folgen Ray und ich ihm und entdecken am Schultor Mr. Qurandi, der offenbar in eine lautstarke Diskussion mit Ian vertieft ist. Bei näherer Betrachtung bin ich mir sicher, dass er ihm den Zutritt zum Gelände verwehrt.

Als Ian mich entdeckt, will er sich durchsetzen und tritt an Qurandi vorbei. Der packt ihn am Arm, aber Ian reißt sich los und kommt zielstrebig in meine Richtung.

In den vergangenen Tagen hat er unzählige Male versucht, mich anzurufen, doch ich habe nie abgenommen. Nicht, weil Kai mir untersagt hat, mit ihm zu sprechen. Ich wollte es schlichtweg nicht, weil ich nicht weiß, was ich zu ihm sagen soll. Er wird wissen, dass jemand sein Geheimnis veröffentlicht hat. Ihm können unmöglich die kritischen Blicke meiner Mitschüler entgehen. Und auch Qurandis Unhöflichkeit kommt dieses Mal nicht von ungefähr.

»Hailey, lass es mich erklären«, spricht er mich energisch an und seine Stimme hallt über den Hof.

Ich sehe, dass Kai mit geballter Faust auf ihn zugeht.

»Ich—«

Bevor Ian noch ein Wort sagen kann, trifft ihn tatsächlich ein Schlag mitten ins Gesicht. Doch der kam nicht von Kai.

Robin baut sich wütend vor ihm auf und versperrt ihm den Weg zu mir. »Halt dich von ihr fern!«

Ich erinnere mich daran, wie nett Robin ihn aufgenommen hatte. Im Club hat er ihn zur Seite genommen und ihn Teil der Gespräche zwischen ihm und seinen Freunden sein lassen. Von dieser Freundlichkeit ist nichts mehr zu sehen. Ohne jeden Zweifel kennt auch Robin das Bild aus den sozialen Netzwerken.

Ian reagiert nicht mit Gewalt. Er steht nur da, wischt sich mit dem Handrücken über den Mund und sein Blick schweift über die Menschenmenge.

»Mr. Horres, ich weise Sie erneut an, das Schulgelände zu verlassen«, ertönt Qurandis strenge Stimme hinter ihm.

»Verdammt, warum?«, fährt Ian ihn an, richtet seine Worte aber offenbar an alle Umherstehenden. »Ist euch eigentlich klar, dass diese Sache fallengelassen worden ist? Ich bin Polizist. Meint ihr etwa, das wäre ich noch, wenn die Sache auf dem Papier die Wahrheit wäre?«

Ich gehe nur langsam auf ihn zu. Ray weicht mir nicht von der Seite. Neben Robin und Kai kommen wir zum Stehen und ich sehe Ian an. »Wusstest du, dass ich vor dir gewarnt worden bin? Dass man mir riet, dich auf diese Tess anzusprechen? Auf das Mädchen, das in dem Papier erwähnt wird? Ich wollte nicht glauben, dass mit dir etwas nicht stimmt, doch dann hat irgendjemand dieses Foto hochgeladen. Ich weiß also nicht, was ich denken soll.«

Meine Worte scheinen Ian wesentlich mehr aufzubringen, als es Robins Handgreiflichkeit getan hat. »Ich wusste die vergangenen Tage auch nicht, was ich dir glauben soll.« Sein Blick fällt auf Ray. »Ich hoffe, Hailey war dir bei deinem Notfall eine Hilfe. Obwohl ich ehrlich gesagt verwundert war, dass ich dich keine Stunde später mit einem Mädchen am Kino gesehen habe, von Hailey keine Spur.«

Ray starrt ihn nur schweigend an.

Im Augenwinkel sehe ich, dass Qurandi über den Hof eilt. Vermutlich informiert er den Sicherheitsdienst, den wir seit Bens Amoklauf beschäftigen.

Ian wendet sich wieder an mich. »Du hast mich weggeschickt, weil Ray angeblich deine Hilfe brauchte. Aber dein Freund hatte anscheinend ein Date. Wo warst du also?«

Obwohl ich ihm nach dieser Fotogeschichte keine Rechenschaft schuldig sein sollte, fühle ich mich wegen meiner Lüge schlecht. Er ist mir auf die Schliche gekommen und weiß offenbar, dass es sich bei dem Abbruch unseres Dates nicht um einen wirklichen Notfall gehandelt hat.

Kai steht sichtlich angespannt neben mir und tritt einen Schritt vor. »Du solltest langsam Land gewinnen.«

Ians Blick wechselt zwischen Kai und mir hin und her, ruht kurz auf Ray und endet bei Kai. Er lacht leise. »Sie war nicht zu Hause und nicht mit Ray unterwegs. Dann war sie wohl bei dir. Bei dem Kerl, den sie angeblich nicht ausstehen kann.« Ian wendet sich kopfschüttelnd ab. »Also warum bist du nicht ans Telefon gegangen, Hailey? Weil du glaubst, dass dieses Foto eine Sache preisgibt, die noch wichtig ist, obwohl sie eindeutig schon vor Jahren verworfen wurde? Oder weil du festgestellt hast, dass du dich lieber für ein paar Stunden mit einem anderen auf die Couch kuschelst?«

Ian ist wütend, keine Frage. Außerdem scheint meine Lüge dazu geführt zu haben, dass er eifersüchtig ist. Und in Kai glaubt er jetzt, für beides den perfekten Grund gefunden zu haben.

Seine Worte verunsichern mich allerdings in anderer Hinsicht.

Er hat recht. Auf dem Foto stand ein Datum. Der Vorfall ist Jahre her. Ian ist Polizist. Anscheinend ist diese Sache nicht so wild, wie wir gleich geglaubt haben.

Weil ich nicht auf Ians Worte reagiere, nutzt Ray den Moment. »Das hier führt zu nichts. Vielleicht sagst du die Wahrheit. Die ganze Sache scheint lange her zu sein und ist offenbar als so unbegründet verworfen worden, dass dich sogar die Polizei eingestellt hat. Vermutlich haben wir also voreilige Schlüsse gezogen. Wir brauchen aber garantiert eine Weile, um es sacken zu lassen. Und Kai jetzt anzufeinden oder Hailey Vorwürfe zu machen, ändert nichts daran, dass dieses Foto für Unruhe gesorgt hat.«

»Nicht doch, Ray«, sagt Kai sofort und starrt Ian feindselig in die Augen. »Er sorgt sich, weil er sich vorstellt, dass Hailey mich ihm vorzieht. Anstatt ihn zu beruhigen, sollten wir ehrlich sein. Weißt du, Ian, ich bin nicht unbedingt der Typ, der mit jemandem kuschelnd auf der Couch liegt. Daraus mache ich kein Geheimnis. Ebenso wenig daraus, dass Hailey euer Date abgebrochen und dann die Nacht bei mir verbracht hat.«

Bevor ich mich von meiner Fassungslosigkeit wegen dieser Worte übermannen lassen kann, holt Ian plötzlich aus und schlägt zu.

Kai stolpert ein Stück zurück. Er hält sich die Hand an die Lippe, aber ich höre sein leises Lachen, weil er Ian aus der Reserve gelockt hat.

Vor zwei Sekunden wollte ich Kai noch für seine bösartige Stichelei rügen, doch intuitiv gehe ich einen Schritt auf ihn zu. Kai lässt seine Hand sinken und ich lege meine zuerst zögerlich auf seine Schulter, dann an seinen Hals und schließlich an seine Wange.

»Du bist nicht wirklich so schlimm, wie du mich glauben lässt, oder?«, frage ich.

Sein Kopf sinkt neben meinen, seine Stirn ruht auf meiner Schulter. »Ich bin genauso schlimm, wie ich dich glauben mache.« Dann stützt er sich ab, verringert sein Gewicht auf mir und hebt den Kopf gerade so weit, dass sein Gesicht dicht über meinem schwebt.

Ich blende die schwammige Erinnerung aus.

Kais Lippe blutet. Ian hat sich so sehr von seiner Eifersucht vereinnahmen lassen, dass er zugeschlagen hat.

»Was zum Teufel ist in euch gefahren?«, platzt es aus mir heraus. Ich wende mich an Ian und somit von Kai ab. »Du kannst nicht einfach hier aufkreuzen, dich erklären und erwarten, dass sofort alles in Ordnung kommt. Vor allem nicht *so*.«

»Wir sollten gehen«, schlägt Ray vor. »Vielleicht nehmen wir uns alle mal einige Tage, gehen in uns und sehen dann weiter. Kai, Abmarsch.« Er wirft seinem Freund einen strengen Blick zu. Bestimmt heißt er nicht gut, dass Kai Ian provoziert hat.

Doch Kai gibt wieder mal eine Seite an sich preis, für die man ihn erwürgen sollte. »Lass uns gehen«, sagt er und legt mir den Arm um die Schultern, dabei blickt er Ian wieder provokant an.

Einige Schritte lasse ich mich so von ihm führen, bis wir den Hof verlassen haben und um die erste Straßenecke gebogen sind.

Ray läuft ein paar Meter vor uns her und geht vermutlich schon durch, auf welche Art er Kai dafür rügen wird, wie er sich gerade verhalten hat.

Ich halte inne, versetze Kai einen Stoß und winde mich aus seinem Arm. »War das wirklich nötig?«, ermahne ich ihn.

Doch Kai scheint sich noch immer über seinen Erfolg zu amüsieren, Ian aus der Reserve gelockt zu haben. »Vielleicht nicht.« Er grinst und sprach es nur leise aus, sodass es kaum mehr als ein Flüstern war. »Aber es war keine Lüge. Du hast die Nacht wirklich bei mir verbracht, und wir sind uns wesentlich näher gewesen, als Ian lieb wäre.«

Empört verschränke ich die Arme. »Sagtest du nicht, dass es harmlos war?«, zische ich leise.

»Das war es«, bestätigt er. »Aber ich kann ja nur für mich sprechen.«

Kapitel 14

»Du änderst daran nichts«
Montag, 12. Dezember

Völlig übermüdet lehne ich an diesem stockfinsteren Morgen an der Hauswand des Schulgebäudes und warte mit meinen Mitschülern auf den Bus. Dass wir auch in den Jahren des zweiten Grades unseres Schulabschlusses Klassenfahrten unternehmen würden, damit habe ich nicht gerechnet. Vor allem nicht damit, dass sie so kurz vor Weihnachten stattfinden.

Und obwohl ich unglaublich müde bin, weil wir aufgrund der sehr langen Busfahrt extrem früh aufbrechen müssen, freue ich mich.

Der weite Weg kommt nicht von ungefähr. Wir fahren in wärmere Gefilde, weit unten im Süden des Landes. Da sich die Schule spontan dazu entschlossen hat, die Klassenfahrt in diesem Jahr noch stattfinden zu lassen, ist es uns nicht möglich, zu fliegen. Das ist schade, weil es wesentlich schneller gehen würde. So werden wir ziemlich lange in dem Doppeldeckerbus sitzen, der gerade auf den Hof fährt. Allerdings bin ich so unfassbar müde, dass ich hoffentlich viel Zeit verschlafen werde.

Die meisten meiner Mitschüler sind ebenfalls schon vor Ort, doch auch von ihnen scheint niemand sonderlich fit zu sein. Kein Wunder. Drei Uhr, das fühlt sich an wie ein Witz. Ein eiskalter Witz. Da ich verhindern will, dass mir im Bus und vor allem direkt vor Ort am Strand zu warm wird, bin ich entsprechend dünn angezogen. Nicht mal eine Jacke habe ich dabei.

Ich beobachte das rege Treiben um mich herum.

Mrs. Ridger wirkt gestresst und versucht, ihre Schäfchen zusammenzutreiben. Qurandi hingegen trägt seelenruhig seine Tasche zum Bus und lädt sie ein. Dass ausgerechnet er mit uns kommt, obwohl die Schule weitaus nettere Menschen vorweisen kann, ist auch nur ein schlechter Witz. Aber ich will mich darüber nicht aufregen.

Ich bin nur froh, mal von hier wegzukommen. Weg von dieser Schule, meiner Mutter, ihrem Verlobten, Ben, Alex, Ian und all den Kleinigkeiten, die einem im Alltag oft auf den Senkel gehen.

Sogar Kais Anwesenheit ist mir an diesem Morgen egal. Obwohl ich mich noch immer nicht vollständig an diesen Moment zwischen uns erinnern kann und ich ihn dafür erwürgen könnte, dass er mich nicht einfach darüber aufklärt.

Kai scheint nicht weniger müde zu sein als ich. Auch Ray, der sonst immer um jede verfluchte Uhrzeit das blühende Leben und das charmanteste Wesen des Universums ist, hat an diesem Morgen grauenhafte Laune.

Im Bus setze ich mich ohne ein Wort neben Kai, der mich direkt verwundert mustert. »Thalia oder ich?«, bemerke ich bloß und deute mit einem Nicken auf sie, als sie die Treppe des Doppeldeckers hochstolpert. Kais Blick klart sofort auf. »Außerdem will Enya bestimmt bei Ray sitzen.«

Die kommt in diesem Moment auf uns zu und bleibt erwartungsvoll neben Ray stehen. Doch von seiner Verliebtheit ist nichts zu sehen. Er wendet sich einfach ab, lehnt den Kopf an die Scheibe und schließt die Augen.

Verdutzt wegen seines Verhaltens suche ich nach passenden Worten. »Enya … Schön, setz dich doch zu uns.«

Sie mustert Kai und mich, wirft dann Ray einen Blick zu. Als der aber immer noch nicht auf sie reagiert, geht sie an uns vorbei und sucht sich im hinteren Bereich des Busses einen Sitzplatz.

Kai schaut kurz zu mir. »Scheint so, als könnte sie uns nicht leiden.«

Ich sehe zu ihm und beobachte, wie er in seinem Rucksack nach etwas kramt. »Ja«, betone ich es gedehnt. »*Uns*, ganz sicher.«

Kai ringt sich zu einem kleinen Grinsen durch, doch seine Stimme klingt tonlos und leise. »Sie muss mich nicht mögen. Ich kann ja nicht jedem so nahestehen wie dir.«

Mistkerl. Ständig macht er Anspielungen auf diese eine Nacht, aber er rückt nicht damit raus, was genau passiert ist. Stattdessen macht er sich einen Spaß daraus, dass ich es nicht weiß. Manchmal wünsche ich mir, er wäre immer noch der absolut unausstehliche Kotzbrocken wie am ersten Tag.

Das Dröhnen des Mikrofons dringt in meine Ohren und schreckt mich auf. Wie spät ist es? Sind wir schon da?

Mein Blick fällt hinaus auf die Weiten der Landschaft. Es ist hell, beinahe grell. Mühsam versuche ich, dem Licht standzuhalten und nach vorne zu sehen, wo Mrs. Ridger leicht schwankend im Bus steht und mit dem Mikrofon ihren Kampf austrägt.

»Guten Morgen«, ertönt schließlich ihre Stimme. »Ich hoffe, ihr seid inzwischen um einiges ausgeruhter, als es noch heute Nacht der Fall gewesen ist.«

Sie selbst ist es wohl. Dasselbe kann ich von mir im Augenblick nicht behaupten.

»Wir machen gleich eine kleine Rast«, fährt sie fort. »Dann könnt ihr euch ein wenig die Füße vertreten. Nun aber kurz etwas zum Ablauf der diesjährigen Klassenfahrt.«

Ich lasse mich in den Sitz zurücksinken und lege den Kopf in den Nacken. Vermutlich wird sie nun, wie jedes Jahr, alle möglichen Regeln herunterleiern und uns mit Ausflügen nerven, auf die niemand wirklich Lust hat. Wir sind doch keine zwölf mehr.

»Abzüglich der Zeit, die wir am Rastplatz verbringen, müssten wir in etwa drei Stunden unser Ziel erreichen«, sagt Mrs. Ridger lächelnd. »Wenn wir da sind, holt bitte gleich euer Gepäck aus dem Bus und meldet euch an der Rezeption. Dort bekommt ihr eure Schlüssel. Ich muss wohl nicht erwähnen, dass die Zimmerwahl paarweise erfolgt und selbstverständlich dabei die Geschlechtertrennung berücksichtigt wird.«

Na klar, als würde das die Liebeleien davon abhalten, zu existieren. Lehrern scheint - genauso wie Eltern - nicht klar zu sein, dass es keine Rolle spielt, wo man die Nacht verbringt. Und davon abgesehen hat der Großteil der Klasse vermutlich schon längst hinter sich, woran unsere Lehrer uns hindern wollen.

Ich sehe über den Gang hinüber zu dem Vierersitz gleich hinter der Treppe, die nach unten führt. Robins und mein Blick treffen sich. Als er grinst, grinse ich auch. Er und ich sind wohl das beste Beispiel dafür, dass diese Geschlechtertrennung in der Nacht rein gar nichts bewirkt.

»Wir werden diese Woche eine Ruine besichtigen, und zwar am Mittwoch.« Mrs. Ridger blättert durch ihre Unterlagen. »Die Ruine der … Wo habe ich es?« Sie seufzt und grinst. »Irgendein Volk hat dort mal gelebt und deshalb sehen wir es uns an.«

Das Lachen meiner Mitschüler dringt durch den Bus.

»Ansonsten das Übliche. Essenszeiten müssen eingehalten werden, kein Fußball im Haus und so weiter. Ihr kennt das schon. Das gilt insbesondere für dich, Robin.«

Er grinst bloß verhalten.

»Das Hotel liegt direkt am Strand und die Stadt mit Einkaufsmöglichkeiten ist nur etwa einen Kilometer entfernt. Ich wünsche uns allen also noch eine gute Fahrt und eine angenehme Zeit.«

So schlimm wird es anscheinend gar nicht. Die Ruine scheint das einzig Langweilige zu sein, das uns bevorsteht.

Kaum ist Mrs. Rider verstummt, höre ich neben mir die nervige Stimme, die mich im Schlaf bereits seit Stunden verfolgt.

Miss Cooper, Referendarin, und eine augenscheinlich aufdringliche und unausstehliche Person. Sie erzählte Qurandi Geschichten über ihre Schwester. Da er aber wenig Interesse daran gezeigt hat, unterhält sie sich jetzt mit ihm darüber, wo sie ihren letzten Urlaub verbracht hat.

Ray schläft gegenüber von mir, seine Jacke als Kopfkissen an der Scheibe nutzend. Hoffentlich ist er besser drauf, wenn er aufwacht.

Auch Kai hat sich neben mir bisher nicht gerührt. Er hat Kopfhörer auf, hört vermutlich Musik, und hat die Durchsage deshalb wahrscheinlich gar nicht gehört.

Wieder trifft mein Blick auf den von Robin. Er ist immer noch ziemlich süß. Die dunklen Haare trägt er inzwischen lang, kann sie sich sogar zu einem Zopf zusammenbinden. Seit etwa einem Jahr trainiert er regelmäßig und das sieht man ihm deutlich an der Statur an. Er mutiert zum klassischen Sportler an der Highschool. Charakterlich war Robin immer ein toller Typ. Bisher hat sich das nicht geändert. Eigentlich ist er der perfekte Fang, nur eben nicht mehr meiner.

Er steht auf, kommt auf mich zu und setzt sich dann auf den freien Platz neben Ray. »Hi«, flüstert er, um die Jungs nicht zu wecken. »Meinst du, sie kontrollieren dieses Jahr mal die Zimmer, um ihre *Geschlechtertrennung* durchzusetzen?«

Qurandi funkelt Robin im Augenwinkel böse an, kann sich uns aber nicht gänzlich zuwenden, weil Miss Cooper ihn ohne Unterlass anspricht.

»Spielt für uns zwei dieses Jahr keine Rolle«, erwidere ich mit einem Grinsen.

»Ganz sicher?« Er zwinkert mir zu. »Wir könnten doch unsere Beziehung nochmal für diese Woche aufleben lassen.«

Ich lache bloß leise.

»Hast ja recht«, sagt er. Im selben Moment scheint ihn zu stören, dass Qurandi uns immer wieder anfunkelt. »Haben Sie ein eigenes Privatleben? Das hier ist nämlich unseres.«

»Robin«, ermahne ich ihn. Ich kann Qurandi zwar auch nicht gut leiden, aber trotzdem werde ich nie unhöflich zu ihm. »Weißt du, diese Art an dir war einer der Gründe, wieso es niemals mit uns hätte funktionieren können.«

»Sei ehrlich …« Robin lehnt sich feixend vor. »Du stehst auf Kerle, die sagen, was sie denken. Nur zwischen uns passte die Chemie als Freunde schon immer besser wie als Paar.«

Ich nicke zustimmend. Das hat uns beide allerdings nicht davon abgehalten, es eine Weile miteinander zu versuchen. Es waren einige Monate, dann haben wir eingesehen, dass wir nicht zueinander passen.

Robin deutet mit einem Nicken auf Kai. »Was ist mit ihm? Ein paar der Mädels finden ihn heiß, aber er ist jetzt nicht so der gesellschaftliche Typ.«

»Nein, ist er nicht«, stimme ich zu.

»Die anderen mögen ihn nicht«, bemerkt Robin leise. »Sie finden ihn unfreundlich und arrogant.«

»Und das sagst du mir, weil …?« Ich lasse die Frage offen.

»Kannst du ihn leiden?«, fragt Robin. »Also so richtig? Nicht nur, weil er Rays Freund ist? Ich meine, wir alle mögen Ray. Er ist echt cool. Aber ist Kai in Ordnung?«

Ich sehe zu Kai hinüber. Er sitzt nur da, die Schläfe an die Scheibe gelehnt, die Kopfhörer auf.

Sein Kopf sinkt neben meinen, seine Stirn ruht auf meiner Schulter. »Ich bin genauso schlimm, wie ich dich glauben mache.« Dann stützt er sich ab, verringert sein Gewicht auf mir und hebt den Kopf gerade so weit, dass sein Gesicht dicht über meinem schwebt.

»Nein.« Ich lächele und streiche ihm mit einem Finger zuerst leicht über die Wange, dann über die Schläfe. »Ich denke, du bist ein guter Kerl.«

»Da irrst du dich«, widerspricht er mir kaum hörbar.

Robin berührt mich am Arm und holt mich aus meiner Trance.

Sofort lächle ich und wende mich ihm zu. »Kai ist in Ordnung«, sage ich. »Er hat 'ne Menge Ecken und Kanten, aber ja … Er gehört zu den Guten, denke ich.«

Robin erwidert mein Lächeln. »Na gut. Vielleicht zeigt er ja auch anderen diese Seite irgendwann mal.«

»Darauf würde ich mich nicht verlassen«, bemerke ich mit einem Grinsen. »Man muss schon verdammt genau hinsehen, um es zu erkennen.«

So wie ich. In dieser Nacht habe ich ihm so intensiv in die Augen gesehen, wie noch nie zuvor. Und die haben etwas anderes gesagt, als er mich mit seinen Worten glauben machen wollte.

»Ich fand Ian nett«, sagt Robin plötzlich.

»Bis du ihm fast die Nase gebrochen hast«, spotte ich.

»Bis irgendwer einen Grund in die Welt geschickt hat, ihm zu misstrauen«, stimmt er zu. »Aber da haben wir wohl alle vorschnell reagiert. Die Sache ist lange her und inzwischen ist er Polizist, also ist er ganz eindeutig nicht vorbestraft.«

Ich zucke mit den Schultern, weiß nicht, was ich dazu sagen soll. Über Ian möchte ich mir in den kommenden Tagen eher nicht den Kopf zerbrechen.

»Sag mal …« Robin zögert. »Wie genau hast du denn bei Kai *hingesehen*, bis du beschlossen hast, die Nacht mit ihm zu verbringen?«

Zuerst starre ich mein Gegenüber erschrocken an, dann schüttele ich den Kopf und grinse. »Ich habe nicht—«, will ich zuerst lautstark betonen, bis mir Qurandis Blick auffällt. »*Bei* ihm, nicht *mit* ihm«, fahre ich leise fort. »Ich habe dort geschlafen, weil ich ein bisschen was getrunken hatte. Es war spät.«

»Also, wenn du das Ian erklären willst, würde ich etwas mehr ins Detail gehen«, rät Robin mir amüsiert.

Sehr lustig, immerhin mangelt es mir doch gerade an den wichtigen Details.

Der Bus kommt ruckelnd zum Stehen. Miss Cooper redet noch immer über ihren Urlaub und bemerkt scheinbar nicht, dass Qurandi, der seinen Kopf abstützt und vor sich hindöst, beinahe einschläft.

»Hören Sie mir zu?« Es klingt garstig und mit Sicherheit fasst er den Tonfall entsprechend auf.

Erleichterung huscht dann aber über sein Gesicht, als er realisiert, dass uns eine Pause vom Bus bevorsteht. »Natürlich«, antwortet er höflich. »Sie sagten gerade, dass—«

»Auf jeden Fall habe ich die Polizei gerufen«, unterbricht sie ihn unwirsch.

Das ist auch gut so, denn Qurandi weiß bestimmt nicht, worüber sie in den letzten dreißig Minuten gesprochen hat. Er versucht für einen kurzen Augenblick, den Anschluss zu finden, gibt aber erleichtert auf, als sich die Bustüren endlich öffnen. Es wundert mich nicht, dass er als einer der Ersten herausstürmt und sich schnell ein gutes Stück vom Bus entfernt.

Da Ray noch immer tief und fest schläft, lassen Kai und ich ihn zurück. Nur Thalia besteht darauf, bei ihm zu bleiben. Sie ist mit der Maniküre ihrer Nägel beschäftigt und hat deswegen keine Lust, sich die Beine zu vertreten.

Ich verlasse den Bus, laufe ziellos weiter und bin überrascht, dass Kai mich begleitet. Er läuft neben mir, die Hände wie immer in den Hosentaschen vergraben. Sein Blick strahlt ein bisschen Müdigkeit aus.

»Sag mal, wie hast du Ray eigentlich kennengelernt?«, frage ich, um ein Gespräch in Gang zu bringen.

»Starten wir einen Deal?«, erwidert er.

»Oh bitte, ich will nicht über Ian reden.«

»Da sind wir schon zwei. Also, Deal?«

Ich weiß zwar nicht, warum er mich nicht einfach fragt, wenn er etwas wissen will, aber ich nicke.

»Unsere Mütter waren Freundinnen.« Zuerst klang seine Antwort abgehackt, doch dann fährt er fort. »Sie lernten sich kennen, als Ray geboren wurde. So sind wir zusammen aufgewachsen.«

»Wie Alex und ich also«, füge ich hinzu und lächele.

»Wenn du meinst.« Kai mustert mich kritisch. Der Vergleich hat seine Tücken, das sehe ich ein. »Rays Mutter kümmerte sich viel um mich. Mein Vater war selten zu Hause und wenn er es war, betrank er sich. Sie hat wohl nach dem Tod meiner Mutter und meinen unzähligen Fehltritten versucht, mich zu retten.« Ein leichtes Lächeln huscht über sein Gesicht. »Sie war eine sehr hübsche und kluge Frau. Eine wundervolle Mutter.«

Sie hat versucht, ihn zu retten? Ganz offenbar ohne Erfolg. Was auch immer sie mit ihrer Liebe bezweckte, es hat nicht ausgereicht. Trotzdem sehe ich etwas an Kai, das mir bisher nie aufgefallen ist. Dieser sanfte Ausdruck, der auf mich wirkt wie echte Zuneigung.

»Sie fehlt dir, nicht wahr?«, frage ich.

»Ich bin dran«, weicht er mir aus. »Hast du auf der vergangenen Klassenfahrt mit Robin Payne geschlafen?«

Diese Frage überrascht mich nicht mal. »Ich dachte, du hörst Musik«, bemerke ich grinsend und schüttele den Kopf, weil ich auf diesen dummen Trick hereingefallen bin. Er hat sich bloß schlafend gestellt. »Robin ist mein Ex. Wir waren im letzten Jahr einige Monate zusammen und ja, wir wissen, wie man die Geschlechtertrennung umgeht.«

Kai wirkt amüsiert. »Deswegen stand er auch so für dich ein und ist Ian angegangen. Er hat nicht irgendeine Mitschülerin beschützt, sondern seine Ex-Freundin.«

Ich nicke. Dann sehe ich mich um und stelle fest, dass niemand in unserer Nähe ist. »Ich bin dran«, sage ich entschieden. »Spuck's aus. Was war in der Whiskynacht zwischen uns?«

Kai schüttelt den Kopf. »Vergiss es doch einfach.«

»Das habe ich fast, das ist ja das Problem.«

»Warum ist dir das so wichtig?«, fragt er.

»Weil es mich irre macht, dass du etwas weißt, woran ich mich nicht erinnern kann«, antworte ich prompt. »Du sagst, es war harmlos. Zumindest für dich. Dann rede doch einfach mit mir darüber.«

Kai starrt stur geradeaus und schweigt.

»Für dich war es gar nicht harmlos, oder?«, frage ich.

»Doch, das war es«, reagiert er entschieden. »Ich war betrunken, deshalb war ich so drauf. Es war eine Weile her, dass ich jemandem so nahe war. Da ist bloß was mit mir durchgegangen.«

HERRGOTT, WAS? Was ist denn passiert?

Ich starre ihn an und hoffe, dass meine Befürchtung sich in meinen Augen widerspiegelt.

Kai schüttelt den Kopf. »Es war eigentlich nichts. Wir waren nur in einer ziemlich heiklen Lage.«

»Wie meinst du das? Hatten wir vor, miteinander—«

»Für wen hältst du mich?«, unterbricht er mich leise aber mit Nachdruck.

»Du bist ein Weiberheld, der normalerweise nicht lange zögert«, erwidere ich knapp.

»Du warst total betrunken«, sagt Kai. »Eine Grundvoraussetzung, mit jemanden zu schlafen, ist, dass der andere zurechnungsfähig ist.«

Immerhin ein Punkt, der wirklich lobenswert ist und auf Kais guten Charakter hindeutet.

Ich mustere ihn dennoch verwirrt. »Also, wenn wir nüchtern gewesen wären, hättest du dein Glück versucht, verstehe ich das richtig?«

»Auf keinen Fall«, antwortet Kai prompt. »Ray würde mich umbringen. Du bist ja sowas von tabu.«

»Das ist deine Ausrede?«, erwidere ich. Keine Ahnung, ob ich lachen soll. Ist das wirklich sein Ernst? Kann er nicht einfach sagen, dass alles super ist und er niemals mit dem Gedanken spielen würde, sich mir anzunähern?

»Hör zu, Blake.« Kai baut sich vor mir auf und sieht mir eindringlich in die Augen. »Du solltest dich entscheiden. Du willst Rays Freundin sein? Dann sollten wir besser darauf achten, dass wir nicht nochmal betrunken in demselben Bett landen. Frauen, mit denen ich geschlafen habe, die schließe ich aus. Sie sehen mich nie wieder. Willst du also weiterhin Rays Freundschaft auch dafür nutzen, dich in mein Leben zu drängen? Fein, ich komme ja doch nicht dagegen an. Aber wenn—«

Mrs. Ridgers lauter Ruf unterbricht ihn. Wir müssen wieder einsteigen.

Kai lässt es sich allerdings nicht nehmen, dieses Thema ein für alle Mal zu beenden. »Wenn wir nicht ausgerechnet in Rays Bett gelandet wären …«, sagt er leise, »… und wenn wir einfach nur ein bisschen betrunken gewesen wären … Verdammt, ich bin kein Heiliger. Ich bin ein Kerl und du bist nicht hässlich, also bring mich nicht mehr in diese Situation, wenn ich trinke.«

Er will zurück zum Bus, doch ich halte ihn zurück. »Dann ist es meine Schuld?«, frage ich verwirrt. Mich an den Rest der Nacht zu erinnern, wäre wirklich gut.

»Nein, es ist meine«, erwidert er. »Denn ich bin kein guter Kerl und absolut nicht in Ordnung. Also hör auf, mich vor Leuten wie Robin zu verteidigen. Ich bin so schlimm, wie sie alle glauben, und du änderst daran nichts.« Er entzieht mir seinen Arm und lässt mich stehen.

Nur langsam folge ich ihm. Als ich im Bus wieder neben ihn sinke, setzt er die Kopfhörer auf und starrt beinahe angestrengt aus dem Fenster.

Wieder trifft mein Blick den von Robin. Er hat uns streiten sehen, das erkenne ich sofort. In seinen Augen liegt die Frage, wieso ich Kai verteidigt habe.

»Da irrst du dich«, widerspricht er mir kaum hörbar.

Ich spüre, wie er sein Gewicht auf einen Arm verlagert. Dann greift er nach meiner Hand an seiner Wange und drückt sie in die Matratze. Er senkt den Kopf, hält dicht über meinem Gesicht inne.

Ich winde mich nicht, fühle mich noch immer leicht und unbefangen. Dann hebe ich den Kopf und fordere einen Kuss, indem ich ihm sanft in die Lippe beiße.

Kai lässt meine Hand los, fährt mir über den Arm und durch das Haar. Er sieht mir einen kurzen Moment in die Augen, bevor er sich auf mich presst und mich so energisch küsst, dass mein Bauch beginnt zu kribbeln. Doch dann hält er einen Augenblick inne, drückt mir schließlich einen Kuss auf die Stirn und dreht sich auf den Rücken, wendet sich von mir ab.

VERDAMMTE KACKE. Mir fällt wirklich keine andere Bezeichnung dafür ein.

Was war das? Was zum Teufel ist da in uns gefahren? In mich? Wieso um alles in der Welt habe ich Kai dazu verleitet, mich zu küssen? Warum nur hat er es getan?

Das war eine verdammt heikle Situation. Jetzt verstehe ich, was er meinte. Wir waren unglaublich betrunken und hätte Kai sich nicht zurückgezogen, hätten wir ganz sicher miteinander geschlafen. Und das ist meine Schuld, nicht seine, denn so wenig ich es in dieser Sekunde auch nachvollziehen kann, ich habe es in dieser Nacht darauf angelegt.

Kapitel 15

»Ich bin immer da«
Dienstag, 13. Dezember

Die Sonne auf der Haut zu spüren, ist einfach grandios. Ich
sauge dieses Gefühl in mir auf, während ich gemeinsam mit
Kai, Ray und Thalia über die Strandpromenade schlendere.
Mit einem schweigenden Kai, einem nach wie vor brummigen
Ray und einer sehr anstrengenden Thalia.

Thalia zieht uns in jedes Geschäft, kauft unzählige Dinge,
die sie mit Sicherheit nicht braucht, und schleppt sich immer
mühsamer voran. Schwer atmend, unter der Last ihrer Einkaufstüten erdrückt.

Kai verdreht genervt die Augen, als sie uns erneut vor dem
Eingang eines Geschäftes zurücklässt und hineinstürmt. »Ich
weiß nicht, warum ich mir das antue.«

»Dann geh doch zurück«, erwidere ich bloß und bemerke,
dass sich Ray von uns entfernt und auf das Meer hinaussieht.

Kai wirft mir einen überraschten Blick zu. »Wirst du jetzt
auch schwierig?« Anscheinend befürchtet er, dass ich Rays üb-
ler Laune Konkurrenz machen möchte.

»Zwischen uns war es doch noch nie anders«, sage ich knapp. Es ist überhaupt nicht meine Absicht, unfreundlich zu sein. Ich habe nur das Gefühl, dass jetzt etwas zwischen uns steht, fühle mich in seiner Nähe unwohl.

Kai kommt einen Schritt auf mich zu. »Siehst du, deshalb hätten wir es nicht nochmal aufgreifen sollen«, sagt er leise. »Ich wollte auf dem Rastplatz nicht gemein sein, nur bin ich wegen dieser Nacht nicht stolz auf mich, okay?«

Irritiert hebe ich den Blick. »*Du?* Was soll *ich* denn sagen? Ich will überhaupt nichts von dir und habe dich doch aber durch mein Verhalten erst in diese blöde Lage gebracht. Ich erinnere mich. Du hast alles richtig gemacht. Du warst ein Gentleman.«

Kai stößt ein Lachen aus. Nicht mal das lässt Ray zu uns herübersehen. »Dann hast du eine merkwürdige Vorstellung von dem Wort.« Er spricht so leise, dass ich ihn kaum hören kann. »Ich habe auf dir gelegen, dich geküsst und dich mit meinem Gewicht auf die Matratze gedrückt, ohne dass du eine Chance gehabt hättest, mich davon abzuhalten. Worauf genau soll ich da stolz sein?«

Er macht sich wirklich Vorwürfe. Wieso erkennt er denn nicht das Gute, das er getan hat?

Ich lächele. »Du hast es einfach gelassen. Du hast gewusst, dass es falsch war, obwohl du keine Gegenwehr von mir zu erwarten hattest.« Ich seufze. »Und wenn wir beide einsehen, dass es eine heikle und blöde Sache war, können wir hoffentlich damit weiterleben, dass keiner von uns an dem anderen interessiert ist.«

»Keine Sorge, ich bin ganz sicher nicht an dir interessiert«, erwidert er brüsk.

Das klingt doch schon viel eher nach dem Kai, den ich kenne. Sein schroffer Unterton ruft mir auf jeden Fall deutlich in Erinnerung, dass eine betrunkene Nacht nicht dazu beiträgt, dass wir uns wirklich näher sind als zuvor.

Wir schweigen.

Erst Thalias Auftauchen unter der Last weiterer Tüten holt uns aus unserer Starre. Ihr verzückter Schrei lässt mich regelrecht zusammenzucken. »Seht mal da hinten.«

Ich folge ihrem Blick zu dem großen, aufgespannten Netz unten am Strand. Dort spielen einige Männer Beachvolleyball.

Genervt verdrehte ich die Augen, als mir schließlich auch der kleine Verkaufsstand hinter dem Spielfeld auffällt.

Schon spurtet sie los, geradewegs den Hügel der Strandpromenade hinunter. Eine Frau im Einkaufswahn ist eben einfach nicht aufzuhalten.

Wir folgen ihr nur langsam und als wir sie einholen, wirkt sie für einen Augenblick etwas abwesend und starrt in die Ferne. »Schau mal da«, weist sie mich darauf hin und deutet dieses Mal, soweit ich mir sicher bin, tatsächlich auf das Beachvolleyballnetz. »Ist das nicht Ian?«

Hoffentlich nicht. Ians Anwesenheit würde mir meinen Tag nun wirklich nicht erheitern. Ich brauche einfach noch ein bisschen Zeit, um den Schock wegen des Fotos zu verarbeiten.

Ich mustere die Männer, einen nach dem anderen. »Bist du dir sicher?«

»Die grüne Badehose.« Thalia deutet auf einen Kerl, der gerade den Ball über das Netz schlägt.

Ich sehe genauer hin, obwohl ich sofort erkenne, dass es nicht Ian ist. Eine gewisse Ähnlichkeit ist allerdings vorhanden. Als sich der Unbekannte dann zu uns umdreht, bin ich so überrascht, dass man es mir offenbar ansieht.

»Ein Freund von dir?«, fragt Thalia neugierig.

»Nein«, antworte ich zögernd. Das auf jeden Fall nicht. Und ehrlich gesagt halte ich es für einen sehr merkwürdigen

Zufall, dass der Polizist aus Nerson Bake, der mich vor einiger Zeit nach Hause gebracht hat, zum selben Zeitpunkt Ferien am Strand macht wie ich.

Auch er erstarrt, als er mich sieht, und lässt so den Ball, der ihm zugespielt wurde, auf den Boden fallen. Langsam kommt er auf uns zu. »Hey«, grüßt er, als er vor mir zum Stehen kommt.

»Hey?«, erwidere ich skeptisch. »Was treibst du am anderen Ende des Landes?«

Er lächelt und wirkt irritiert, weil Thalia ihn anstarrt, als hätte sie sich soeben verliebt. »Hi, ich bin Matt Canbell.« Dann sieht er wieder zu mir. »Ich muss wohl die Karten auf den Tisch legen, was? Also, dass ich Polizist bin, war ein kleines Bisschen geflunkert. Doch sonst wärst du nicht in mein Auto gestiegen.«

Vermutlich nicht. Und ich bin sicher, dass ich das auch nie wieder tun werde. »Aber du hattest eine Uniform im Auto«, sage ich.

»Ich kam gerade von der Reinigung«, erklärt er. »Die gehörte nicht mir.«

Kai wirft mir von der Seite einen Blick zu. Matts Lüge unterstreicht nachträglich erneut meine Dummheit, zu einem Fremden ins Auto zu steigen.

»Ihr seid von der Spellington-High?« Matt lächelt noch immer. Als würde man deshalb darüber hinwegsehen, dass er ein Schwindler ist. »Ich bin mit der Klasse aus Nerson Bake hier.«

»Dann viel Spaß auf deiner Klassenfahrt«, erwidere ich bloß knapp. »Ich muss zurück zu meiner.«

»Okay, warte mal«, sagt er und hält mich auf, indem er sich mir in den Weg stellt. »Wieso bist du so unfreundlich?«

»Weil du mich angelogen hast«, antworte ich. »Wir gehen jetzt einfach getrennte Wege und dann ist alles gut.«

»Meinst du, ja?« Er starrt mich eindringlich an. Das Lächeln in seinem Gesicht ist inzwischen verblasst.

Ich weiche zurück. Etwas ist da an ihm, was mir überhaupt nicht zusagt, mich sogar regelrecht abschreckt. Was ist es? Der Ausdruck in seinen Augen? Die komische, herrische Art?

Matt streckt seine Hand aus, doch ich zucke zurück.

Das ist endlich der Moment, in dem Kai ungehalten wird. Er schiebt sich zwischen uns und wirft Matt einen warnenden Blick zu.

Um eine Eskalation zu vermeiden, greife ich nach Kais Arm. Er ist bereits angespannt. Ein Teil von mir versteht das. Es ist nicht mal die Tatsache, dass Matt mir im Vergleich zu unserem ersten Treffen nun sehr unsympathisch vorkommt. Da ist noch mehr.

Ich will nur zurück zur Herberge, doch Matt geht mir nicht aus dem Weg. »Was willst du?«, frage ich ihn sofort und klinge inzwischen wirklich unfreundlich.

Er setzt ein Lächeln auf. Es treibt mir einen kalten Schauer über den Rücken, wirkt merkwürdig auf mich, beinahe unheimlich. Ja, das ist das Wort. Matt ist nicht nur unsympathisch, er ist unheimlich. Kaum zu glauben, dass ich in sein Auto eingestiegen bin.

»Denkst du, dass du vor mir weglaufen kannst?« Matt lacht leise. »Lauf nur, aber spätestens heute Abend sehen wir uns wieder. Wir sind in derselben Herberge untergebracht. Früher oder später wirst du also mit mir reden müssen. Vielleicht ja dann ohne deinen Personenschutz.« Er grinst Kai an.

Mir fehlen die Worte, um es anders zu beschreiben. Für mich ist es die pure Übertragung von Hass. Mir jagt es erneut einen Schauer über den Rücken, und ich bin mir sicher, dass es so wirkt, als würde ich mich hinter Kai verstecken.

Der baut sich vor mir auf. »Ich bin *immer* da, verlass dich drauf.«

Das klingt in meinen Ohren überaus beruhigend. So ist Kais einschüchternde Art wenigstens mal für etwas gut.

»Verstehe.« Matt klang abschätzig. »Sie gehört also dir.«

Kais Körperspannung verrät, dass Ärger in der Luft liegt. Ich blicke mich um, entdecke Ray noch immer oben an der Promenade stehend. Er wird mir nicht helfen, Kai im Zaum zu halten.

Zu meiner Überraschung wendet Kai sich schließlich von Matt ab und schiebt mich in die andere Richtung vorwärts.

Thalia folgt uns, aber ich bemerke, wie sie Matt ein unsicheres Lächeln zuwirft. Nachdem wir einige Minuten unterwegs sind, spricht sie mich an. »Ich verstehe nicht, wo dein Problem liegt. Der war doch wirklich süß. Und offensichtlich ist er an dir interessiert. Jede andere wäre froh, wenn ein schnuckeliger Kerl ihr seine Aufmerksamkeit schenken würde. Nur du hast da wieder deine Komplexe.«

Ich atme tief durch, spüre noch immer die Anspannung in meinem Körper, weil ich mich durch Matts Auftreten eingeschüchtert gefühlt habe. »*Jede andere* bezieht sich doch ausschließlich auf dich, Thalia.« Ich spreche es laut aus und störe mich nicht mal daran, dass ich damit sofort die Aufmerksamkeit auf uns ziehe, als wir die Empfangshalle der Herberge betreten. »Welchen Kerl findest du denn nicht geil? Vielleicht entscheidest du dich mal für einen und suchst nicht immer nach dem, der den geringsten Widerstand leistet. Willst du Kai? Oder willst du dir Ian krallen? Lächele doch jeden Tag Matt an, obwohl er anscheinend irgendeinen Knall hat. Wann begreifst du endlich, dass sich nicht alles um die Suche nach einem heißen Kerl dreht?« Nach wie vor sprach ich laut und es macht mich wütend, dass Thalia mich mit ihrem trotzigen Gesichtsausdruck ansieht.

Bevor ich allerdings noch mehr sagen kann, kommt sie mir zuvor. »Du würdest dich vielleicht auch mal mit dem Thema beschäftigen, wenn du nicht immer noch wütend auf Alex wärst«, ermahnt sie mich nicht weniger laut. »Aber anstatt einfach wütend zu sein oder dich auf andere Gedanken zu bringen, gibst du dich mit Leuten ab, von denen du weißt, dass Alex sie nicht mag. Gefällt es dir, dich um jemanden zu bemühen, der uns alle wie Scheiße behandelt?« Ihr Blick streift Kai und Wut blitzt in ihren Augen auf. Offenbar nimmt sie ihm übel, dass er sie immer wieder abblitzen lässt. »Wenn du …«, sagt sie und wirft Kai erneut einen Blick zu, »… dich einfach mal um deine Mitmenschen bemühen würdest, würden sie dich vielleicht auch leiden können. Aber du hältst lieber alle auf Abstand und vergraulst sie mit deiner Tour.« Sie hält inne und funkelt dann mich gehässig an. »Ach, nein, entschuldige. *Dich* hat er ja in sein Bett gelassen.«

Ohne es wirklich zu steuern, hole ich aus und schlage ihr mit der flachen Hand geradewegs ins Gesicht.

Thalia reißt überrascht die Augen auf und verstummt augenblicklich.

In dieser Sekunde bin ich so unfassbar wütend auf sie. Wie kann sie wegen Nichts ein Fass aufmachen und Rundumschläge verteilen, um ihrem Unmut Luft zu machen?

Thalia schüttelt den Kopf und will offenbar etwas sagen.

Kai fährt ihr sofort über den Mund. »Es reicht!«, schreit er sie an.

»Ja, es reicht!«, höre ich im selben Moment die wutentbrannte Stimme von Qurandi durch den Raum hallen. Er schiebt Miss Cooper unwirsch zur Seite, die sich offenbar bereits in unsere Nähe gestellt hatte und uns vermutlich eine Moralpredigt halten wollte. »Es reicht mir mit euch. Ich weiß nicht, welche *unglaublich wichtigen* Krisen ihr alle durchleidet, aber hier haben sie nichts verloren. Ich werde nicht zusehen, wie ihr unsere Schule bloßstellt. Mudo, geh und pack deine Sachen. Lass dir ein anderes Zimmer zuteilen. Und ihr zwei ...« Er starrt Kai und mich wütend an. »Ihr geht mir jetzt sofort aus den Augen.«

Nichts lieber als das. Das denken wir wohl beide, als wir uns ohne ein Zögern in Bewegung setzen.

Ich habe an Thalia ausgelassen, dass Matt mich verunsichert und mir sogar ein bisschen Angst gemacht hat. Das war nicht richtig, aber ihr Verhalten war es auch in keiner Weise.

Kapitel 16

Ich bin froh, als ich mich an diesem Abend endlich allein in meinem Zimmer befinde. Nachdem ich mir mein dünnes Nachthemd angezogen habe, ist mein erster Griff der an das Radio und ich drehe es auf. Dann stelle ich mich an das Fenster und sehe hinaus auf das Meer. Eine traumhafte Aussicht ist das. Mir ist fast schon zu warm an diesem Ort. Doch nach allem, was die vergangenen Monate mir beschert haben, fühle ich mich jetzt in genau dieser Sekunde unglaublich leicht und befreit.

Bens Amoklauf ist einige Monate her. Der Verlust von Julie scheint niemanden noch so sehr zu berühren, dass man über sie spricht. Aber sie war auch kein Mädchen, das besonders präsent gewesen ist. Die oberflächliche Trauer derjenigen, die eigentlich nichts mit ihr zu tun hatten, ist verschwunden. Solange ihr Name nicht erwähnt wird, zeigt niemand mehr Anteilnahme.

Alex lebt in Nerson Bake und hat seit seinem Umzug nichts mehr von sich hören lassen. Thalias Vorwurf von diesem

Nachmittag stimmt nicht. Ich bin nicht mehr wütend auf ihn. Die Zeit hat das geregelt. Eigentlich vermisse ich ihn nur noch. Das Leben in Spellington ist ohne ihn anders und ungewohnt für mich. Hier zu sein, ohne ihn auf einer Klassenfahrt, hält mir erst vor Augen, dass er wirklich weg ist. Er wird nicht mehr an die Spellington-High zurückkehren. Nicht mehr zu mir. Aber ich spiele mit dem Gedanken, mich bei ihm zu melden, wenn wir wieder zu Hause sind. Vermutlich wird er wirklich nicht gutheißen, dass ich mich mit Ray angefreundet habe und auch Kai in gewisser Weise nun ein Teil meines Lebens ist. Doch um nicht gleich mit ihm zu streiten, werde ich es vielleicht gar nicht erwähnen. Immerhin hatte Thalia damit recht – Alex würde Kai niemals ausstehen können. Sie sind unglaublich verschieden.

Ich seufze, stütze mich mit den Ellbogen auf der Fensterbank ab und lasse den Kopf zwischen meine Arme auf die Steinplatte sinken.

Das mit Kai hätte richtig schiefgehen können, obwohl es noch nicht mal richtig angefangen hat. Natürlich will ich ihn für mich gewinnen. Als Freund. Weil es einfach das Miteinander so viel leichter machen würde. Aber ich kann mir wirklich nicht erklären, wieso ich im betrunkenen Zustand bereit gewesen bin, mich auf ihn einzulassen.

Alles in allem geht es mir doch inzwischen gar nicht schlecht. Längst nicht mehr so sehr, wie es noch vor einigen Monaten der Fall gewesen ist. Ich dachte, der Vorfall an der Schule und der Umzug von Alex würden mich völlig aus der Bahn werfen. Aber Ray hat mich aufgefangen, ebenso wie ich ihn.

Seine gestrige Laune war wirklich unterirdisch, allerdings besserte sie sich wieder. Heute war er nur noch in sich gekehrt, wirkte auf gewisse Weise sentimental. Er hatte vermutlich einfach nur ein paar schlechte Tage. Mit viel Glück ist er morgen wieder der sympathische und freundliche Kerl. Und dann sollte er dringend zusehen, dass er sich gegenüber Enya erklärt. Die hat sich bestimmt von ihm vor den Kopf gestoßen gefühlt. Es wäre schade, wenn die Sache bei den beiden kaputtgeht, bevor sie richtig anfängt. Sie scheinen sich gutzutun.

Die laute Musik hat mir geholfen, einen Moment innezuhalten. Ich atme tief durch. Mir geht es gut.

Müde hebe ich den Kopf und beschließe, ins Bett zu gehen. Doch als ich auf die Fensterscheibe blicke und Matts Silhouette darin erkenne, bin ich schlagartig wach. Erschrocken drehe ich mich um.

In dem Moment trifft mich ein Schlag an der Schläfe und bringt mich zu Fall. Intuitiv halte ich mir die Hand an den Kopf und starre zu Matt hinauf.

Der greift zum Radio und dreht die Lautstärke hoch.

Ich frage ihn, was er hier zu suchen hat, doch meine Stimme wird von der lauten Musik verschluckt.

Matts Blick ist düster und jagt mir wie am Strand einen Schauer über den Rücken. Mir wird in diesem Augenblick klar, dass ich den Ausdruck in seinen Augen kenne. Ich begreife noch im selben Moment, dass ich in Schwierigkeiten stecke.

Matt beugt sich zu mir, greift mir in die Haare und zieht mich auf die Beine. Mit Schwung stößt er mich gegen die schmale Leiter des Hochbettgestells. Schmerz schießt mir durch die Arme, als ich daran abpralle.

Ich habe Angst, nutze aber meine Chance und schlage um mich, als er mich erneut packt. Dabei treffe ich Matt am Hals und hinterlasse dort einen Kratzer. Ich schreie. Zuerst ist es nur ein panischer, schriller Laut. Dann rufe ich um Hilfe. Doch die Musik ist so stark aufgedreht, dass ich mich selbst kaum hören kann.

Matt greift nach mir. Ich stoße ihn weg, winde mich und gewinne Abstand zu ihm. Mein Ziel ist die Tür, aber er packt mich von hinten und meine Füße verlieren den Kontakt zum Boden. Ich strample, schreie und winde mich energisch. Wir taumeln, doch meine Gegenwehr reicht nicht aus, um uns zu Fall zu bringen.

Stattdessen wirft Matt mich ein Stück durch den Raum. Ich halte mich auf den Beinen, stolpere gegen die Kommode an der Wand. Sofort ist er hinter mir und greift mir in den Nacken. Ich schreie reflexartig auf, will mich losreißen und schlage bei dem Versuch um mich. Doch meine Hände fliegen ins Leere und ich werde so grob gegen die Kommode gedrückt, dass es mir einen heftigen Schmerz durch die Rippen jagt.

Ich versuche, nach Matt zu treten, doch er umschließt meine Haare in seiner Faust und drückt mich mit Nachdruck hinunter. Es fühlt sich an wie ein weiterer Schlag, als mein Kopf auf den Schrank trifft.

Ich weiß, was er vorhat. Plötzlich weiß ich es. Wieder schreie ich, doch mir ist klar, dass mich wegen der lauten Musik niemand hören wird. In diesem Moment übermannt mich ein unfassbares Gefühl der Panik und ich sammele noch einmal meine Energie, um mich zur Wehr zu setzen. Ich drücke mich von der Kommode und versuche, Matt mit dem Ellbogen zu treffen, ihn irgendwie zurückzustoßen.

Sein Griff in meinen Haaren festigt sich und er reißt meinen Kopf nach oben, kommt mit seinem Mund dicht an mein Ohr, seine freie Hand legt sich an meinen Hals. Ich sehe sein hämisches Grinsen, bevor er meinen Kopf mit Schwung hinunter auf den Schrank drückt. Der Aufprall schmerzt nicht nur, mir verschwimmt die Sicht.

Einen Schrei bringe ich nicht mehr heraus. Stattdessen drängen sich mir unaufhörlich Tränen in die Augen. Ich zittere am ganzen Leib, als Matt mir mit seiner freien Hand das Nachthemd über die Hüfte schiebt und mir unwirsch die Unterwäsche so weit herunterzieht, dass sie mir schließlich auf die Füße fällt.

Er greift mir in den Nacken und drückt mein Gesicht auf das Holz hinunter. Meine Hände umklammern die vordere Kante des Schrankes, doch mir fehlt die Kraft, mich gegen sein Gewicht aufzulehnen.

Die Angst, die ich empfinde, ist einfach unbeschreiblich. Noch nie zuvor habe ich mich so hilflos gefühlt.

Aber dann wird dieses Gefühl in dem Bruchteil einer Sekunde vertrieben und durch Erleichterung ersetzt. Im Augenwinkel sehe ich, wie sich die Tür öffnet und Kai dahinter zum Vorschein kommt.

Matt bemerkt es scheinbar nicht. Es dauert nur einen winzigen Moment, dann wird er von mir gerissen. Ich sacke vor der Kommode auf die Knie, presse mich dagegen, als würde sie mich ebenfalls beschützen.

Kai greift Matt am Shirt und schlägt zu. Einmal, zweimal, dreimal. Dann packt er ihn am Hals und drückt ihn an die Wand neben mir. Er wird ihm wehtun. Weit mehr, als er es bereits getan hat, da bin ich mir sicher. Und in mir ist nichts, was ihn dafür kritisiert. Zu sehen wie Matt in seine Schranken gewiesen wird und ihm das Blut über das Kinn läuft, macht mich unfassbar froh.

Matt ringt nach Luft und ich bin fassungslos, als er grinst.

Kai reißt ihn zur Seite und stößt ihn von sich. Matt verliert das Gleichgewicht und fällt rücklings zu Boden. Dabei versucht er sich abzufangen, erwischt das Radio und reißt es herunter. Die Musik verstummt schlagartig.

Matt will sich aufrichten, doch Kai ist ihm bereits nachgegangen. Kaum dass Matt sich auf die Knie gebracht hat und mit den Händen vom Boden abstützen will, tritt Kai ihm mit Schwung in die Rippen. Matt fällt zur Seite und rollt sich hustend auf den Rücken.

Kai kniet sich schnell über ihn und Matt hat keine Chance, sich aufzurichten. Er versucht es, doch Kai packt seine Schulter und drückt ihn auf den Boden. Dann holt er aus und schlägt zu. Einmal, zweimal, dreimal, viermal.

Ich wende mich ab und blicke zur Tür. Dort entdecke ich im selben Moment Robin und Mike. Sie beide starren zuerst fassungslos zu Kai, dann zu mir und schließlich auf Matt hinunter. Er wehrt sich nicht mehr, liegt einfach nur da, mit blutüberströmtem Gesicht.

Robin reißt sich aus seiner Starre und eilt auf Kai zu, packt ihn von hinten und zerrt ihn von Matt herunter. »Du bringst ihn noch um, hör sofort auf«, zischt er leise, aber eindringlich.

Kai sträubt sich und stößt Robin zuerst grob von sich, doch dann hält er inne. Er starrt zu Matt hinüber, der regungslos am Boden liegt, sieht sich im Raum um. Für einen Bruchteil der Sekunde schaut er zu Mike, der immer noch in der offenen Tür steht. Dann treffen sich unsere Blicke.

Als Robin merkt, dass Kai sich beruhigt, hält er ihm die Hand hin, um ihm aufzuhelfen. Wahrscheinlich, ohne über die nette Geste nachzudenken, lässt er sich von Robin auf die Beine ziehen und streicht sich dann durch die Haare. Er atmet schwer, starrt auf Matt herunter.

Robin wendet sich an Mike. »Schließ die Tür.«

Der reagiert hektisch, kommt der Aufforderung seines Freundes sofort nach.

Kai sieht Robin an. Es wirkt, als würden sie sich telepathisch austauschen. Sie stehen einfach nur und starren einander an.

Kapitel 17

Es ist Robin, der das Wort ergreift. »Das hier ist nie passiert, da sind wir uns einig, oder?«

Überraschung blitzt in Kais Augen auf.

»Du bist am Arsch, wenn das hier rauskommt«, sagt Robin leise zu ihm. »Das hier ist weit über Nothilfe hinausgegangen. Ich meine … Sie müssten diesen Mistkerl wegsperren für das, was er tun wollte. Aber … Scheiße, seht ihn euch an. Hailey?«

Ich sehe nur schweigend zu ihnen hinüber, kriege noch immer das Zittern meiner Gliedmaßen nicht unter Kontrolle. Matt sieht furchtbar aus. Kai hat ihn übel zugerichtet.

»Hailey, willst du das hier melden?«, fragt Robin. »Willst du der Polizei sagen, dass der Kerl dich fast—« Er bricht den Satz ab.

Ich mustere zuerst Matt, dann Kai. Er steht mitten im Raum, und ich sehe an seinem Brustkorb, dass sich seine Atmung wieder normalisiert. Matts Brutalität drängt sich wieder und wieder in meine Gedanken. Die Angst steckt mir noch immer in den Knochen.

135

Doch als Kai mich ansieht, wird dieses Gefühl schwächer. Fast automatisch denke ich an die Whiskynacht. Daran, wie nah wir uns waren. Wie rücksichtsvoll Kai handelte. Dann halte ich mir vor Augen, was sich in den letzten Minuten in diesem Raum abgespielt hat. Kai hat mich verteidigt. Er hat Matt zusammengeschlagen. Meinetwegen. In seinen Augen erkenne ich keine Sorge, dass er in Schwierigkeiten steckt. Der Ausdruck darin ist ein anderer. Ich würde fast so weit gehen und es Zuneigung nennen, obwohl ich mir bis zu diesem Abend sicher war, dass er mich noch immer nicht leiden kann.

Ich spüre Robins eindringlichen Blick. Er wartet auf meine Antwort und ich schüttele bloß den Kopf. Dieser Vorfall darf auf keinen Fall gemeldet werden, weil er am Ende Kai in größere Schwierigkeiten bringen würde als Matt. Das kann ich nicht zulassen. Matt hat bezahlt. Auf andere Weise.

»Schaffen wir ihn weg«, sagt Robin entschlossen. »Wir legen ihn draußen an den Strand. Wenn er klug ist, verschwindet er. Wenn nicht, wird er kaum so dumm sein und melden, dass es Kai war. Dann müsste er die ganze Wahrheit verraten und das kann er sich nicht erlauben.«

Mike löst sich endlich aus seiner Verwurzelung an der Tür und nickt ebenfalls entschlossen. Er und ich haben uns noch nie verstanden, aber er hält zu seinem Freund, und das ist alles, was in diesem Moment zählt.

Mike öffnet die Tür und späht auf den Flur. Offenbar ist niemand auf diese ganze Sache aufmerksam geworden oder macht sich die Mühe, der vorangegangenen Lärmquelle auf den Grund zu gehen, denn er nickt und ich beobachte, wie er und Robin sich Matt greifen und ihn aus dem Raum tragen.

Kai und ich bleiben allein zurück.

Er mustert mich. Bestimmt prüft er meine sichtbaren Verletzungen, denn er nähert sich zögernd.

Ich senke den Blick und weiche intuitiv zurück, als er sich vor mich kniet und die Hand nach mir ausstreckt. Doch dann wird mir bewusst, dass er es war, der mich vor dem Schlimmsten bewahrt hat. Ich lasse seine Anwesenheit auf mich wirken und mir wird klar, dass es nichts gibt, was mir je mehr Sicherheit vermittelt hat.

»Du musst hier nicht bleiben«, sagt er leise. »Schlaf bei uns.«

Natürlich will ich nicht allein in diesem Zimmer sein. Nicht, solange Matt dort draußen ist. Also nicke ich, weil ich nicht weiß, wo ich sonst hinsoll.

Kai nickt ebenfalls. »Darf ich dir helfen?«

Es ist komisch, ihn das auf so sanfte Weise sagen zu hören. Ich vermute, dass die eigentliche Frage dahinter ist, ob er mich anfassen darf. Das will ich nicht. Es hat nichts damit zu tun, dass er ein Mann ist und ich etwas Grauenvolles durchlebt habe. Ich spüre nur den Schmerz, der durch meinen ganzen Körper strömt und fürchte mich davor, dass eine Berührung noch mehr Schmerzen mit sich bringt.

Doch meine Beine zittern ein wenig, und ich fühle mich schwach und elend. Am liebsten würde ich mich nicht rühren. Mir einfach eine Decke über den Kopf ziehen, mich darunter verstecken und mich nicht mehr bewegen, bis der Schmerz verschwindet.

Aber dann bringe ich mich mühsam auf die Beine, taumele leicht dabei. Mir ist schwindelig und ich halte einige Sekunden inne. Ich muss mir wohl eingestehen, dass ich nicht mehr die Kraft besitze, mich ohne Stütze auf den Beinen zu halten. Meine Knochen könnten ebenso gut aus Gummi sein.

»Hilf mir bitte.« Meine Stimme zitterte so sehr, wie es jeder Muskel in meinem Körper tut.

Kai zögert nicht. Er greift vorsichtig um meine Hüfte, legt die andere Hand hinter meine Knie und hebt mich auf seine Arme.

Ich kann das leise Wimmern nicht unterdrücken, weil mir ein Schmerz durch die Rippen schießt. Dann schließe ich die Augen und gehe in mich. Rette mich an einen Ort tief in meinem Inneren, an dem alles in Ordnung ist, weil ich weiß, dass meine verletzte, äußere Hülle beschützt wird.

Ich öffne die Augen auch nicht, als ich einige Minuten später in einem Bett liege und höre, dass sich die Tür öffnet.

»Kai«, sagt Ray sofort. »Wieso soll ich *dich* fragen, was es mit dem bewusstlosen Kerl auf sich hat, den Robin und Mike da gerade aus dem Gebäude tragen? Was zum Teufel ist in dich gefahren?«

»Wenn du darauf eine Antwort willst, wirst du *sie* fragen müssen«, höre ich Kais ruhige und entspannte Stimme. Ich bin mir sicher, dass er auf mich deutet.

»Was soll das heißen?«, entfährt es Ray verständnislos, wenngleich er irritiert klingt, weil er mich jetzt in Kais Bett entdeckt hat. »Wieso ist sie hier? Und seit wann weichst du mir aus? Du hast doch sonst keine Geheimnisse vor mir.«

»Ich verheimliche nichts«, erwidert Kai. »Ja, ich bin der Grund dafür, dass Robin und Mike diesen Kerl gerade an den Strand werfen und dass er so aussieht, wie er eben aussieht. Aber mehr wirst du von mir nicht hören.«

Rays Schritte nähern sich. Ich merke, dass er neben mir steht und fühle mich beobachtet. »Heilige … Was ist passiert?« Offenbar hat er nun die Blessuren in meinem Gesicht bemerkt, die ich davongetragen habe.

»War Enya bei dir, als du Robin und Mike gesehen hast?«, fragt Kai.

»Nein ... Ich habe sie zuerst zu ihrem Zimmer gebracht«, stammelt Ray. »Was ist passiert?«

Ich höre Kais Seufzen. »Du hast ein sanftes Gemüt und willst die Antwort nicht wirklich hören.«

»Ein sanftes Gemüt hat *sie* auch und jetzt sieh sie dir an.« Ray klang aufgewühlt.

Kai schweigt.

»Hat er sie—«

»Nein«, unterbricht Kai ihn. »Sie hatte die Musik so laut und ich bin rüber, um ihr zu sagen, dass sie sie leiser drehen soll. Zum Glück hat es mich aufgeregt. Ich bin rein und ... na ja, du hast ihn ja gesehen.«

Nun höre ich Ray seufzen. »Er sah übel aus, Kai. Wieso tragen Robin und Mike ihn an den Strand?«

»Weil Hailey ihn nicht anzeigen will.«

Ray lacht leise und ein wenig abschätzig. »Deinetwegen. Weil du überreagiert hast.«

Kai schweigt.

Das ist wahr. Ich werde Kai schützen, indem dieser Abend unser Geheimnis wird. Er war aggressiv, hat sich in seiner Wut verloren. Es ist keine gute Seite an ihm. Unter anderen Umständen hätte sie mir Angst gemacht. Doch aus irgendeinem Grund fürchte ich mich nicht vor Kais Schattenseite. Er stand für mich ein und hat eine Grenze überschritten, die ihn viel kosten könnte. Man würde ihn finden. Vielleicht käme er sogar wegen Körperverletzung ins Gefängnis. Seine Zeit in Spellington wäre vorbei. Ich würde ihn nie wiedersehen.

Dabei habe ich jetzt endlich die Chance, ihm zu zeigen, dass er mir vertrauen kann. Er hat mich beschützt und nun werde ich ihn schützen. Er war nicht nur aggressiv, er hat auch Courage bewiesen. Ich vertraue ihm. Und nach heute wird alles anders sein, da bin ich mir sicher, denn Geheimnisse verbinden Menschen miteinander.

Ich liege eine Weile einfach nur da und starre an die Decke. Die Jungs schlafen, Ray in seinem Bett, Kai auf dem Boden. Nur ich finde nicht zur Ruhe. Zu viele Dinge gehen mir im Kopf herum.

Jedes Mal, wenn ich die Augen schließe, höre ich mich selbst nach Hilfe schreien. Es ist dumm, denn niemand wird mir in dieser Nacht noch Schaden zufügen. Ich bin nicht allein und habe Menschen, die auf mich achten. Trotzdem lassen mich meine Erinnerungen erzittern.

Ich muss Matts Übergriff verdauen, ihn irgendwie überwinden. Wehrlosigkeit ist kein schönes Gefühl, doch es ist das Einzige, das mir geblieben ist. Noch nie zuvor habe ich mich so gefühlt.

Nie, denn Alex war an meiner Seite. Er war mein Halt, jederzeit für mich da und immer erreichbar. Egal, welche Sorgen mich auch beschwerten.

Leise stehe ich auf und schleiche durch den Raum, der durch das Mondlicht sanft erhellt wird. Mein Handy liegt in meinem Zimmer, doch ich entdecke sofort Kais auf dem Nachttisch. Ich nehme es an mich und stelle mich an das Fenster. Alex ist mein bester Freund und ich brauche ihn.

Es dauert eine Weile, bis er abnimmt. Als ich seine Stimme höre, fällt mir ein Stein vom Herzen. »Alex.« Ich flüstere es nur, um die Jungs nicht zu wecken. »Ich bin froh, dass ich dich—«

Er scheint verwirrt zu sein und unterbricht mich brüsk. Ich habe ihn geweckt. Ja, das ist wahr. Er fragt mich, ob ich nicht wisse, wie spät es sei.

»Natürlich weiß ich das.« Immerhin bin ich doch diejenige, die nicht in den Schlaf findet und alle dreißig Sekunden einen Blick auf die Uhr wirft.

Alex fragt, ob es etwas Wichtiges gäbe. Er müsse früh raus. Er klang so genervt, dass es mir einen Stich versetzt.

»Nein.« Ich schluchzte es, weil mir bereits die Tränen in die Augen steigen.

Er scheint es nicht zu hören und bemerkt, dass es dann ja einen besseren Zeitpunkt gäbe, als ihn mitten in der Nacht anzurufen.

»Vermutlich hast du Recht.« Die Tränen rinnen mir über die Wange. »Ich wollte dich nicht stören.«

Er sagt, er melde sich, sobald er wieder etwas mehr Zeit habe. Dann beendet er den Anruf und lässt mir nicht mal die Chance, mich zu verabschieden.

Meine Knie werden weich und ich sinke zu Boden. Im selben Moment überkommen mich die Tränen wie eine Lawine. Mein Magen scheint sich zu verkrampfen und ich drücke mir die Hände auf den Bauch. So fest, wie ich kann, aber es hilft nicht.

Ich fühle mich in diesem Augenblick so einsam und verletzt, dass mein Magen sich anfühlt, als würde er zerreißen. Und dann kommt der Punkt, an dem ich nur noch möglichst lautlos wimmere, als mich die Gefühle wegen des grauenvollen Abends übermannen.

Kapitel 18

»Ich bin deine Freundin«
Mittwoch, 14. Dezember

Stunden später liege ich immer noch wach und frage mich, wie
ich allen Ernstes den kommenden Tag überstehen soll. Mir tut
jeder Muskel weh. Mein Kopf dröhnt. Ich bin unglaublich
müde, doch ich finde einfach nicht in den Schlaf. Die innere
Unruhe hindert mich daran. Außerdem fühle ich mich dreckig.

Vermutlich klingelt in Kürze ohnehin ein Wecker, der die
Jungs aus ihrem Schlaf holt. Vor einigen Minuten habe ich den
im Nachbarzimmer gehört.

Möglichst leise schleiche ich auf den Flur. Hoffentlich sieht
mich niemand. So schnell ich kann, verschwinde ich in meinem Zimmer, schließe die Tür und lehne mich mit dem Rücken dagegen.

Mein Blick schweift durch den Raum. Nicht viel lässt da-
rauf schließen, was gestern Abend hier vorgefallen ist. Nur das
Radio liegt noch auf dem Boden. Gleich daneben sind einige
Blutflecken auf dem Laminat. Ich sollte sie wegwischen, damit

niemand dazu Fragen stellen kann. Und dann werde ich duschen gehen, sobald alle anderen zum Frühstück aufgebrochen sind. Ich kann mich unmöglich unten blicken lassen, da ich mit Sicherheit so aussehe, wie ich mich fühle.

Ich bücke mich nach dem Radio und hebe es auf. Im selben Moment zucke ich zusammen, als ich das Geräusch der sich öffnenden Tür hinter mir vernehme.

»Ich habe nur was im Schrank vergessen«, höre ich Thalias kühle Stimme. Ich beobachte in der Fensterscheibe, wie sie zur Kommode geht, die oberste Schublade öffnet und ihre Haarbürste herausholt.

Ich stehe nur da und rühre mich nicht, wende mich ihr nicht mal zu.

Sie hält inne, als würde sie mit dem Gedanken spielen, mit mir ein Gespräch zu starten.

Ich kann jetzt wirklich nicht über unseren Streit sprechen und wünsche mir, dass sie einfach wieder verschwindet.

»Na dann«, sagt sie abgehackt und verlässt den Raum.

Ich atme erleichtert durch. Niemand sollte mich so zu sehen bekommen. Also setze ich mich auf mein Bett und warte. Höre, wie Ray sich nach mir erkundigt und Thalia ihm sagt, wo ich bin. Dann lausche ich dem regen Treiben auf dem Flur, bis irgendwann Ruhe einkehrt.

Ich suche mir frische Sachen, ein Handtuch und mein Shampoo zusammen, gehe in das Gemeinschaftsbad. Die Dusche bewirkt keine Wunder. Zwar fühle ich mich nach einigen Minuten nicht mehr dreckig, doch mein Blick streift immer wieder die roten Stellen an meinem Bauch. Ich kralle mich für eine Weile einfach an der Duschhalterung fest und schließe die Augen.

Nach dem Duschen trete ich zögerlich an die breiten Waschtische heran. Nun lässt sich nicht mehr vermeiden, dass ich einen Blick in die stark beleuchtete Spiegelwand werfe.

Ich bin von meinem Anblick nicht überrascht. Meine dunklen Augen sind rot unterlaufen. Die langen, hellbraunen Haare hängen nass herunter, kleben an meinen Oberarmen. Sie rahmen mein Gesicht ein und damit auch die rötlichen Flecken darin. Ein Veilchen. Eine geschwollene Stelle an meiner Schläfe. Ein kleiner Fleck am Wangenknochen. Mein Hals weist Druckstellen auf. Nicht so sehr wie meine Arme und mein Bauch, doch sie sind klar zu erkennen. Vorsichtig fahre ich mit meinen Händen über all die Stellen. Sie sind empfindlich, schmerzen bei der Berührung.

Ich weiß nicht, was ich tun soll. So kann ich unmöglich unter Leute gehen. Wie soll ich mich den Rest der Woche zeigen? Jeder wird ahnen, dass etwas passiert ist. Meine Mitschüler werden wahrscheinlich nur darüber spekulieren, wie sie es immer tun. Doch die Lehrer werden es nicht einfach auf sich beruhen lassen. Mrs. Ridger wird mich auf meine Blessuren ansprechen, und mir ist selten eine Frau begegnet, die so gut Lügen erkennt.

Ich fahre vor Schreck zusammen, als sich die Tür zum Gemeinschaftsbad mit einem leisen Quietschen öffnet. Ich kann mich nicht verstecken, befinde mich vor den Waschbecken wie auf dem Präsentierteller. Ich hebe bloß den Blick und sehe in den Spiegel. Darin erkenne ich, dass Thalia den Raum betritt und mich mustert.

Von ihrem streitsüchtigen Blick ist nichts mehr übrig. Sie wirkt betroffen und hält sich die Hand vor den Mund. Langsam kommt sie auf mich zu. »Ich habe vorhin gespürt, dass etwas nicht stimmte. Und als Kai und Ray dann ohne dich runterkamen … Hailey, was ist denn nur passiert?« Sie lässt ihren

Blick über meinen Körper schweifen und starrt fassungslos auf all die Stellen, die der Beweis dafür sind, dass etwas vorgefallen ist.

Ich kann ihr nicht die Wahrheit sagen, aber ich kann ihr auch nicht weismachen, dass es mir gut geht. »Jemand kam gestern Abend in mein Zimmer. Ich habe mich gewehrt und konnte ihn verjagen.«

Thalias Augen sind feucht. Sie überwindet die letzte Distanz zwischen uns und schließt mich in die Arme. »Er ist also einfach verschwunden, ja?«, fragt sie hoffnungsvoll.

Ich bringe nur ein leises Ja raus, das in einem Schluchzen und einem anschließenden Tränenausbruch endet. Dann sperre ich mich nicht gegen ihre Umarmung und gemeinsam sinken wir auf den Boden.

Thalia hält mich einfach nur fest und bleibt an meiner Seite. Das offenbart mir zum ersten Mal einen Charakterzug an ihr, den ich bisher nicht kannte. Einen, der mich unseren Streit im Nu vergessen lässt.

Erst nach einigen Minuten spricht sich mich an, als sie offenbar spürt, dass ich wieder ruhiger atme und mich beruhigt habe. »War es Matt?«

Der Name versetzt mich für den Bruchteil einer Sekunde in eine Schockstarre. Ich kann nicht nicken, ihre Worte nicht wiederholen.

Dann fange ich mich und blicke Thalia geradewegs in die Augen. »Was soll ich jetzt tun? Sieh mich an.«

»Ach, das kriegen wir hin«, sagt sie mit einem kleinen Lächeln.

Keine halbe Stunde später blicke ich den Spiegel und erkenne mich selbst kaum wieder. Wie oft habe ich mich schon über Thalia lustig gemacht, weil sie immer so viel Make-up aufträgt. Doch heute kommt es mir zugute. Von den Blessuren in meinem Gesicht und an meinem Hals ist nichts mehr zu sehen. Die dicke Schicht Schminke auf der Haut fühlt sich merkwürdig an, aber zumindest kann ich mich so unter die Leute wagen. Mehr oder weniger.

»Hör mal …«, sage ich zögernd, als Thalia ihren Schminkkoffer wieder einräumt. »Das gestern tut mir leid. Ich hätte dich nicht schlagen dürfen.«

»Und ich hätte dir nicht vorwerfen dürfen, dass du mit Kai geschlafen hast«, erwidert sie prompt. »Im Grunde hätte ich es doch auch getan, wenn sich mir die Gelegenheit geboten hätte. Ich war einfach nur eifersüchtig.«

»Dazu besteht wirklich kein Grund.«

Thalia sieht mich mit großen Augen an.

»Ian war auch eifersüchtig, nur deshalb ist dieses Gerücht im Umlauf. Kai und ich hatten nichts miteinander. Wir sind nicht mal Freunde. Es ist, wie du sagtest. Kai zieht sich zurück, will keinen Kontakt zu irgendwem. Ihn stört es, dass Ray und ich Freunde sind. Ich versuche einfach nur, zu ihm durchzudringen.«

Thalia nickt nachgiebig. Vielleicht glaubt sie mir, vielleicht auch nicht. Eigentlich spielt es in diesem Moment keine Rolle. Es lenkt nur von dem ab, was mir ansonsten pausenlos im Gedächtnis herumspukt.

Ich hole Luft. »Danke, dass du—«

Das leise Quietschen der Tür unterbricht mich und Enya zieht unsere Aufmerksamkeit auf sich. Sie steht nur da und sieht zuerst zu Thalias Schminkkoffer, dann mustert sie uns.

Schließlich deutet sie auf mich. »Ihr habt da ein Stück am Hals vergessen.« Da war keine Überraschung in ihrer Stimme, nicht mal in ihrem Blick.

Sie stellt sich zu uns an den Spiegel, holt ihren dunklen Lippenstift aus der Tasche und zieht sich die Lippen nach. Eigentlich ist sie hübsch, wenn man sie genau ansieht. Die kurzen, schwarzen Haare stehen ihr. Ihr Make-up ist zwar dunkel, aber an sich dezent aufgetragen. Nur die wenigstens Menschen machen sich wohl die Mühe, sie länger als zwei Sekunden anzusehen, weil sie stets abweisend wirkt.

»Wollt ihr etwas Merkwürdiges hören?«, fragt sie beinahe belanglos. »Heute Nacht ist einer der Schüler von der Nerson-Bake-High verschwunden. Er wollte so dringend nach Hause, dass er noch in der Nacht aufgebrochen ist.«

Ich versuche, mir meine Freude über Matts Verschwinden nicht anmerken zu lassen.

»Sein plötzlicher Aufbruch hat nicht zufällig etwas mit denen da zu tun?« Enya deutet auf die Druckstellen an meinen Armen.

»Wie wär's, wenn du einfach verschwindest, hm?«, erwidert Thalia und baut sich wie eine schützende Mauer vor mir auf.

Das ist nun wirklich nicht nötig. Es ist immerhin nur Enya und die ist im Begriff, Rays Freundin zu werden.

»Wir wissen gar nichts über irgendjemanden von dieser anderen Schule«, sagt Thalia entschieden.

Enya grinst sie bloß an. »Zufälle gibt es ja immer wieder, nicht wahr?« Ihr Blick wandert zu mir. »Der Zimmergenosse sagte, dass der Kerl übel ausgesehen hat. Als wäre er überfallen worden oder so.« Sie starrt mich eindringlich an. »Vielleicht macht es dich ja irgendwie froh, das zu wissen.«

Oh nein, sie erkennt den Zusammenhang.

»Ihr solltet langsam fertigwerden«, sagt Enya und wendet sich von uns ab. »Und denkt an die Stelle da an deinem Hals. Du solltest die Haare offen tragen, Hailey. Das würde auch einiges verstecken. Vor allem die dicke Schicht Make-up.« Sie geht in Richtung Tür und wirft mir noch einen kurzen Blick zu. »Und Kai müsste vielleicht seine Hand mal anschauen lassen. Sieht aus, als sei sie mit irgendwas zusammengestoßen.« Sie zwinkert kurz, dann verschwindet sie auf dem Flur.

Dieser Hinweis lenkt augenblicklich Thalias Aufmerksamkeit wieder auf mich.

Ich senke den Blick, kann und möchte ihr dazu keine Auskunft geben. Es ist ein Geheimnis und ich bin nach wie vor nicht bereit, Kai zu verraten.

Thalia seufzt. »Kai hat ihn verjagt, hm? Na gut. Ich bin deine Freundin, Hailey. Und wenn ich dich dadurch schützen kann, bin ich notfalls auch seine. Also machen wir dich jetzt fertig und dann besuchen wir eine Ruine.«

Vermutlich habe ich an dem heutigen Tag meine Zeit mit dem langweiligsten Ort der Weltgeschichte verbracht. Doch hätte ich auch nur ansatzweise ahnen können, wie aufreibend mein Tag noch werden würde, wäre ich dortgeblieben.

Als ich Ian bei unserer Rückkehr in der Empfangshalle entdeckte, habe ich ihn zuerst für eine Fata Morgana gehalten. Doch als er mich angesprochen und darauf bestanden hat, mit mir unter vier Augen sprechen zu dürfen, ist mir klargeworden, dass er wirklich diese verflucht lange Strecke auf sich genommen hat, um mit mir zu streiten.

Na ja, ein lautes und hitziges Gespräch mit mir zu führen, ist bestimmt nicht sein Ziel gewesen. Allerdings bin ich an diesem Tag nicht zu mehr in der Lage. Die letzte Nacht nagt mir an den Knochen und die Tatsache, dass Ian einfach auf meiner Klassenfahrt aufkreuzt, stimmt mich nicht milde, sie macht mich viel eher wütend.

Schon als er mich anspricht, weiß ich, dass ich mein Ventil gefunden habe. Eine Möglichkeit, meinen Gefühlen Luft zu machen, indem ich jemanden anschreie, der nichts für meine Gefühle kann. Dafür, dass es mir im Moment so grauenvoll geht. Normalerweise ist das meine Mutter, doch nun muss Ian damit leben, sich in diese Situation gebracht zu haben.

Er steht am Fenster, mit dem Rücken zu mir. Er ist ganz eindeutig angespannt. »Wieso meldest du dich nicht bei mir?«

»Ich habe andere Dinge um die Ohren«, antworte ich knapp.

»Und es hat nichts damit zu tun, dass dich irgendjemand gegen mich aufgebracht hat?«, fragt er aufgewühlt und wendet sich mir zu.

»Ich hatte einfach noch nicht die Ruhe, um mich mit dieser ganzen Tess-Sache auseinanderzusetzen.«

»Warum?«, fährt er mich an. »Ich dachte, es läge in deinem Interesse, diese Sache schnell aus der Welt zu schaffen. Immerhin sind wir zusammen. Ich dachte—«

»Stopp«, unterbreche ich ihn unwirsch und mit erhobener Hand. »Wir sind kein Paar, Ian.«

An seinem Blick erkenne ich, dass er das anders sieht.

»Ich habe einfach nicht den Kopf frei, um mich mit irgendwelchen Märchengeschichten zu befassen«, spreche ich unfreundlich aus. »Keine Ahnung, was damals zwischen dir und dieser Tess gewesen ist, aber genau hier und jetzt interessiert es mich nicht.«

»Also glaubst du immer noch, dass an dieser Sache etwas dran ist? Gehst du mir deshalb aus dem Weg?«, fragt er fassungslos. »Habe ich irgendwas getan, das dich an meiner Aufrichtigkeit zweifeln lässt? Bin ich—«

»Nein, du hast nichts getan, aber du solltest jetzt etwas tun«, unterbreche ich ihn erneut. »Und zwar solltest du wieder nach Hause fliegen und mich in Ruhe lassen.«

Eine Beziehung ist wirklich das Allerletzte, was ich jetzt möchte. Einen Mann vor der Nase haben, dem ich in irgendeiner Weise Rechenschaft schuldig bin. Er weiß nicht, was in mir vorgeht, und ich kann und will es ihm nicht erklären. Ich will nur, dass etwas Zeit verstreicht, und ich mich hoffentlich bald wieder besser fühlen werde. Solange er mich unter Druck setzt, wird das nicht funktionieren.

»Es geht hier gar nicht um Tess, oder?«, mutmaßt Ian plötzlich und Wut blitzt in seinen Augen auf. »Es geht um Kai. Er ist es auch, der dich gegen mich aufbringt. Der dir vermutlich einredet, dass das mit Tess die Wahrheit ist.«

Genervt verdrehe ich die Augen. Das kann jetzt unmöglich sein Ernst sein.

»Weißt du, Kai ist nicht dein Freund«, sagt Ian laut. »Und es macht mich wütend, dass du seinen Vermutungen mehr glaubst als mir. Wenn man Kai und mich gemeinsam an den Pranger stellt, würde ich weitaus besser wegkommen.«

Daran zweifle ich nicht mal. Nicht nach Kais Wutausbruch gestern Abend.

»Ich habe dich gut behandelt, Hailey«, fährt Ian aufgebracht fort. »Kai tut das nicht. Ich bin dir beim besten Willen ein besserer Freund als dieses Arschloch!«

Auch daran zweifele ich nicht. Ian ist immer nett, charismatisch und süß gewesen. Aber was er sich hier gerade erlaubt, macht all das beinahe zunichte.

Mich überkommt das Bedürfnis, seinen Vorwurf abzubügeln. »Lass andere da raus.« Nun sprach auch ich lauter und funkele Ian wütend an. »Jemand hat behauptet, dass du eine

Frau genötigt hast. Das ist verdammt nochmal keine Kleinigkeit, Ian.« Ich seufze. »Ich kann das hier und jetzt nicht. Es geht mir gerade einfach nicht gut und ich habe genug um die Ohren, was—«

»Was denn?« Ian starrt mich kritisch an. »Was *wichtiger* ist?«

»Das habe ich nicht gesagt.«

Aber so ist es. Ich kann nicht über Ian und mich nachdenken. Diese Sache ist für mich beendet, wenn sie denn je existiert hat. Ich muss verarbeiten, dass mich jemand beinahe vergewaltigt hat. Jemand, der Ian schrecklich ähnlich sieht. Nachdem einem Menschen wichtig war, dass ich erfahre, dass auch Ian vor einigen Jahren eine Nötigung vorgeworfen worden ist. Die Vorstellung, dass er mich anfasst, versetzt mich deshalb bloß in Angst und Schrecken.

»Bitte geh einfach wieder!«, flehe ich ihn an.

Mir ist das zu viel. Sein Auftauchen. Mit ihm hier zu sein. Allein in dem Zimmer, wo …

»Raus hier«, höre ich eine unfreundliche Stimme aus Richtung der Tür und sehe deshalb hin.

»Das hier ist ein Privatgespräch«, erwidert Ian bloß.

»Hörst du schlecht?«, fragt Enya laut und geht auf ihn zu. »Verschwinde von hier, oder ich reiß dir deinen verdammten Arsch auf. Ist das jetzt deutlich genug?«

Ians Blick springt zwischen Enya und mir hin und her. Doch von mir braucht er keinen Beistand erwarten. Sein Auftauchen auf meiner Klassenfahrt ist völlig überzogen und für mich absolut zu viel des Guten.

Kapitel 19

»Ich bin kein netter Mensch«
Mittwoch, 14. Dezember

Alex' Abwesenheit nagt an meinen Gefühlen, obwohl er mich abgewiesen hat. Einfach nichts scheint seit seinem Umzug wirklich zu passen. Ich mag den Gedanken daran nicht, dass nichts mehr so sein wird, wie es mal war. Vor Ben. Vor Matt.

Ich stehe vor einem Scherbenhaufen und versuche, die zerbrochenen Teile wieder zusammenzufügen, während scheinbar ein unsichtbares Etwas neben mir steht und immer wieder neue Teile auf den Boden schmeißt.

Wieso kann sich nicht wenigstens ein kleiner Teil meines Lebens endlich wieder anpassen? Eine Konstante, die bleibt und mir hilft, all das durchzustehen.

Vielleicht wird dieser Jemand Ray sein. Doch der konnte mir den ganzen Tag nicht in die Augen sehen, weil er vermutlich nicht weiß, was er sagen oder tun kann, damit es mir besser geht.

Himmel, vielleicht wird sogar Kai eine Konstante in meinem Leben sein. Es ist einfach unfassbar, dass ausgerechnet ein arroganter und schroffer Mistkerl der Held in meinem Universum ist.

Ian hatte das beste Zeug dazu, mein Halt zu sein. Doch ich habe ihn von mir gestoßen. Dabei hat er mir von Anfang an gefallen, mich nie schlecht behandelt. Seine Eifersucht ist seine Schattenseite, ganz eindeutig. Aber ist sie wirklich schlimm genug, um ihn gänzlich auszugrenzen? Vielleicht wird sich diese Sache irgendwann bessern. Mit der Zeit. Doch die muss ich uns beiden erst mal geben. Mir noch dringender als ihm.

Die Tür öffnet sich und Kai betritt den Raum. Er lässt sich nicht mal hereinbitten, schließt einfach die Tür hinter sich und geht einige Schritte durch das Zimmer. »Wie geht es dir?«, fragt er.

»Absolut fantastisch.«

Kai lacht leise, als würde er verstehen, dass eine dumme Frage einem auch eine dumme Antwort einbringt. »Kommst du gleich rüber?«

»Nein«, antworte ich. »Matt ist weg. Ich komme klar. Ich schaffe das irgendwie und kann durchaus allein schlafen.«

»Natürlich kommst du zurecht«, sagt Kai. »Dir bleibt ja auch keine andere Wahl.«

Klugscheißer.

Oh Mann, ich bin so gereizt und so schlecht drauf, seit Ian gegangen ist, dass Kai lieber Abstand halten sollte.

»Du hattest aber die Wahl, ob du Matt anzeigst«, fährt er allerdings fort. »Du hast dich dagegen entschieden, weil ich echt Ärger am Hals gehabt hätte. Ich würde gern wissen, wieso du auf mich Rücksicht genommen hast.«

»Das ist wohl die große Frage, nicht wahr?« Ich schüttele den Kopf. »Wieso tue ich das für dich? Obwohl es mich nicht kümmern sollte, weil ich mich unglaublich miserabel fühle.«

Ich halte seinem eindringlichen Blick stand und beschließe intuitiv, ihn an meinen Gedanken teilhaben zu lassen. »Wir sind keine Freunde. Du magst mich nicht, aber du kommst hier rein und siehst nach mir. Du bist der, der einen Menschen meinetwegen grauenhaft zugerichtet hat. Du würdest gehen, wenn ich dich bitte. Du wärst niemals so dreist und würdest dich in ein Flugzeug setzen, um mich auf meiner Klassenfahrt aufzusuchen. Vermutlich würdest du mich auch nicht abwimmeln, wenn ich dich nachts anrufe, oder? Sogar *du* würdest wahrscheinlich auf die Idee kommen, dass ich es nicht aus Langeweile tue, sondern einen guten Grund dafür habe.«

Kai nickt einsichtig. »Ich bin nicht Alex. Er sollte dir in solchen Momenten beistehen. Nicht ein Arschloch wie ich.«

»Nein.« Ich schüttele enttäuscht den Kopf. »Du bist nicht Alex. Doch wer ist er schon? Anscheinend nicht länger mein bester Freund. Das spielt aber nun keine Rolle mehr, denn Alex ist *beschäftigt*.« Ich seufze. »Er war immer bei mir, *immer* für mich da. Ich bin dumm. Wie konnte ich auch annehmen, dass sich das durch seinen Umzug nicht ändern würde? Nachdem ich ihn nach der Sache mit Ben regelrecht davongejagt habe.« Ich zögere kurz. »Letzte Nacht rief ich ihn an. Von deinem Handy übrigens, das tut mir leid.«

Kais Mimik verändert sich. Lächelt er etwa beinahe? »Das ist nicht schlimm.«

»Gib mal einen Tipp ab, wie es gelaufen ist«, sage ich, lasse ihm allerdings nicht die Chance, darauf zu reagieren. »Er hat mich abgewimmelt.« Die Tränen steigen mir in die Augen, doch ich halte sie zurück. Alex' Verhalten wird mich nicht nochmal zum Weinen bringen. »Mein bester Freund, der immer für mich da war, hatte keine Zeit für mich, als ich ihm erzählen wollte, dass ich fast vergewaltigt worden bin. Seit er weg ist, ist alles anders.« Ich grinse leicht. »Na ja, eigentlich läuft ja alles erst schief, seitdem *du* da bist.«

Im Prinzip ist es bloß meine Absicht gewesen, einen kleinen Witz zu machen. Ich weiß nicht, was in mich gefahren ist, Kai auch nur ansatzweise einen Vorwurf zu machen.

Ich rechne damit, dass er deswegen wütend wird, aber seine Reaktion überrascht mich.

Er kommt auf mich zu und mustert mich streng. »Rutsch rüber.« Sofort zwängt er sich neben mich auf das Bett und lehnt sich mit dem Rücken an die Wand.

»Was soll das werden, wenn es fertig ist?« Ich verschränke die Arme vor der Brust.

»Wir werden reden.« Er klang entschlossen. »Und dann werde ich hier schlafen, da du dich ja weigerst, rüberzukommen.«

Ich lächele, weil ich die eigentlich nette Geste hinter seinen Worten zu schätzen weiß. Doch ich will nicht, dass er sich verpflichtet fühlt, bei mir zu bleiben.

»Pass auf, Blake«, spricht Kai mich entschlossen an. »Du bist wütend, verletzt und durcheinander. Nur wenn du wirklich denkst, dass ich schuld daran bin, dass sich alles verändert …« Er zögert. »Es tut mir leid, dass deine kleine und heile Welt zerbrochen ist, aber Alex wäre auch verschwunden, wenn ich nicht nach Spellington gekommen wäre.«

Das weiß ich.

»Ben wäre trotzdem an der Schule durchgedreht«, weist Kai mich darauf hin. »Und wie wäre das ohne mich für dich ausgegangen?«

Verdammt schlecht.

»Wahrscheinlich wäre das mit Ian anders gelaufen, wenn ich ihn nicht noch provoziert hätte, das gebe ich zu.«

Wer weiß das schon?

»Und ja, möglicherweise wäre das mit Matt anders gelaufen«, fährt er einsichtig fort. »Ich habe ihn mit meinen Worten am Strand wütend gemacht.« Kai sprach für einen kurzen Moment leiser, klang sogar schuldbewusst. »Ich habe ihn provoziert, und vielleicht ist er deshalb überhaupt erst so weit gegangen. Aber ich war gestern hier und habe dich verteidigt. Ich habe dir Schutz geboten.«

Ich senke den Blick und fühlte mich schlecht. Kai auch nur eine Sekunde für alles verantwortlich zu machen, wäre wohl ein riesengroßer Fehler.

»Wenn du wütend auf Alex bist, weil er dich im Stich gelassen hat und nicht mehr ansprechbar ist, dann sei das ruhig.« Kai sieht mich an. »Aber lass es nicht an mir aus, denn ich bin bei dir und bin da für dich, obwohl ich es nicht müsste.«

Er hat recht.

Ich lächele und greife auf, was er zu mir gesagt hat. »Du bist natürlich nicht schuld an dem, was mir passiert ist. Ganz im Gegenteil sogar. Du bist irgendwie immer zur Stelle und beschützt mich. Und wenn du morgen entscheidest, dass du mich doch wieder komplett auf Abstand halten möchtest, dann ist das auch in Ordnung. Aber du solltest wissen, dass du mir vertrauen kannst und ich inzwischen nicht mehr bereit bin, aufzugeben. Wenn du mich also lieber dazu bringen willst, dass ich dich hasse, dann musst du dich echt verdammt anstrengen. Leicht wird das nicht mehr.«

Empörung blitzt in Kais Augen auf. »Ich will nicht, dass du mich hasst. Glaubst du das ehrlich?«

»Ja, das denke ich«, erwidere ich entschieden. »Du bist hier reinmarschiert, siehst nach mir und willst hier schlafen. Das tust du in erster Linie nicht, weil du es wirklich willst. Du machst das wegen Ray. Weil ich seine Freundin bin. Du hast bisher kein Geheimnis daraus gemacht, dass du mich auf Abstand halten möchtest. Zumindest nicht, wenn andere es sehen.«

»Ich sitze nicht hier, weil ich einem anderen einen Gefallen tun möchte«, widerspricht er mir direkt. »Bin ich in deinen Augen wirklich ein so schlechter Mensch? Glaubst du etwa, dass ich nicht mit dir mitfühlen würde, nach dem, was Matt dir antun wollte?« Kai lehnt sich vor, reibt sich den Nacken und seufzt. »Ich bin nicht besonders charmant, das weiß ich. Ray ist es. Ian Horres ist es. Deshalb hast du sie gern. Auf mich kann man sich zwar verlassen, aber ich bin kein netter Mensch. Ich war gestern da und habe dich beschützt. Aber ich war es auch, der einen anderen zusammengeschlagen hat, weil er die Grenze nicht mehr sehen konnte. Ich bin ein unfreundlicher und distanzierter Typ mit einem Aggressionsproblem und einem verkorksten Zuhause. Vertrauen zu jemandem aufzubauen, fällt mir verflucht schwer. Was also willst du von mir, Hailey?«

Lässt Kai wirklich seine Abwehr fallen? Er hat mich das erste Mal bei meinem Vornamen genannt, gibt seine Fehler offen zu und wirkt dabei so friedfertig, wie ich ihn noch nie gesehen habe.

»Ich will, dass wir Freunde werden«, spreche ich meinen Wunsch entschieden aus.

»Aber warum?« Kai stößt ein ungläubiges Lachen aus. »Ich bin kein umgänglicher Mensch. Ich bin ständig mies gelaunt und war doch wirklich bisher nicht besonders nett zu dir.«

»Weil du mir nicht vertraut hast und mich auf Abstand halten wolltest«, erwidere ich. »Weil du nicht wolltest, dass ich dich mag.«

»Ja, und an diesem Punkt stehe ich immer noch«, sagt er und wendet sich mir zu. »Ich suche keine Freunde.«

»Tja, zu spät, Mister.« Ich zucke mit den Schultern. »Ich kann dich trotz deiner Machonummern gut leiden. Und ob es dir passt oder nicht, du hast mich als deine Freundin gewonnen.« Ich halte kurz inne. »Wenn du mein Freund wärst, würde ich …« Ich senke den Blick und breche den Satz ab.

»Ich muss nicht dein Freund sein, um auf dich aufzupassen«, bemerkt er leise. Als würde er vermuten, dass es mir nur darum geht, mich mit ihm an meiner Seite sicherer zu fühlen.

»Sei mein Freund, weil du mir vertraust«, bringe ich es auf den Punkt. »Diese Sache da gestern verbindet uns und wir haben nun ein gemeinsames Geheimnis.«

»Ich soll dich also mögen, weil du für mich schweigst?«, fragt er verwundert.

»Nein, du sollst mich mögen, weil du es willst. Und weil ich ehrgeizig bin und ohnehin nicht aufgebe, bis du es tust.«

Kai erwidert mein Grinsen. »Du bist irre.«

»Und du bist ein Arsch.«

Und trotzdem ist es dieses Gespräch, das mich für ein paar Minuten hat vergessen lassen, wie schlecht es mir geht.

Kapitel 20

Müde stütze ich den Kopf mit meiner Hand ab, als ich mich an den Tresen im *Luk's* setze. Schon den ganzen Tag bin ich nicht richtig in die Gänge gekommen. Eigentlich stand mir auch nicht der Sinn danach, überhaupt das Haus zu verlassen. Da aber meine Mutter mit Michael in Ripley in irgendeinem Wellnessresort übernachtet, habe ich mich dazu entschlossen, unter Leute zu gehen.

Nach der Klassenfahrt und Matts Übergriff fühle ich mich allein in dem großen Haus nicht mehr nur unwohl, sondern schlichtweg nicht sicher.

Ich blicke auf mein Handy und entdecke in diesem Moment die SMS von Thalia. Sie kann nicht ins Café kommen, weil sie auf dem Weg zu ihrer Großmutter ist, die anscheinend heute ihren Geburtstag feiert.

Na gut, dann verbringe ich meine Zeit eben allein an diesem Ort. Ich bin froh darüber, dass man es einem hier so leicht macht. Ich muss den Kellner nicht mal auf mich aufmerksam machen und bekomme in diesem Augenblick ein Bier vor die Nase gestellt.

»Hailey, oder?«

Überrascht hebe ich den Kopf und sehe erst auf das Glas und dann zu meinem Gegenüber.

»Lukasz«, sagt der Mann, der auf der anderen Seite der Theke steht und er deutet mit dem Finger auf sich selbst.

»Ja, ich bin Hailey«, antworte ich zögerlich. Schließlich fällt der Groschen und ich ersetze meinen vermutlich verdutzten Gesichtsausdruck durch ein Lächeln. »Du bist *der* Luk.«

»Na ja, mein Name steht zumindest auf dem großen Schild über dem Eingang«, bemerkt er grinsend.

Wohl wahr. Trotzdem kann ich mir nicht erklären, woher er meinen Namen kennt. Natürlich habe ich viel Zeit in diesem Café verbracht und er ist mir auch schon oft hinter der Theke aufgefallen, doch miteinander gesprochen haben wir nie.

»Und du hast also bemerkt, dass ich öfter hier bin, und meinen Namen irgendwann mal aufgeschnappt?«, frage ich deshalb.

»Ich stehe den ganzen Tag hier rum und leite einen Laden, der tagsüber ein nettes Café ist und abends sowas wie eine Bar. Die meisten Schüler der Spellington-High verbringen hier ihre Wochenenden. Ich beobachte, bemerke vieles und schnappe so einiges auf.« Mit einem Handtuch steht er vor mir und poliert ein Bierglas, während er mich auf schelmische Weise anlächelt. »Da drüben sind Freunde von dir, schätze ich.«

Ich sehe mich um und entdecke im selben Moment links von mir Robin und Mike, die offenbar eine Runde Kicker spielen. Robin winkt mir zu.

Nur müde kriege ich ein Lächeln zustande, weil er mich so erwartungsvoll ansieht, als müsse ich mich zu ihm gesellen. Seit der Klassenfahrt habe ich nicht mehr mit ihm gesprochen.

Eigentlich habe ich seitdem ausschließlich meine Zeit mit Ray, Kai und Thalia verbracht. Abwechselnd, nicht gleichzeitig, da Kai Thalias Anwesenheit anscheinend Tag für Tag weniger erträgt. Auch über meine scheint er sich noch immer nicht wirklich zu freuen, aber unser gemeinsames Geheimnis hat doch dazu beigetragen, dass wir einander näherstehen als zuvor.

»Wow.« Lukasz sprach es verwundert aus, legt alles zur Seite, lehnt sich vor und stützt sich auf der Theke ab. »Du lächelst, allerdings wirkst du verdammt unglücklich.«

Nein, das bin ich nicht. Ich würde zu weit gehen, wenn ich sage, dass es mir richtig gut geht und alles wundervoll ist. Aber ich fühle mich wieder besser. Erheblich besser. Nur Robins mitleidvoller Blick wirft mich in diesem Moment ein bisschen aus der Bahn.

»Was ist los?«, fragt Lukasz, als ich ihm nicht antworte.

Ich schüttele nur den Kopf und versuche, ihn auf diese Weise davon zu überzeugen, dass er sich keine Gedanken machen muss.

Luk nickt zwar, scheint aber nicht lockerlassen zu wollen. »Dann weise ich dich nochmal darauf hin, dass ich den ganzen Tag nur hier herumstehe, Leute beobachte und mir deshalb so einiges auffällt. Ich nenne dir ein Beispiel. Vor einigen Wochen kam ein Mädchen in mein Café. Sie kehrte gerade von einer Klassenfahrt ihrer Schule zurück und brauchte nach der langen Busfahrt anscheinend einen Kaffee. Mir wäre es fast nicht aufgefallen, weil sie – völlig untypisch für sie – viel Make-up aufgelegt hatte. Doch es ist offenbar auf der langen Fahrt ein wenig verwischt worden, denn mir fiel ein blauer Schatten in ihrem Gesicht auf. Außerdem einige weitere an ihrem Hals und ihren Armen. Ich spiele seit diesem Tag mit dem Gedanken, sie darauf anzusprechen.« Luk hält einen kurzen Moment inne. »Ich weiß nicht, vielleicht kannst du mir ja sagen, ob sie Hilfe benötigt?«

Ich schaue ihn an, bemerke seinen treuen Blick und diesen sympathischen Gesichtsausdruck. Aber ich kann ihm unmöglich erzählen, was mir auf der Seele liegt. »Vielleicht macht dieses Mädchen die Dinge lieber mit sich allein aus.«

»Solange sie weiß, dass es nicht so sein muss, in Ordnung«, erwidert Luk. »Sie muss es ja nicht dem fremden Kellner erzählen, aber auch der hätte ein offenes Ohr, wenn sie entscheidet, sich ihm anzuvertrauen.«

Ich lächele. »Das klingt nach einem sehr umsichtigen, fürsorglichen Menschen. Ich bin mir sicher, dass sie für solch ein Angebot äußerst dankbar wäre, aber ich denke, sie hat sich bereits ihren Freunden gegenüber geöffnet. Und da einer davon nicht aufhört, sie anzustarren, wird sie zu ihm hinübergehen.« Ich grinse und rutsche von meinem Hocker. »Bist du immer so aufmerksam?«

Luk richtet sich wieder auf. »Traurigerweise behandelt mich jeder zweite, der hier reinkommt, wie sein Tagebuch. Und was soll ich sagen? Es liegt mir eben, das Leid von anderen zu schultern. Das Bier geht aufs Haus.«

»Gibst du allen ein Getränk aus, die traurig auf dich wirken?«, scherze ich.

»Auf keinen Fall, ich wäre bereits pleite«, antwortet er mit einem Lachen. »Aber mein kleiner Bruder sagt, dass du ein echt netter Mensch bist, deshalb mache ich bei dir eine Ausnahme.«

»Dein Bruder?«

»Ein Junge aus deiner Klasse. Der mit den hautengen Klamotten, dem blond gefärbten Haarschnitt und dem Rucksack, der aussieht wie eine Handtasche.«

»Ah«, staune ich. »Lesley Rice.«

Er ist seit Ewigkeiten in derselben Klasse wie ich. Lesley ist immer total nett gewesen. Nett, fleißig, süß und leider auch verdammt schwul. Ein Verlust für die Damenwelt, ganz sicher. Niemandem in unserer Klasse hat das je etwas ausgemacht. Ich glaube, Robin ist sogar ziemlich eng mit ihm befreundet, was für ihn als Sportler an unserer Schule tatsächlich eine große Sache ist. Nicht jeder findet Lesley cool. Nach seinem Coming-out hat er eine Zeit lang viele böse Dinge über sich ergehen lassen müssen. Insbesondere die Sportler der höheren Klassen haben ihn lange Zeit gemobbt.

Nun wird mir auch klar, wieso Luk mich gleich so wohlwollend angesprochen hat.

Vor etwa zwei Jahren fand ich Lesley auf der Toilette der Mädchen. Er war zuvor von den Sportlern angegangen worden. Seine Haare waren ganz zerzaust, der Ärmel seines Hemdes hatte einen Riss. Ich spendierte ihm ein Trinkpäckchen, setzte mich zu ihm auf den Boden und erzählte ihm so viele Witze über Sportler, bis er zu lachen begann. Bestimmt weiß Lukasz darüber Bescheid.

»Er ist nur mein Halbbruder, aber ich liebe ihn genauso, wie er ist«, holt mich Luks Stimme aus meinen Gedanken. »Er ist ein ganz normaler Junge in einer manchmal etwas zu gemeinen Welt.«

»Nein, er ist nicht normal«, erwidere ich sofort. »Er ist viel cooler als die anderen.«

Luk lächelt. »Er hilft oft hier aus. Wenn du also wieder herkommen möchtest, um ein bisschen zu plaudern ... Er würde sich bestimmt freuen. Na ja, *ich* würde mich freuen, denn du bist einer der Menschen, die im entscheidenden Zeitpunkt sein Selbstbewusstsein gestärkt haben.«

»Ich komme auf jeden Fall öfter vorbei«, erwidere ich entschlossen.

Dieser Abend hatte nicht versprochen, besonders gut zu werden. Aber ich bin überrascht worden und fühle mich auf eine merkwürdige Art und Weise sehr heimisch in diesen vier Wänden. Vor allem, da ich jetzt weiß, dass das Café Lesleys großem Bruder gehört. Die perfekte Zuflucht, wenn ich meine Zeit nicht zu Hause verbringen möchte oder sie nicht bei Kai totschlagen kann.

Schließlich wende ich mich von Luk ab und gehe auf Robin zu. »Hört mal … Habe ich mich eigentlich schon dafür–«

»Du brauchst dich nicht zu bedanken«, unterbricht Mike mich. »Nicht für dich und auch nicht für *ihn*.« Er wendet sich ab und lässt sich auf einen Stuhl sinken.

Robin stellt sich dicht neben mich und grinst zu seinem Freund hinüber. »Er war ein wenig geschockt, weil Kai so aus der Haut gefahren ist. Aber Kai hatte alles im Griff, nicht wahr? Gut, dass er da war.«

Eigentlich glaube ich nicht, dass Kai wirklich wusste, was er tut. Er hätte mit Sicherheit noch länger auf Matt eingeschlagen, wenn Robin ihn nicht davon abgehalten hätte.

»Er hat überreagiert, oder?«, frage ich leise.

»Ja, ganz eindeutig«, erwidert Robin prompt. »Aber ich hätte kein bisschen anders reagiert. Er hat dich beschützt, also werde ich ihm den Rücken freihalten, wenn ich kann.«

»Dem Kerl, den du nicht leiden kannst?«

»Dem Kerl, den *du* leiden kannst.«

Kapitel 21

Robin hat Recht. Und weil ich Kai gut leiden kann, beschließe ich dieses Mal, den Abend mit ihm zu verbringen. Wenn er denn möchte.

Ich weiß, dass Ray mit Enya nach Ripley gefahren ist, um ins Kino zu gehen. Vielleicht hat Kai Pläne und ich störe ihn dabei. Aber mit Sicherheit wird er sich nicht scheuen, mich einfach wegzuschicken, sollte er keine Zeit haben. Ich möchte nur nicht um jeden Preis den Abend mit Michael und meiner Mutter auf dem Sofa verbringen.

Ich greife nach meiner Jacke, die an der Garderobe hängt, und werfe sie mir über. Dann verlasse ich das Haus. Während ich anschließend gemütlich die Straße entlanglaufe, merke ich erst, wie erschöpft ich eigentlich von den Geschehnissen der letzten Wochen bin.

Ich habe mich vor jedem versteckt, der nicht über die Klassenfahrt Bescheid weiß. Als könnten andere Leute es mir ansehen und als würde ich Gefahr laufen, von ihnen darauf angesprochen zu werden.

Aber man sieht mir schon seit einiger Zeit nicht mehr an, was passiert ist. Etwa eine Woche nach Matts Übergriff waren die äußeren Blessuren verschwunden. Auch die Schmerzen hielten nur wenige Tage länger. Trotzdem fühle ich mich noch immer schlapp und müde. Gleichzeitig bin ich allerdings so unruhig, dass ich kaum zur Ruhe komme. Es zerreißt mich innerlich und fühlt sich an, als würde ich in zwei Richtungen auf einmal gehen wollen.

Ein kühler Tropfen landet auf meiner Stirn. Ich sehe hinauf in den dunkelgrauen Himmel. Weitere Tropfen treffen mein Gesicht, erst vereinzelt, doch schon bald ist es ein Schauer, der mich innerhalb kürzester Zeit bis auf die Haut durchnässt. Es stört mich nicht. Ich genieße es sogar und schließe die Augen.

Eine Weile stehe ich einfach nur da. Ich weiß nicht, wie lange. Sekunden. Vielleicht Minuten. Der Regen prasselt auf mich nieder, als stünde die Welt kurz vor ihrem Ende. Durch meine geschlossenen Lider nehme ich den grellen Blitz wahr. Aus der Ferne höre ich ein Donnern, das ihm folgt.

Wetterumschwünge in den letzten Wochen des Winters sind hierzulande wirklich nichts Ungewöhnliches. Es ist heute nicht besonders kalt, aber als der Platzregen nachlässt und das Gewitter sich entfernt, bin ich so durchnässt, dass ich friere. Ich reibe mir die Arme. Es ist albern, doch manchmal glaube ich, dass sich das Wetter meiner Stimmung anpasst.

Vor Schreck fahre ich zusammen, als mir plötzlich jemand eine Hand auf die Schulter legt. Sofort wirbele ich herum und starre Kai erschrocken in die Augen. In seinen erkenne ich im selben Moment einen amüsierten Ausdruck. Er kommt offenbar gerade aus dem Supermarkt, ist im Vergleich zu mir noch trocken.

Er mustert meine nassen Sachen und die feuchten Haare, die mir im Gesicht kleben. Dann stellt er ohne ein Wort seine Einkaufstüten ab, zieht seine Jacke aus und hält sie mir entgegen.

»Ich habe doch eine an«, sage ich bloß.

»Und die ist nass. Du frierst«, erwidert er knapp.

Anstatt mich gegen seine Höflichkeit zu sträuben, werfe ich mir seine Jacke über die Schultern und lächele. Dann fällt mein Blick auf die Einkaufstüten, die er aufhebt. »Gutes Timing. Ich war auf dem Weg zu dir.«

»Ray ist nicht da«, sagt er.

»Und wenn ich trotzdem mitkäme, störe ich dich bei etwas?«, frage ich zögerlich.

Kai sieht mich einen Augenblick nur an, dann legt er einen strengen Gesichtsausdruck auf. »Ich sehe mir keine deiner stumpfsinnigen Liebesschnulzen mit dir an.«

Ich nicke hastig und grinse leicht, weil ich den Funken Humor in seinem mahnenden Unterton herausgehört habe.

»Es gibt Tiefkühlpizza und Bier«, setzt er hinzu.

»Klingt toll«, erwidere ich.

Kai verdreht die Augen, doch es wirkt beinahe nachgiebig. »Na dann komm halt mit.«

Zufrieden folge ich ihm nach Hause.

Dort angekommen ermahnt er mich gleich, als wir den Hausflur betreten. »Stehenbleiben, du machst sonst alles nass.« Er stellt die Einkaufstüten in der Küche ab, dann stapft er die Treppe nach oben.

Ich tue, was er sagt, und warte. Worauf, das weiß ich nicht. Als Kai schließlich wieder herunterkommt, beobachte ich ihn verwundert. In der Hand hält er eine Jogginghose und ein T-Shirt. Beides drückt er mir wortlos in die Hand, dann geht er in die Küche, um die Tüten auszuräumen.

Der Wink mit dem Zaunpfahl genügt und ich ziehe mich im Gästebad um. Mit einem der Handtücher aus dem Schrank trockne ich mir die Haare weitestgehend. Das ist bei der Länge meiner Haare ohne Föhn wirklich mühselig.

Seit einiger Zeit überlege ich, etwas an mir zu verändern. Vielleicht sollte ich es mal mit einer neuen Frisur probieren. Das wird mir den Aufwand nach dem Duschen auf jeden Fall erleichtern. Und eine kleine Typveränderung nach allem, was passiert ist, schadet vermutlich nicht. Eventuell fühle ich mich dann etwas besser. Frauen sind immerhin bekannt dafür, bei Veränderungen in ihrem Leben auch ihren Look zu verändern.

***

Ein paar Bier und eine Pizza später, sitzen Kai und ich zuerst schweigend auf dem Sofa. Im Hintergrund läuft leise Musik, doch keiner von uns weiß wirklich, worüber wir uns unterhalten könnten.

»Geht es dir besser?«, fragt Kai schließlich.

Ich zucke mit den Schultern. »Jeden Tag ein bisschen mehr. Vielleicht verändere ich was an mir. Andere Frisur oder so.«

»Ist so 'ne Frauensache, oder?«, bemerkt Kai leicht grinsend.

»Was bist du doch für ein Frauenversteher«, verhöhne ich ihn amüsiert.

»Alles klar …« Kai nickt mehrfach. »Der begossene Pudel in meinen Klamotten spottet über mich.«

»Soll das heißen, ich sehe scheiße aus?«, frage ich und verstelle meine Stimme so, dass sie empört klingt. »Nicht jedem von uns ist es in die Wiege gelegt, einfach in jeder verdammten Situation gut auszusehen. Ich meine, schau dir all die Fotos in deinem Regal an.« Ich stehe auf und nehme eins nach dem anderen heraus. »Hier bist du betrunken, doch du siehst gut aus. Auf dem hier schläfst du fast und siehst trotzdem nicht kacke aus. Auf dem da trägst du einen Anzug und siehst darin erst recht unverschämt gut aus.«

Kai sieht mich nur an und grinst.

»Gibt es denn wirklich kein Foto von dir, das scheußlich ist?«, frage ich.

Kai lacht.

»Was?«, frage ich ungeduldig.

»Ich filtere nur die wichtige Botschaft heraus«, antwortet er. »Du findest mich heiß, Blake.«

»Du weißt ganz genau, wie du aussiehst«, weiche ich ihm aus. »Als wäre dir die Wirkung deines Aussehens bisher entgangen, du Weiberheld.«

»Entschuldige, aber soll das eine Beleidigung oder ein Kompliment sein?«, erwidert er amüsiert. »Auch von mir gibt es schlechte Fotos.«

»Ach ja?«, entgegne ich ungläubig. »Welches? Hier steht nicht eines.«

»Mein Führerscheinbild ist schlecht.« Er nickt in Richtung Tür. »Sieh nach.«

Ohne zu zögern, laufe ich zur Kommode im Flur. Als ich Kais Führerschein aus dem Portemonnaie nehme, stoße ich einen abschätzigen Laut aus. »Komm schon!«, rufe ich entrüstet. »Nicht mal darauf siehst du schlecht aus.«

»*Jeder* sieht blöd auf solchen Bildern aus«, ruft er zurück.

»Du ganz offensichtlich nicht.«

Ich greife in die Tasche meiner Jacke, die an der Garderobe hängt. Mit meiner eigenen Geldbörse in der Hand kehre ich in das Wohnzimmer zurück und werfe mich neben Kai auf die Couch. »*Mein* Ausweisfoto ist schrecklich.« Ich schlage das Portemonnaie auf, dann stutze ich. »Warte mal, das ist nicht meins …«

Na super, anscheinend hat Michael seine Geldbörse in die falsche Jacke an der Garderobe gesteckt. Hoffentlich vermisst er sie nicht und ich muss sie ihm nicht heute Abend noch zurückbringen.

Ich stehe auf, um meine Jackentaschen nach meinem eigenen Portemonnaie abzusuchen. Als ich daraufhin zurück in das Wohnzimmer komme, starrt Kai verwundert auf eine Kreditkarte.

»Wer ist Louis Hillton?«, fragt er. »Und Marcus Bellbrook?«

Ich hätte ihn ermahnen sollen, Michaels Geldbörse auszuräumen, aber ich bin zu überrascht wegen der mir unbekannten Namen.

»Warum hat der Freund deiner Mutter Kreditkarten, die nicht auf ihn laufen?«, wundert Kai sich laut.

Das ist eine gute Frage. Vielleicht gibt es darauf ja auch eine einfache Antwort. Doch sofort beschleicht mich das mulmige Gefühl, dass mit Michael etwas nicht stimmt.

Montag, 30. Januar

Gleich die nächste Gelegenheit nutze ich, um meinem unguten Gefühl im Gespräch mit meiner Mutter Luft zu machen. Michael ist noch bei der Arbeit, sie selbst ist gerade erst zur Tür rein.

Ich setze mich an den Küchentisch, während sie die Einkäufe in den Schränken verstaut. »Sag mal, woher kennst du Michael?«, frage ich beiläufig.

170

»Aus dem Gebäudekomplex meines Büros«, antwortet meine Mutter knapp.

»Aber woher genau? Wie habt ihr euch kennengelernt?«, erkundige ich mich.

Meine Mutter wendet sich mir mit einem kritischen Blick zu. »Wieso willst du das wissen? Das hat dich doch bisher nicht interessiert.«

»Jetzt tut es das aber«, beteuere ich. »Das sind Sachen, die ich wissen sollte. Für meine Rede auf der Hochzeit und so.«

Der Gesichtsausdruck meiner Mutter erhellt sich. »Ich bin runter an die Espressobar, war im Stress und eigentlich schon viel zu spät dran für meinen nächsten Termin. Und dann bin ich mit dem Kaffee in der Hand geradewegs in Michael hineingelaufen und habe ihm den ganzen Becher über sein Hemd geschüttet. Ich dachte, er würde wütend werden. *Ich* wäre es gewesen. Aber er lachte nur und lud mich auf einen neuen Kaffee ein. Den Termin habe ich daraufhin völlig vergessen. Michael hat mich sofort mit seinem Charme eingenommen. Und den Rest der Geschichte kennst du. Noch am selben Abend hatten wir unser erstes Date.«

Ich nicke und lächele so sehr, dass sie mir hoffentlich glaubt, meine Begeisterung ist nicht nur reine Heuchelei. »Und was hat Michael dort gemacht? Wo wollte er hin?«

»So genau weiß ich das nicht.« Meine Mutter zuckt mit den Schultern. »Bestimmt war er auf dem Weg zu einem Anwalt. Michael ist groß im Immobiliengeschäft und muss regelmäßig wegen vertraglicher Angelegenheiten zu diversen Terminen.«

»Also ist er ein Makler?«, frage ich.

Sie nickt.

»Und kommt es mal vor, dass man für Geschäftsabschlüsse im Besitz fremder Dokumente ist? Ausweise, Kreditkarten oder sowas?«

»Süße, wenn ich das so genau wüsste, könnte ich auch Maklerin werden. Ich habe nichts mit Immobilien zu tun, sondern mit Straf- und Familienrecht.«

»Und wenn du fremde Kreditkarten bei Michael finden würdest, würde dich das nicht verwundern?«

»Nein, vermutlich nicht.« Die Mimik meiner Mutter verfinstert sich. »Hailey, hast *du* irgendwas dergleichen gefunden? Schnüffelst du in seinen Sachen herum?«

»Nein, bloß reines Interesse. Das Thema eines Schulaufsatzes befasst sich mit sowas.«

»Also fragst du mich als Anwältin, was es mit fremden Ausweisdokumenten und Kreditkarten auf sich haben könnte? Für einen Schulaufsatz?«, erkundigt sie sich irritiert.

Ich nicke sofort.

Gut, dass meine Mutter und ich so gut aneinander vorbeireden können. Ich bin mir sicher, dass sie hinter Michaels netter Fassade nichts Schlechtes vermuten würde, egal was ich ihr jetzt sage.

Meine Mutter denkt einen Augenblick nach. »Betrug wäre wohl das Naheliegendste. Die Daten müssten durch die Polizei überprüft werden.«

Ich setze ein Lächeln auf. Wie gut, dass ich da jemanden kenne. Auch wenn es mich wohl leider erst eine Entschuldigung kosten wird.

Kapitel 22

»Ich hatte nie was gegen dich«
Dienstag, 31. Januar

Mir war mulmig zumute, als ich das Polizeipräsidium auf der Grenze von Spellington zu Nerson Bake betreten habe. Es hat mich nicht viel Mühe gekostet, die Jungs dazu zu überreden, mich bis hierher zu begleiten. Allerdings habe ich sie nicht über die Türschwelle gekriegt. Absolut verständlich, denn wer würde sich darum reißen, in diesen kahlen vier Wänden zu sitzen und das mit Ian Horres? Ich momentan ganz bestimmt nicht. Und weil er mich seit einer ziemlich langen Weile schweigend anstarrt, bin ich mir sicher, er ist auch nicht sonderlich begeistert von meinem Besuch.

Ich habe mich entschuldigt. Wirklich, in aller Form. Es kam tatsächlich von Herzen. Dass ich ihn aber auf der Klassenfahrt weggeschickt habe, dazu stehe ich noch immer. Mir ging es nicht gut. Ich war an diesem Tag gebrochen und musste erst wieder Kraft finden. Die habe ich jetzt und ich werde sie nutzen, um herauszufinden, wer Michael Brown wirklich ist. Wenn das für mich heißt, dass Ian mich mürrisch anfunkelt, dann soll es so sein. Hauptsache, er hilft mir. Doch daran zweifle ich nicht, denn es ist sein Job.

Seitdem ich mit ihm diesen Raum betreten habe, habe ich ihm die Umstände meines Besuches geschildert. Er hat nur viel genickt und sich Notizen gemacht. Die ganze verfluchte Zeit hat er kaum etwas zu mir gesagt.

Erst jetzt, als ich aufstehen und gehen will, räuspert er sich und hält mich so zurück. »Es war völlig überzogen, dich am anderen Ende des Landes aufzusuchen, nicht wahr?«

Man sagt, Einsicht sei der erste Schritt zu Besserung.

Ich seufze. »Hör zu, Ian … Es ist etwas passiert und ich bin noch dabei, mich wieder aufzurappeln und dieser Sache erhobenen Hauptes zu begegnen. Ich brauche Zeit für mich. Also bitte versteh, dass ich nicht einfach wieder mit dir auf die Couch zurück und das Chaos in meinem Leben vergessen kann.«

»Dann solltest du vielleicht mal versuchen, allein zu sein«, erwidert er kühl. »So richtig abgeschieden. Auch ohne deine Freunde.«

Ich erkenne schon wieder diesen eifersüchtigen Unterton in seiner Stimme. Er versteht nicht, wieso ich ihn auf Abstand halte, Kai hingegen nicht.

»Ray war seit dem Tag von Bens Amoklauf mein Rettungsring«, erkläre ich ruhig. »Und auch mit Kai ist es … einfacher geworden. Er ist mir auf seine Weise eine Stütze.«

Ian schüttelt den Kopf. »Unfassbar, dass du angefangen hast, den Kerl zu mögen.«

Ich spüre, dass ich wegen seiner Worte sofort innerlich aufgewühlt bin. »Ja, ich mag ihn«, entgegne ich entschieden. »Er ist für euch alle ein arrogantes Arschloch. Er scheut den Kontakt zu anderen Menschen. Wenn Leute wie du ihn ansehen, wirkt er nur unfreundlich, reserviert und kalt. Aber ich habe inzwischen andere Seiten an ihm kennengelernt. Er ist witzig, wenn auch auf eine sarkastische Art. Er ist aufmerksam und fürsorglich. Er ist stark, beschützend und der wohl loyalste Mensch, den ich kenne.« Aufgebracht starre ich Ian in die Augen.

In seinen liegt Unverständnis und Abneigung.

»Kai hat mir das Leben gerettet, als er mich kaum gekannt hat. Er ist seitdem irgendwie immer da, wenn ich in Schwierigkeiten stecke.« Ich gebe mir alle Mühe, das schlechte Gefühl in meinem Magen zu verdrängen und mich von dem positiven Gefühl übermannen zu lassen, dass Kai ein Teil meines Lebens ist. Ich lächele leicht. Grinse sogar fast, weil ich noch vor einigen Wochen nie daran geglaubt hätte, dass ich mal so empfinden würde. »Wie könnte ich Kai also nicht mögen? Wie könnte er mir nicht wichtig geworden sein?«

Meine Ansichtsweise verblüfft Ian offenbar genau so sehr wie mich selbst. »Und jetzt?« Er wird lauter. »Wo ist er jetzt? Du befürchtest, dass deine Mutter einen Betrüger heiraten will. Wo ist Kai, wenn er dir bei solchen Dingen beistehen sollte?«

»Draußen«, erwidere ich trocken. »Er sitzt mit Ray vor der Wache und wartet auf mich.«

Ich sehe, dass Ian für einen Moment nach Luft schnappt. Er hat sich verrannt. »Was ist an ihm so besonders?« Ian ist noch immer aufgebracht, aber er redet wieder etwas leiser. »Kai behandelt dich nicht gut.«

»Das stimmt so nicht«, belehre ich ihn. »Kai achtet auf mich, seitdem ich allein bin. Er macht das auf seine Weise. Die mag dir schlecht oder kalt erscheinen, aber hinter dieser Fassade steckt mehr, als dir klar ist.«

Ians Wut weicht aus seinem Gesicht und wird durch einen enttäuschten Ausdruck ersetzt. »Ich wäre auch für dich da, wenn du mich nur lassen würdest. Wie kannst du behaupten, du seist allein?«

Ich merke, dass er verletzt ist. Und mir wird klar, wieso er eifersüchtig ist. Er hat Angst, dass Kai mir wichtiger ist. Dass Kai mir auf eine Art und Weise beisteht, die Ian nicht durchschaut und die er nicht nachvollziehen kann.

Ich muss nicht lange in mich gehen, um zu erkennen, dass seine Angst begründet ist. In jeder freien Minute denke ich über all die Veränderungen in meinem Leben nach. Eine davon ist Kai McKenzie und ich habe lange gebraucht, um zu erkennen, ob das gut oder schlecht ist.

»Kai ist immer für mich da, obwohl er mich als Störfaktor sieht«, weise ich Ian entschieden darauf hin. Dann stürme ich aus dem Raum, wütend darüber, dass er meinen Besuch allen Ernstes dafür nutzt, um Kai wieder zum Buhmann des Jahres zu machen.

»Ja, weil er in dich verliebt ist«, ruft Ian mir nach. Er folgt mir quer durch das Präsidium, vorbei an all seinen Kollegen, die uns überrascht anstarren. »Weißt du, ich dachte mal, ich wäre für dich der Freund, der immer für dich da sein darf.«

»Das dachte ich auch mal«, erwidere ich knapp, stoße die schwere Doppeltür auf und trete hinaus auf den Gehweg.

»Und doch hast du ihn mir vorgezogen«, verfolgt mich zuerst Ians aufgebrachte Stimme, bevor auch er die Wache verlässt und sich neben mir aufbaut. »Weil du in Wahrheit nie mich wolltest.«

»Doch, eine Zeit lang wollte ich—«

»Aber nicht so sehr wie ihn«, fällt Ian mir wütend ins Wort.

»Hey, hey, hey«, höre ich Rays schlichtende Stimme. Er stellt sich neben mich und wirft mir einen fragenden Blick zu. »Was ist hier los?«

»Gar nichts«, antworte ich. »Wir sind hier fertig.«

»Hailey–«

»Nein, Ian«, unterbreche ich ihn brüsk. »Deine Eifersucht, dein Groll gegen Kai und dein überempfindliches Verhalten … Krieg dich in den Griff. Vorher brauchst du dich nicht mehr bei mir melden.«

Ich habe es so satt, jedes Mal den gleichen Mist zu diskutieren. Als gäbe es nichts Wichtigeres als das überflüssige Konkurrenzdenken zwischen zwei Männern.

Freitag, 17. Februar

»Bist du dir sicher?«, fragt Thalia mich mit großen Augen. Beinahe ängstlich starrt sie zuerst auf meine Haare, dann auf die Schere in der Hand der Frisöse.

Ich nicke entschlossen. Es wird Zeit, eine Veränderung vorzunehmen, die ich ganz und gar allein bestimmen kann. Als die Frau hinter mir die Schere ansetzt, halte ich dennoch einen Moment die Luft an, bis ich das Geräusch des Schnittes höre.

»Mutig«, ertönt Enyas Stimme, die rechts von mir sitzt. Sie beobachtet, wie eine vermutlich ziemlich lange Haarsträhne zu Boden fällt.

Es ist reiner Zufall, dass Enya mit uns im Salon sitzt. Einige Minuten nach uns kam sie herein, musterte uns nur knapp und setzte sich wie selbstverständlich neben mich.

»Ja, das finde ich auch«, stimmt Thalia ihr zu und blickt dann ihr eigenes Spiegelbild an.

Ich grinse. Die beiden sind selten einer Meinung und haben sich, soweit ich weiß, nie gemocht. Immerhin sind sie so verschieden, wie man nur sein kann. In Enyas Augen ist Thalia vermutlich bloß die blondierte Zicke, die alle in ihr sehen. Und sie selbst ist in Thalias Augen wohl eine merkwürdige Einzelgängerin.

»Ray hat mich eingeladen, heute Abend mit euch zusammen in das *Luk's* zu gehen«, spricht Enya mich erneut an. »Geht das in Ordnung für dich? Ich weiß, dass ihr sonst immer unter euch bleibt.«

Thalia stößt einen Laut aus, der beinahe wie ein abschätziges Lachen klingt. »Wenn nicht, belegst du sie dann mit einem Voodoo-Fluch oder so?«

Enya beugt sich vor und sieht an mir vorbei zu ihr hinüber. »Du weißt schon, dass ich einfach bloß gern schwarz trage, oder? Das hat nichts mit meinem Charakter oder irgendeiner Sekte zu tun.«

Ich räuspere mich. »Thalia meinte das nicht beleidigend«, sage ich und werfe dieser einen mahnenden Blick zu, als sie Luft holt und vermutlich kontern will. »Du bleibst doch auch lieber für dich allein, das ist alles.«

Enya lehnt sich zurück. »Nicht, weil ich nachts heimlich auf Friedhöfen herumschleiche oder irgendwas ähnlich Bescheuertes. Ich finde nur, dass die meisten unserer Mitschüler Vollidioten sind. Wieso dann Zeit mit ihnen verbringen?« Sie grinst. »Aber da rede ich wohl mit den falschen Leuten. Hailey, du verbringst deine Zeit anscheinend gern—«

»Okay, halt mal die Luft an und überleg dir genau, was du jetzt sagst«, fährt Thalia brüsk dazwischen.

»Komm runter«, beschwichtigt Enya sie mit einem kleinen Lächeln. »Ich spreche nicht von dir.«

»Von wem denn dann?« Thalia fühlt sich ganz eindeutig angegriffen, das höre ich an ihrer Stimme. Sie wird höher, wenn sie sich aufregt.

Enya sieht mich nur kurz an, dann wendet sie sich schweigend ihrem Spiegelbild zu.

Ich nicke einsichtig und antworte meiner Freundin an ihrer statt. »Sie meint Kai.« Ich grinse. »Vielleicht solltet ihr einen Club gründen. Die ›Wir finden Kai McKenzie scheiße‹-Vereinigung.«

»Da wären vermutlich wesentlich mehr Leute drin als in seinem Fanclub«, murmelt Enya leise.

»Ja, aber wie du schon sagtest, wir sind gern unter uns«, sage ich und zwinkere ihr zu. »Macht also nichts, wenn wir wenige sind.« Dann mustere ich sie verwundert. »Wenn du ihn nicht leiden kannst, frage ich mich, warum du mit uns ins *Luk's* willst.«

»Wohl aus demselben Grund, aus dem du überhaupt angefangen hast, dich mit Kai zu umgeben«, entgegnet Enya. »Ray macht eigentlich alles wieder gut, was Kai versaut.«

Ich seufze. »Wenn ihr Kai doch einfach alle mal die Chance lassen würdet, euch die guten Seiten an ihm zu zeigen.«

»Oh, die Chance hatte er eine lange Zeit«, murmelt Thalia nun links von mir und fährt dann resigniert fort: »Er wollte sie nicht.«

»Er wollte mich auch nicht in seiner Nähe, aber seht doch, wo ich jetzt bin«, weise ich sie darauf hin.

»Wenn man deinem Polizisten glauben kann, hast du dir diesen Zugang zu Kai über sein Bett erschlichen.« Diese Vermutung äußert Enya beinahe wie eine Frage. Sie wirft mir über den Spiegel einen Blick zu.

HERRGOTT NOCHMAL.

»Ich habe *nie* mit Kai geschlafen und ich wäre echt froh, wenn alle aufhören würden, dieses Gerücht einem Menschen zu glauben, der wütend und eifersüchtig ist!«, betone ich.

»Okay«, erwidert Enya nachgiebig. »Wenn du das sagst, glaube ich dir. Na ja, genau genommen habe ich es Ray geglaubt, als ich ihn schon vor Wochen danach gefragt habe.« Sie grinst. »Aber du musst einsehen, dass deine ... was auch immer du da mit Kai hast, objektiv betrachtet merkwürdig ist. Du bist die Einzige, die Kai hinter seinen Schutzwall lässt. Die Leute verstehen nicht, warum das so ist, also spekulieren sie und reimen sich Dinge zusammen. Und wenn auch noch dein Prinz Charming auf dem Schulhof wütend durch die Gegend brüllt, dass du ihn durch Kai ersetzt, dann ...« Sie lässt den Satz offen. »Ich verstehe, dass du etwas in Kai siehst, was wir anderen anscheinend nicht erkennen. Er hat dir immerhin auf der Klassenfahrt geholfen. Aber jetzt mal ehrlich, Hailey, das allein macht ihn doch nicht zu einem tollen Kerl. *Jeder* wäre eingeschritten. Ich glaube einfach, dass du Kai für besser hältst, als er ist.«

»Wie kannst du das sagen?«, frage ich verwundert. »Du datest seinen besten Freund.«

»Und dem habe ich bereits dasselbe gesagt«, antwortet sie. »Was denkst du, wieso ich mit euch ins *Luk's* gehe? Ray ist bewusst, dass ich Kai nicht ausstehen kann. Doch er hofft, dass ich mich mit dir anfreunde.«

»Willst du das denn überhaupt? Wir kennen uns seit dem Kindergarten, aber du hast vorher nie den Versuch gestartet, meine Freundin zu werden.«

»Du doch auch nicht.« Enya zuckt mit den Schultern. »Für dich gab es immer nur Alex. Da du allerdings jetzt offenbar neue Freunde gefunden hast, ist ja vielleicht für mich noch ein Platz frei. Ich hatte nie was gegen dich und Ray zuliebe sollten wir es wenigstens versuchen.«

Das ist wahr. Außerdem hat Enya auf der Klassenfahrt bewiesen, dass ich ihr vertrauen kann. Sie hat Stillschweigen über meine Verletzungen bewahrt, hat sogar Ian aus meinem Zimmer vertrieben. Ray hat sie gern. Das sind für mich genug Gründe, es auf einen Versuch ankommen zu lassen.

Ich bin schon auf dem Sprung ins *Luk's*, als mich ein heftiges Klopfen an der Haustür innehalten lässt. Himmel, da ist aber jemand schlecht gelaunt. Sofort verspüre ich nicht unbedingt das Bedürfnis, die Tür zu öffnen. Zögernd trete ich näher heran und spähe aus der Fensterscheibe gleich daneben. Oh Mann, es sind Polizisten. Ihr Besuch kann nur einen Grund haben.

»Warum machst du nicht auf?«, ertönt Michaels Stimme hinter mir.

Ich weiche zurück und lasse ihm den Vortritt. Schweigend lehne ich mich an die Wand und beobachte, wie Michael die Haustür öffnet und dann überrascht einen Schritt zurückweicht.

»Michael Brown?«, fragt einer der Polizisten.

Kaum dass der nickt, treten zwei uniformierte Männer in den Flur. Einer packt Michael, dreht ihn mit dem Gesicht zur Wand und verschränkt ihm die Arme auf dem Rücken, um ihm Handfesseln anzulegen.

»Sie sind hiermit verhaftet«, sagt einer von ihnen. »Sie haben das Recht zu schweigen. Alles, was Sie sagen, kann und wird vor Gericht gegen Sie verwendet werden. Sie haben das Recht, zu jeder Vernehmung einen Verteidiger hinzuzuziehen. Wenn Sie sich keinen Verteidiger leisten können, wird Ihnen einer gestellt. Haben Sie das verstanden?«

Michaels Antwort höre ich nicht mehr, weil sie ihn bereits abführen. Ich verharre bloß an Ort und Stelle und werfe in diesem Moment meiner Mutter einen Blick zu, die die Treppe heruntergeeilt kommt.

»Was ist hier los?«, fragt sie sofort aufgewühlt. »Warum nehmen Sie ihn mit? Wo bringen Sie ihn hin?«

Bestimmt will sie ihm nacheilen, doch sie ist bloß in ein Handtuch gewickelt, kommt offenbar gerade aus der Dusche.

»Sie haben ihn verhaftet«, kläre ich sie auf. »Vermutlich wegen Betruges.«

Ich habe die Worte noch nicht ganz ausgesprochen, da weiten sich die Augen meiner Mutter. Ich sehe den überraschten Gesichtsausdruck, dann den nachdenklichen und schließlich muss ich feststellen, dass sie mich wütend anfunkelt. »Das ist deine Schuld.«

»Wie bitte?«, erwidere ich fassungslos.

»Du hast neulich davon gefaselt und es mir als einen Schulaufsatz verkauft!«, fährt sie mich beinahe hysterisch an. »Du hast in seinen Sachen herumgeschnüffelt.«

»Mama, Michael hatte fremde Kreditkarten. Er—«

»Und da rennst du gleich zur Polizei?«, schreit sie.

»Natürlich«, spreche ich zögernd aus. Ich glaube, ich bin im falschen Film. »Michael ist offenbar ein Betrüger. Er hat, wer weiß wie viele, Straftaten begangen. Du als Anwältin und—«

»Er ist mein Mann!«, kreischt sie.

»Nein, zum Glück ist er das nicht«, erwidere ich bloß knapp und resigniert. Inzwischen bin ich mir ziemlich sicher, was Michael mit der Hochzeit bezweckt hat. Bestimmt wollte er meine Mutter heiraten – natürlich ohne Ehevertrag – und hätte sie nach einer Weile verlassen, um die Hälfte von allem zu bekommen. Das ist nicht wenig, deshalb ist das der naheliegendste Grund, der mir einfällt.

Aber wozu jetzt noch schonende Worte suchen? Meine Mutter ist allen Ernstes wütend auf mich, weil ich Michael gemeldet habe. Ich kann nur hoffen, dass ihre Reaktion der

Überraschung geschuldet ist. Alles andere wäre wohl wirklich schlimm. Für mich und für unsere Beziehung zueinander.

Kapitel 23

»Ich habe dich gern«
Freitag, 17. Februar

»Ist nicht dein Ernst?« Ray sitzt vor mir, die Augen vor Erstaunen aufgerissen.

Kai hingegen nickt zufrieden und Enya mustert mich bloß irritiert. Sie wusste bisher nichts von meiner Vermutung wegen Michael.

Aber natürlich bin ich nach Michaels Verhaftung und der feindseligen Stimmung zwischen meiner Mutter und mir sofort ins *Luk's* geeilt, um ihnen davon zu berichten.

Rays Überraschung zielt nicht auf die Tatsache ab, dass Michael offenbar wirklich ein Betrüger ist. Er kann bloß nicht fassen, was meine Mutter zu mir gesagt hat.

Kai schüttelt den Kopf. »Du und deine rosarote Familienwolke. Nicht jedermanns Eltern sind toll. Ihre Mutter hat anscheinend 'ne Macke.«

Enya wirft ihm sofort einen entrüsteten Blick zu.

Mich macht seine Aussage nicht ansatzweise so wütend, wie sie vermutlich sollte. Ich weiß, warum Kai solche Dinge sagt, ohne lange darüber nachzudenken.

Enya weiß das nicht, also kommt seine Äußerung wohl auf ihre Liste der Dinge, wegen der sie ihn nicht ausstehen kann.

Mein Blick schweift durch den Raum. An den Wochenenden ist es wirklich voll hier. Vor allem am späteren Abend. Viele meiner Mitschüler sind hier, spielen Dart oder Kicker, lachen, trinken und haben Spaß. Vielleicht sollten auch wir einfach mal die ernsten Themen zur Seite schieben und es den anderen nachmachen.

Ich sehe zur Theke hinüber und mein Blick trifft den von Luk. Der nickt zu dem Jungen neben sich und zwinkert mir zu. Dann schiebt er ein Bier über den Tresen zu seinem Gegenüber und ich schaue automatisch die Person an, die es entgegennimmt.

Sofort halte ich die Luft an und bin wie erstarrt. Die kastanienbraunen Haare, die etwas stabilere Figur, die gekonnt mit einer schicken Anzughose und einem dunkelblauen Hemd kaschiert wird. Es ist der Mann, der schon mal hier gewesen ist und nach Kai gesucht hat.

»Ich gehe uns mal eine neue Runde holen«, murmele ich und stehe auf.

Kai und Ray verfallen im selben Moment in eine Diskussion darüber, ob Kai wirklich immer so direkt aussprechen sollte, was er denkt. Sie bemerken gar nicht, neben wen ich mich stelle.

Luk grüßt mich knapp.

Dann schiebt sich sein kleiner Bruder vor ihn und grinst mich an. »Hailey.«

»Hey Lesley«, grüße ich ihn freundlich. »Ganz schön was los hier an den Wochenenden.«

»Wollt ihr noch eine Runde?«

Ich nicke bloß.

»Was ist mit den beiden?«, fragt er dann und deutet mit einem breiten Grinsen auf Kai und Ray, die wirklich sehr energisch diskutieren.

»Ach, meine Mutter hat heute etwas ziemlich Blödes zu mir gesagt und Kai hat deshalb gerade etwas nicht allzu Nettes über sie gesagt.«

Lesley wendet sich nach wie vor grinsend dem Zapfhahn zu.

Diesen Moment nutzt der Mann neben mir, um mich anzusprechen. »Man sollte seinen Eltern nicht immer gleich böse sein, wenn sie einen Fehler machen.«

Ich stoße einen leisen, abschätzigen Laut aus. »Als wüssten Sie nicht genau, warum Kai so reagiert. Und ich verrate Ihnen etwas … Ich weiß es auch.«

Er sieht mich an und streckt mir die Hand entgegen. »Henry.«

»Das weiß ich auch bereits«, erwidere ich knapp, obwohl mir sein Name tatsächlich entfallen war. Seine Geste ignoriere ich. »Sie wollen ihn nach Hause holen.«

»Fürs Erste würde ich nur gern mit ihm reden.«

»Schwachsinn«, stoße ich abwertend aus. »Sein Vater hat nach ihm gesucht und Sie sind hier, um ihn einzufangen.«

»Kai ist achtzehn«, entgegnet Henry ruhig und freundlich. »Inzwischen kann ihn niemand mehr dazu zwingen, nach Hause zu kommen. Doch er hätte damit rechnen müssen, dass man ihn früher oder später findet. Seinen Treuhandfond leerzuräumen und sich über eine der Tochtergesellschaften der Firma ein Haus zu kaufen, war zwar ein guter Schachzug, aber leicht nachzuverfolgen, wenn man die Bücher kontrolliert.«

»Also weiß sein Vater, wo er ist.«

»Nein, Clyde hat keine Ahnung.« Henry lächelt sanft. »Nur ich weiß, dass Kai hier ist. Kleines, ich will nur mit ihm reden. Mir liegt viel an ihm.«

Ich stehe nur da und wippe angespannt mit dem Bein. Was wird er mit Kai bereden wollen? Warum ist er wirklich hier? Will er ihn überreden, Spellington wieder zu verlassen?

Henry schiebt Lesley Geld über den Tresen, als der ein Tablett mit Bier vor mich stellt. »Geht auf mich.« Dann wendet er sich mir wieder zu. »Du hast Angst, ihn zu verlieren. Das finde ich unglaublich rührend, weil ich mich nicht daran erinnern kann, wann Kai zuletzt dieses Gefühl bei jemandem ausgelöst hat. Normalerweise geht er mit jungen Dingern wie dir eher … Na ja, seine Nähe zu anderen ist in der Regel von kurzer Dauer.«

Ich sehe zu unserem Tisch. Enya ist die Einzige, die mich mit ihrem Blick fixiert und sich vermutlich wundert, warum ich so lange weg bin. Kai und Ray haben Henry noch immer nicht bemerkt, weil sie mit dem Rücken zu uns sitzen.

Mit den Augen fragt Enya mich, wer der Kerl ist, doch ich starre nur auf Rays Hinterkopf.

Henry scheint das zu bemerken. »Geht es dem Jungen gut?«

»Ray ist mein Freund«, sage ich eindringlich und mit einem flehenden Unterton in der Stimme. »Und er ist noch nicht achtzehn.«

Ich befürchte, dass Henry der Fürsorge verraten könnte, wo er steckt. Man würde ihn uns wegnehmen.

»Ray ist ein guter Junge und er wirkt glücklich«, sagt Henry jedoch bloß.

»Er ist verknallt in das Mädchen an unserem Tisch.«

Henry lacht leise. »Sie starrt mich ziemlich finster an.«

»Nun, vermutlich sieht sie, dass ich mich sorge«, erwidere ich kühl.

Henry wendet sich mir wieder zu. Er wirkt eigentlich ziemlich freundlich und ich möchte ihm glauben, dass er nicht hier ist, um mir Kai einfach zu entreißen. Aber sicher bin ich mir da nicht.

»Clyde geht es nicht gut«, sagt er schließlich.

»Dann sollte er weniger trinken.«

Ich sehe Henry seine Überraschung an. Anscheinend hat Kai mir mehr verraten, als dieser Mann ihm zugetraut hätte. »Er braucht seinen Sohn an seiner Seite.«

Ich brauche seinen Sohn auch. Und ich bin mir sicher, dass Kai nicht nach Hause möchte. Er wird nicht wegen mir bleiben wollen, aber ganz bestimmt wegen Ray.

Doch ich kann Henry nicht abweisen. Er wird nicht einfach verschwinden. Deshalb bin ich gewillt, ihm ein kleines Bisschen entgegenzukommen. »Kai wird wütend sein, wenn Sie ihn hier vor all den Menschen zur Rede stellen«, sage ich schließlich. »Warten Sie draußen. Ich werde ihm sagen, dass Sie hier sind.«

Henry nickt anerkennend. »Danke, Kleines.«

Vermutlich ist es eine dumme Entscheidung, aber ich bin mir sicher, dass Kai ihn zum Teufel jagen wird.

»Das soll wohl ein Witz sein!«, entfährt es mir aufgebracht.

Niemals hätte ich gedacht, mich zielstrebig und selbstsicher durch Kais vier Wände zu bewegen. Geschweige denn, ihm ohne Aufforderung in sein Zimmer zu folgen und mich dort aufzubauen.

Doch die Tatsache, dass ich genau das mache, ist nicht das Einzige, das mich an diesem Tag überrascht.

»Wieso sollte ich in dieser Sache Witze machen?«, entgegnet Kai bloß, während er einen Koffer auf sein Bett wirft und anfängt, einige seiner Sachen sorgfältig darin zu verstauen.

Fassungslos stehe ich da. »Du bist in einer Nacht- und Nebelaktion aus deinem Zuhause geflohen und nun wirst du dahin zurückkehren? Warum? Weil irgendjemand herkommt und dich darum bittet?«

»Weil Henry sagt, dass es meinem Vater nicht gutgeht«, sagt Kai ruhig.

»So ist das eben, wenn man ein verdammter Alkoholiker ist«, stoße ich aufgewühlt aus.

»Aber er ist mein Vater und ich sollte wenigstens nach ihm sehen.«

Sein verfluchtes Ehrgefühl bringt mich noch um den Verstand. Ich verstehe ja, wieso er es tut. Sein Vater mag ein schlechter Mensch sein und ihn in der Vergangenheit nicht gut behandelt haben, aber Kai würde es sich mit Sicherheit nie verzeihen, wenn er nicht zu ihm fährt und sein Vater eines Tages nicht mehr da ist.

Trotzdem hat ein Teil von mir nicht damit gerechnet, dass er so einfach zu packen beginnt, um Henry zu begleiten.

»Aber du kommst doch wieder, oder?«, frage ich voller Hoffnung.

Kai zuckt bloß mit den Schultern.

»Und Ray? Wird er dich begleiten?«

»Er kann nicht zurück, solange er nicht volljährig ist«, erwidert Kai mit einem Kopfschütteln.

Ich finde nicht, dass er allein fahren sollte. Wer weiß, wie sein Vater auf seine Rückkehr reagiert? Oder vielmehr darauf, dass er vor Monaten einfach verschwunden ist.

»Dann begleite ich dich«, schlage ich vor, ohne mir darüber zuerst wirklich Gedanken zu machen.

Kai schüttelt erneut den Kopf, dieses Mal ziemlich energisch. »Ich werde dich auf keinen Fall mitnehmen.«

»Warum?« Voller Entrüstung sehe ich ihn an.

»Weil wir keine Freunde sind«, erwidert er brüsk. »Weil du keinen Grund hast, das anzubieten. Und weil ich nicht will, dass du siehst, wie mein Vater drauf ist. Das ist *mein* Problem und ich werde es allein regeln.«

»Und was soll aus Ray werden, wenn du nicht wiederkommst?«

»Ich gehe, damit mein Vater nicht eines Tages herkommt, um mich selbst zu holen«, weist Kai mich zurecht. »Er würde Ray der Fürsorge ausliefern. Er ist nicht Henry. Mein Vater ist–« Kai bricht den Satz ab, wendet sich mir zu und schaut mich an. Ich bin aufgewühlt, das fällt ihm bestimmt auf.

Er darf nicht einfach verschwinden. Für mich gehört er hierher. Er war für mich da, als ich jemanden gebraucht habe. Noch immer habe ich das Gefühl, dass ich ihn brauche. Dass ich ihn um jeden Preis an meiner Seite haben möchte.

»Es geht hier nicht um Ray«, sagt Kai plötzlich. »Warum soll ich wiederkommen? Wieso wärst du bereit, mich in meinen Albtraum zu begleiten?«

Ich zögere, doch weil die innere Unruhe mich nicht loslässt, beschließe ich intuitiv, ehrlich zu sein. »Ich habe dich gern. Das willst du nicht hören, mir vielleicht nicht mal glauben, aber es ist die Wahrheit. Du bist ein wichtiger Teil meines Lebens geworden und ich möchte dich nicht verlieren.«

Ein Grinsen huscht über Kais Gesicht. »Ist das so, ja? Du fühlst dich in meiner Nähe doch gar nicht wohl. Es sollte dich freuen, wenn ich verschwinde.«

»Du hast keine Ahnung von dem, was ich fühle«, erwidere ich knapp.

»Du hast mir das an den Kopf geworfen«, entgegnet er sofort. »Du hast gesagt, dass du dich bei Ian wohlfühlst und dass es dir unmöglich ist, dich in meiner Gegenwart so zu fühlen.«

Für einen Moment bin ich überrascht, weil er sich daran erinnert. Er hat Recht, damals habe ich das so gesehen. Doch für mich ist das gefühlt ewig her und meine Gefühle haben sich verändert. Seitdem Kai nahbarer wirkt, halte ich es nicht mehr für möglich, ihm Ian noch einmal vorzuziehen.

»Ich war wütend, als ich das gesagt habe«, weise ich ihn darauf hin. »Aber ich sehe das heute anders, weil ich dich inzwischen in einem anderen Licht sehe und du dich verändert hast.«

Kai seufzt. »Das habe ich nicht. Ich bin immer noch der Scheißkerl, den du damals kennengelernt hast.«

Nein, auf keinen Fall. Das ist nicht wahr. Ich habe eine andere Seite an ihm kennengelernt. Mag sein, dass er seine inneren Dämonen hat, aber er ist trotzdem ein guter Kerl.

Henry ruft Kais Namen. »Wir müssen den Zug kriegen.«

Kai schließt seinen Koffer, hebt ihn hoch und geht an mir vorbei zur Tür.

Ich senke den Blick. Er wird gehen. Das auf jeden Fall. Ich kann ihn nicht aufhalten, bin aber trotzdem nicht bereit, ihn einfach ziehen zu lassen. »Wovon ist es abhängig, ob du wiederkommst?« Ich höre, dass er stehenbleibt. »Oder steigst du mit dem Wissen in den Zug, Spellington für immer den Rücken zu kehren?«

Als ich das dumpfe Geräusch hinter mir wahrnehme, drehe ich mich um.

Kai hat den Koffer abgestellt und sieht zu mir herüber, starrt mir regelrecht in die Augen. Plötzlich setzt er sich in Bewegung und kommt zielstrebig auf mich zu. Mir ist zuerst nicht klar, was er damit bezweckt. Doch als sich seine Hand in meinen Nacken schiebt und er mir einen energischen Kuss auf die Lippen drückt, bin ich mir sicher, dass es ein Abschied für immer ist.

Ich weiß nicht, was ich tun oder wie ich reagieren soll. Beinahe intuitiv will ich zurückweichen, weil ich mir bis zu diesem Augenblick sicher war, dass ich noch nicht bereit bin, jemanden so nah an mich heranzulassen. Aber der endgültige Impuls bleibt aus. Stattdessen lasse ich zu, dass Kai mich an sich zieht und mir diesen einen, letzten Kuss zum Abschied gibt.

»Tut mir leid, Blake«, flüstert er schließlich und verlässt dann so zielstrebig den Raum, als würde er vor mir weglaufen.

Kapitel 24

»Kai ist der Grund«
Sonntag, 5. März

Schweigend sitze ich in der Küche. Meine Mutter schrubbt seit einigen Minuten ein und dieselbe Stelle auf der Theke. Entweder ist da wirklich ein hartnäckiger Fleck oder sie hat vor, in Kürze eine neue Küche zu kaufen.

Die Stimmung seit Michaels Verhaftung ist – gelinde gesagt – unterkühlt. Zwar hat mir meine Mutter nicht mehr vorgeworfen, dass die Festnahme ihres Verlobten meine Schuld sei, aber entschuldigt hat sie sich für diesen Vorwurf auch nicht. Irgendwie schwebt etwas Unheilvolles über uns und ich weiß wirklich nicht, wie wir es wieder vertreiben können.

Wenn ich an meine Kindheit zurückdenke, fallen mir nicht viele, schöne Erinnerungen ein. Keine, die meine Mutter allein betreffen. Natürlich hat sie mir ein schönes Leben geboten, mir alles gekauft, was ich haben wollte, und mir so viele Freiheiten gelassen, wie sie kaum ein anderes Mädchen meines Alters hatte.

Meine Mutter ist eine verdammt gute Anwältin und wir sind, soweit ich das beurteilen kann, nicht unbedingt mittellos.

Dennoch denke ich immer wieder, dass wir arm dran sind. Uns verbindet nichts. Kein Gefühl der Nähe, der Verbundenheit. Einmal im Jahr – an Weihnachten – tun wir so, als sei das anders. Dann spielen wir Mutter und Tochter. Doch kaum neigt sich das Jahr dem Ende zu, erlischt dieser kleine Familienfunke.

Die Wahrheit ist, wir haben nichts gemeinsam, sind zwei grundsätzlich verschiedene Menschen. Vermutlich habe ich einiges mit meinem Vater gemein, doch da ich keine Chance habe, diesen zu finden, werde ich das wohl nie erfahren.

In diesem Moment bricht meine Mutter das Schweigen. »Willst du an deinem Geburtstag etwas machen?«

Ich zucke nur mit den Schultern.

Jedes Jahr stellt sie mir diese Frage und bezahlt mir, wenn ich denn will, eine große Geburtstagsparty. Doch wen soll ich dazu einladen? Seit Kai weg ist, glänzt Ray mit niedergeschlagener Stimmung. Sogar Enya hält er wieder auf Abstand und manchmal glaube ich, dass ich ihr plötzlich nähersteh als er.

Ich seufze. »Willst du denn überhaupt, dass das Haus voller Leute ist, die du nicht kennst?«

Meine Mutter wendet sich mir zu, ihr Blick ist starr und ich entdecke tatsächlich Gleichgültigkeit darin. »Ich kenne zum Beispiel deinen Freund … Robin?«

Einerseits sollte ich mich wohl darüber freuen, dass sie sich noch an seinen Namen erinnert. Andererseits sind Robin und ich schon so lange getrennt, dass ihre Aussage bloß traurig ist. Ich antworte nicht, weil mir schlichtweg die Worte fehlen.

Meine Mutter seufzt nun ebenfalls. »Ich kann nicht leugnen, dass ich noch immer wütend auf dich bin. Aber du wirst volljährig, also vielleicht sollten wir etwas planen. Willst du eine Feier machen?«

»Und wen dazu einladen?«, frage ich prompt, bevor ich mich von der aufkommenden Wut vereinnahmen lasse.

Allerdings scheint meine Mutter der Meinung zu sein, Öl ins Feuer zu gießen, sei eine gute Idee. »Jetzt dramatisier nicht, dass dieser Junge weg ist. Es ist nicht unbedingt ein Verlust für den Ort.«

»Dass sie Michael ins Gefängnis gesteckt haben, auch nicht!«, entfährt es mir bissig. Es ist zu spät, um nicht wütend auf sie zu werden.

Sie gibt mir wirklich die Schuld daran, dass ihre Hochzeit geplatzt und Michael weg ist. Dafür kann ich keinerlei Verständnis aufbringen.

Da sind wir nun. Beide traurig, weil wir jemanden aus unserem Leben gehen lassen mussten. So wie ich nicht nachvollziehen kann, dass Michaels Verlust für sie dramatisch ist, versteht vermutlich das ganze Dorf nicht, warum ich Kai hinterhertrauere.

Aber wir haben wohl beide unsere Gründe, an unserem Empfinden festzuhalten. Ich bin mir sicher, dass meine Mutter Michael geliebt hat. Dass er sie ausgenutzt hat und sie vermutlich nur heiraten wollte, um an ihr Geld zu kommen, verletzt sie wahrscheinlich innerlich so sehr, dass sie ihre Wut über diese ganze Entwicklung an dem einen Menschen auslassen möchte, der noch da ist. Mir.

Wenigstens diese eine Gemeinsamkeit scheinen wir zu haben. Wir strafen gern Menschen mit unserer Laune, die eigentlich nichts dafürkönnen.

»Kai gehörte zu den Guten, weißt du?«, wage ich den kleinen Versuch, ihn zu verteidigen. Aber meine Mutter kennt nicht unsere ganze Geschichte. Sie weiß nicht, was Kai und mich verbindet. Was uns einander nähergebracht hat. Sie wird es nie erfahren, wenn es nach mir geht.

»Viele Leute in Spellington sind da anderer Ansicht«, erwidert meine Mutter brüsk.

»Scheiß auf die anderen«, sage ich mürrisch. »Sie *wollten* diese Seite in ihm nicht sehen, also *haben* sie sie nicht gesehen.«

»Dieser Junge hatte viele Chancen, Hailey«, ermahnt meine Mutter mich. »Er hat sie nicht genutzt. Er war kein Gewinn für die Gesellschaft.«

»Er war ein Gewinn für *mich*«, widerspreche ich ihr und werfe ihr einen empörten Blick zu. »Er war da, nachdem Ben durchgedreht und Alex verschwunden ist. Er war auch da, als du mir Michael vorgezogen und mich zum Buhmann seiner Fehler gemacht hast.«

Ich vermisse Kai. Verdammt, das tue ich wirklich. Bisher hat er sich nicht gemeldet. Nicht mal bei Ray. Ich habe keine Ahnung, was im Hause McKenzie vor sich geht. Und wenn ich ihn nicht vermisse, sorge ich mich deswegen. Was, wenn sein Vater ihn wieder schlägt? Wenn Kai verletzt ist? Wenn sein Vater ihn womöglich gar nicht gehen lässt, obwohl Kai es will?

»Weißt du was? Vergiss meinen Geburtstag.« Entschlossen stehe ich auf. »Ich denke, ich mache einen kleinen Urlaub.«

»Denkst du das, ja?«, entgegnet meine Mutter. »Du fährst jetzt nirgendwo hin, Fräulein. Ich lasse nicht zu, dass du die Schule schwänzt, um irgendwelchen Launen nachzugehen oder einem Kerl nachzulaufen, der nichts als Probleme bedeutet.«

»Also interessiert es dich einmal, was ich treibe?«, entfährt es mir schnippisch. »Ausgerechnet jetzt, wo es dir wirklich egal sein sollte?«

»Noch bist du nicht achtzehn und solange wird dir nichts anders übrigbleiben, als mit einem gelegentlichen Nein zurechtzukommen.«

Ich starre meiner Mutter wütend in die Augen, weil sie am längeren Hebel sitzt. Doch meine Entscheidung ist gefallen und wird nicht mehr umgeworfen. »Wie du meinst, Mama. Aber ich werde noch in der Nacht auf meinen Geburtstag im ersten Zug sitzen und den Menschen besuchen, der sich in den letzten Monaten mehr um mein Befinden geschert hat als meine eigene Mutter.«

Samstag, 11. März

»Haltet ihr es für eine dumme Idee?«

Hoffnungsvoll sehe ich Luk und Lesley an. Sie müssen auf meiner Seite sein und mir gut zureden. Ein Teil von mir zweifelt nämlich leider daran, dass es wirklich angebracht ist, einfach so zu Kai zu fahren und in sein Zuhause zu platzen. Der andere Teil von mir kommt aber nicht zur Ruhe, wenn ich es nicht tue.

In neun Tagen werde ich volljährig. Pünktlich dazu beginnen die Frühjahrsferien. Einen besseren Zeitpunkt gibt es kaum. Allerdings sehe ich in den Gesichtern der Brüder Zweifel.

Sie gucken beide etwas ratlos aus der Wäsche und ich nutze ihr Schweigen, um mich darüber zu wundern, wie unterschiedlich sie eigentlich sind.

Das Einzige, das sie gemein haben, ist ihre schlanke Statur. Lukasz ist groß, Lesley hingegen kaum größer als ich. Er hat blonde Haare und blaue Augen, sein älterer Bruder ist brünett und hat dunkle Augen. Lesley trägt Creolen in den Ohren, die durch die kahlgeschorenen Seiten seines Kopfes und dem längeren, lockigen Streifen in der Mitte sehr zur Geltung kommen. Lukasz trägt die Haare dagegen beinahe schlicht, nur vorne sind sie etwas länger und eine Strähne fällt ihm immer wieder in die Stirn. Auch erkennt man deutlich den Altersunterschied der beiden. Luks Gesicht wird von einem dunklen Vollbart eingerahmt, während Lesley kein einziges Haar im Gesicht zu wachsen scheint.

Luk ist schließlich der erste der beiden, der etwas sagt. »Also ich verstehe glaube ich einfach nicht, warum du Kai wieder hier haben möchtest. Ich höre selten jemanden gut über ihn reden. Und die Leute reden viel.«

Lesley grinst leicht. »Über mich redet man auch.«

»Das ist etwas anderes«, erwidert sein Bruder.

»Nein«, widerspricht Lesley schulterzuckend. »Mich mögen sie nicht, weil ich schwul bin. Kai können sie nicht ausstehen, weil er ein Arsch ist. Am Ende sitzen er und ich vielleicht sogar auf gewisse Weise in einem Boot.« Er zwinkert mir zu. »Ich bin dafür, dass du fahren solltest. Völlig egal, was ein Haufen von Idioten über ihn denkt. Du hast ihn gern, also solltest du ihm das zeigen.«

Luk wirft seinem Bruder einen amüsierten Blick zu. »Hast du mich gerade Idiot genannt?«

»War Kai denn jemals unfreundlich zu dir?«, erwidert Lesley.

»Na ja … Nein.«

»Du urteilst also schlecht über einen Menschen, weil andere dich mit ihrer Meinung dazu bringen«, bemerkt Lesley. »Das macht dich dann wohl zum Idioten.«

»Okay.« Luk lacht leise. »Du bist mein Bruder und magst *sie*, also mag ich sie ebenfalls. Und weil sie Kai mag, verlangst du von mir, ihn auch zu mögen?«

Ich grinse kurz, mische mich dann aber mit einem ernsten Ton in ihre Blödelei ein. »Luk … Du hast dir mal Sorgen wegen mir gemacht, erinnerst du dich?«

Sein Lächeln erstirbt und er nickt.

»Kai ist der Grund, wieso es mir gut geht.«

Wir sehen einander bloß in die Augen, als würden wir ein telepathisches Gespräch führen. Er weiß nicht, was genau damals vorgefallen ist. Aber vermutlich hat er eine Ahnung. Und meine Worte scheinen ihn deshalb nun zu überzeugen.

»In Ordnung«, sagt er leise. »Dann bin ich jetzt auf Lesleys Seite und sage dir, fahr zu Kai und hol ihn nach Hause.«

Ich nicke, kann nicht einfach rumsitzen und nichts tun. Kai will keine Unterstützung, doch vielleicht braucht er die. Er möchte nicht, dass jemand Zeuge davon wird, wie sich sein Vater ihm gegenüber verhält. Aber ich bin nicht länger bereit, darauf Rücksicht zu nehmen.

Außer Ray und mir gibt es niemanden, der diesen Griesgram in seiner Nähe erträgt. Und ich will meinen Grumpy zurück. Also fasse ich einmal mehr den Entschluss, meine Ferien zu nutzen, um zu ihm zu fahren. Ich werde auf seinen Vater treffen und mir wahrscheinlich wünschen, ihm niemals begegnet zu sein. Aber ich tue es für Kai und bin mir sicher, dass es das Richtige ist.

Kai hat für mich bereits wesentlich mehr riskiert. Wie schlimm kann sein Vater schon sein? Er ist ein Alkoholiker, aber mit Sicherheit kommt er nicht ansatzweise an einen Psychopaten, Betrüger oder Vergewaltiger heran.

Kapitel 25

»Jetzt habt ihr sie beide nicht mehr alle.« Enya schüttelt entrüstet den Kopf und stößt einen sehr abschätzigen Laut aus.

Wahrscheinlich hat sie sogar recht. Aber nach stundenlangen Diskussionen mit Ray darüber, dass er auf keinen Fall mit nach Payson fahren kann, haben zumindest wir beide uns auf eine Sache geeinigt.

Ich fahre, er nicht. Nur hat er Enya weisgemacht, sie würden einige Tage gemeinsam Urlaub machen. Stattdessen hat er sie bei ihrer Ankunft nun aber darum gebeten, mich zu begleiten.

»Ich kann ja schon nicht verstehen, warum du ...«, sie sieht mich an, »... unbedingt diesen Kerl zurückholen möchtest. Nur warum soll *ich* mitkommen?«

Dass sie wegen Rays Bitte nicht begeistert sein würde, damit habe ich gerechnet. Aber er hat ihr bereits erklärt, dass er sich sorgt, wenn ich allein fahre. Niemand kann garantieren, dass Kais Vater mich überhaupt reinlässt. Es kann gut sein, dass ich in Payson strande und nicht mal weiß, wo ich unterkommen soll. Für diesen Fall möchte Ray, dass wir wenigstens zu zweit sind, um aufeinander zu achten, denn seine Heimat ist eine Großstadt, die Ripley noch deutlich übertrifft.

Ich verstehe, dass Enya sich etwas Schöneres für ihre Frühjahrsferien vorgestellt hat, als den Kerl zu besuchen, den sie nicht leiden kann.

Ray hält ihr jetzt bloß einen Zettel hin.

Enya mustert ihn skeptisch.

»Du weißt, warum ich nicht mitkommen kann«, sagt er leise. »Du musst dich ja nicht mit Kai beschäftigen. Vielleicht tust du mir den Gefallen und besuchst für mich die Orte auf dieser Liste.«

Als Enya den Zettel entfaltet, stelle ich mich zu ihr und werfe ebenfalls einen Blick darauf. Dort stehen einige Straßennamen und Bezeichnungen von Orten, darunter anscheinend ein Spielplatz und eine Schule. Am Ende der Liste steht aber schließlich sein wohl wichtigstes Anliegen. Der Name eines Friedhofes.

»Es wäre schön, wenn du mal nach dem Grab sehen könntest«, bittet Ray.

Ich sehe, dass die Frustration aus Enyas Augen weicht. Dann seufzt sie und nickt schließlich.

Montag, 20. März

»Ich kann nicht fassen, dass ich hier bin.« Enya starrt beinahe ehrfürchtig auf das prächtige Gebäude vor uns.

Ich grinse, dennoch lege ich einen ernsten Unterton in meine Stimme. »Du willst Ray? Du willst meine Freundin sein?

Dann hilf mir, den einen Menschen zurückzuholen, der uns beiden viel bedeutet.«

Sie seufzt. »Nun sind wir ja hier. Bringen wir es also hinter uns.«

Bei ihr klingt es, als wäre dieses Vorhaben innerhalb von einer Stunde umgesetzt. Ihr scheint nicht klar zu sein, dass wir vermutlich für eine Weile auf Mr. McKenzies Gastfreundschaft angewiesen sind. Wenn er wirklich krank ist, wird Kai nicht einfach mit uns in den Zug steigen, nur weil wir hereinplatzen.

Aber ich will Enyas Stimmung nicht noch mehr trüben und schaue mir ebenfalls das Gebäude an. Man könnte es vielmehr ein Anwesen oder eine Villa nennen. Es gibt ein einfaches Wort, um Kais Zuhause zu beschreiben: prunkvoll. Wäre Kais Vater ein ranghoher Politiker, könnte er kaum luxuriöser wohnen.

Jemand, der nichts von den häuslichen Umständen der McKenzies weiß, würde Kai für verrückt erklären, weil er nicht hier leben möchte. Ich muss ihn auf jeden Fall danach fragen, was das für eine Firma ist, mit der sein Vater so viel Geld verdient.

Wir treten durch das Tor des hohen Vorgartenzaunes und ich klingele an der Haustür. Eine Weile geschieht nichts. Als sie sich öffnet, steht vor uns eine große und streng dreinblickende Frau. Sie trägt ein dunkelgraues, beinahe bodenlanges Kleid und mustert uns kritisch.

»Wir möchten zum verzogenen Spross des Hauses«, bemerkt Enya knapp und klingt dabei mit ihrem schroffen Unterton Kai erschreckend ähnlich.

»Ich bedauere, aber zurzeit empfangen die McKenzies keinen Besuch«, erwidert die Frau ebenso kühl.

Doch kaum, dass sie die Worte ausgesprochen hat, erscheint hinter ihr ein Mann. Zuerst scheint er uns gar nicht zu bemerken, taumelt nur leicht durch den Flur. Aber als er uns sieht, lässt er die Flasche in seiner Hand sinken und kommt auf uns zu.

Das muss Mr. McKenzie sein. Auch ohne den Alkohol und seinen offensichtlich betrunkenen Gang wäre ich darauf gekommen. Er und Kai sehen sich sehr ähnlich.

»Erwartet mein Sohn gleich zwei Mädchen, mit denen er sich vergnügen kann?«, murmelt er bloß.

Enya stößt einen abschätzigen Laut aus.

Ich hingegen will die Sache gleich richtigstellen. »Wir sind Freundinnen von Kai und gerade aus Spellington angereist, um ihn zu besuchen.«

Nachdenklich sieht er mich an und schließlich erscheint ein merkwürdiges Lächeln in seinem Gesicht. »Wer von euch ist Hailey?«

Ich hebe bloß leicht die Hand.

»Komm doch herein und begleite mich auf ein paar Worte in mein Büro«, sagt Mr. McKenzie und wendet sich dann an die Frau in dem grauen Kleid. »Mrs. Malroy, kümmern Sie sich einen Augenblick um die andere junge Dame und bieten Sie ihr etwas zu trinken an.«

Die Frau nickt und nachdem Enya und ich einen kurzen, verunsicherten Blick ausgetauscht haben, folgen wir den beiden.

Als ich den Raum betrete, in den Mr. McKenzie mich geführt hat, fallen mir als erstes der große Kamin und der schwarze Ledersessel auf. Kais Vater nimmt sofort darin Platz und deutet auf die gegenüberstehende Couch.

Während ich darauf zugehe und mich setze, streift mein Blick das Zimmer. An und für sich ist es gemütlich und warm eingerichtet. Geschmack besitzt er, so viel steht fest.

Als ich dann zu Mr. McKenzie hinübersehe, denke ich sofort, dass auch er selbst wohl den Geschmack der meisten Frauen trifft. Mit den kurzen und hellbraunen Haaren, dem markanten, ernsten Gesichtsausdruck und dem Anzug wirkt er nicht nur stattlich. Kais Vater ist ein wirklich attraktiver Mann. Lediglich sein Gesicht scheint durch die Alkoholeskapaden stark gezeichnet zu sein. Die aufgequollenen Augen und der Whiskygeruch entgehen mir nicht.

»Drink?« Seine Stimme klang kühl und distanziert.

»Nein, danke«, lehne ich das Angebot höflich ab und reibe mir mit dem Daumen über meine Handinnenfläche.

Ich will möglichst verbergen, wie angespannt ich mich fühle. Der Moment ist nun gekommen und ich sitze vor dem Mann, über den ich bisher kein gutes Wort gehört habe.

»Ich vergesse oft, dass ihr noch so jung seid.« Mr. McKenzie mustert mich beinahe ablehnend.

»Ich trinke durchaus Alkohol«, erwidere ich und versuche wirklich, dabei höflich zu klingen. »In der Regel ist dann aber bereits die Sonne untergegangen.«

McKenzie starrt noch immer. Sein Gesicht zeigt kaum Emotionen. »Diese Zeit ist für mich so gut wie jede andere«, bemerkt er.

»Offensichtlich«, entfährt es mir.

Ich schlage die Beine übereinander und verstecke meine Hände zwischen den Knien, weil ich nicht wirklich weiß, was ich mit ihnen anstellen soll.

McKenzie schmunzelt. »Du bist also das junge Ding, das meinem Sohn den Kopf verdreht hat.«

»Das bezweifle ich«, erwidere ich mit ernster Miene.

»Wieso bekomme ich dann keine Antworten auf meine Fragen?« McKenzie klang gereizt.

»Sie haben mir keine gestellt«, weise ich ihn darauf hin.

»Ich rede von meinem Sohn«, bemerkt er brüsk. »Er macht aus allem ein Geheimnis. Auch aus dir. Deinen Namen weiß ich nur, weil Henry ihn mir verraten hat. Du bist das Mädchen, das ihn daran hindern wollte, Kai zurückzubringen. Und mein Sohn verliert kein Wort über dich. Er weigert sich, mir irgendetwas über seine Zeit bei dir zu erzählen.«

»Hat er sich dafür gleich den ersten Schlag eingefangen?«, platzt es aus mir heraus.

Ich ernte einen überraschten Blick. Anscheinend hat Mr. McKenzie nicht damit gerechnet, dass Kai mich über die Zustände informiert hat. Dafür sehe ich ihm nun an, dass es ihn anstrengt, die Beherrschung nicht zu verlieren.

»Was denn?« Ich beschließe, ihn zu reizen, um den wahren Mann hinter der Fassade zu sehen. »Hatten Sie erwartet, ein schüchternes und liebevolles Mädchen kennenzulernen? Dann tut es mir leid, Sie enttäuschen zu müssen. Väter, die ein Trinkproblem haben und ihren Sohn verletzen, sind bei mir ganz unten auf der Immer-Lächeln-Liste.«

McKenzie grinst. »Schlagfertig. So gar nicht wie die anderen vor dir.«

»Vermutlich, weil ich nicht so bin, wie die *anderen*«, erwidere ich unhöflich. »Wer auch immer das sein soll.«

»Seine Liebschaften.« Kais Vater lacht. »Diese arroganten und verwöhnten Zicken, mit denen man kaum zwei Sätze wechseln kann.«

Ich sehe ihn unverfroren an und warte ab, worauf er hinauswill.

»Ich akzeptiere Kais Lebensweise und wie er mit dem anderen Geschlecht umgeht. Aber ich staune doch darüber, dass diese Sache hier offenbar anders war, als es bei ihm üblich ist.«

Ich schüttele den Kopf. »Ich bin keine seiner Liebschaften.«

»Was bist du dann?« Er lallt, oder nicht? Er ist tatsächlich am frühen Morgen schon betrunken. »Seine Freundin mit Sicherheit nicht. Bist du verknallt in ihn?« Er mustert mich und lehnt sich vor.

Ich bemerke die gleichen grau-blauen Augen, wie Kai sie hat. Schweigend sehe ich hinein.

»Ich fasse es nicht.« McKenzie wirkt amüsiert. »Du willst ihn retten.« Es klang überrascht und er stößt ein lautes Lachen aus. »Da muss ich jahrelang zusehen, wie Kai sich prügelt und quer durch seine Schule vögelt, und dann kommt da eine hübsche Maus und hat es sich zum Ziel gemacht, ihn zu ändern.«

In mir kocht die Wut auf. Er verhöhnt mich und spricht so verachtend über seinen eigenen Sohn, dass ich in diesem Augenblick beschließe, ihn nicht ausstehen zu können. Er ist mir zuwider.

»Wo wir gerade davon sprechen, ihn zu retten«, entgegne ich kühl. »Ich will ihn wieder nach Hause holen.«

McKenzie begreift scheinbar sofort, worauf ich anspiele, und wirft mir einen wütenden Blick zu. »Kai ist hart im Nehmen.«

Ich bin kurz davor, zu explodieren. Dann fällt mein Blick auf ein gerahmtes Foto auf dem Tisch zwischen uns. Eine junge, sehr hübsche Frau ist darauf abgebildet. Sie zeigt ein strahlendes Lächeln.

»Denken Sie, dass Kais Mutter Ihr Verhalten tolerieren würde? Glauben Sie, dass sie Ihnen verzeihen könnte, was Sie Ihrem Sohn antun?«

Kais Vater erhebt sich von dem Sessel und baut sich vor mir auf. Wut blitzt in seinen Augen auf. »Was fällt dir ein?«, brüllt er.

In dieser Sekunde glaube ich, dass er vielleicht sogar bereit ist, mich zu schlagen. Im betrunkenen Zustand scheint er unberechenbar zu sein, da hat Kai nicht übertrieben.

Mit der Flasche in der Hand holt er aus und schmettert sie an die Wand. Direkt über meinem Kopf zerbirst sie und die Scherben sowie einige Tropfen des Whiskys regnen auf mich herab. Einige Splitter landen auf meinen Schultern, andere hinter und neben mir.

McKenzie beugt sich zu mir herunter, packt meinen Arm und drückt ihn für einen kurzen Augenblick in das Lederpolster der Couch. Ich spüre, dass mir eine der Scherben in die Hand schneidet. Bevor ich überhaupt darauf reagieren kann, zieht er mich auf die Beine und stößt mich in Richtung der Tür.

»Verschwinde!«, fährt er mich lautstark an. »Und schlag dir meinen Sohn besser aus dem Kopf.«

Angst und Wut stecken mir gleichermaßen in den Knochen, doch ich sehe, dass McKenzies Zorn aus seinen Augen weicht, als sein Blick auf die Fotografie seiner Frau fällt.

»Er wird dich ohnehin nur verletzen. Das ist das Einzige, was wir McKenzies gut können …«

Seinen sentimentalen Moment nutze ich, um aus dem Raum zu eilen. Allein bleibe ich mit diesem Mann freiwillig keine weitere Sekunde mehr. Was ist in ihn gefahren? Ich sehe auf meine Hand und entdecke einen feinen Schnitt und Blut daran.

So schnell ich kann, eile ich durch die Flure bis in den Hauptflur, der auf der einen Seite zur Haustür und auf der anderen Seite zu einer Treppe führt.

Ich höre McKenzies Schritte hinter mir. Er folgt mir.

Ein Teil von mir will aus dem Haus stürmen, ein anderer fragt sich, wo Enya ist. In meiner Verzweiflung rufe ich ihren Namen. Dann den von Mrs. Malroy. Irgendeiner muss doch auf mich aufmerksam werden und McKenzie in seine Schranken weisen.

»Was zum Teufel tust du hier?«, ertönt plötzlich Kais sehr überraschte Stimme vom oberen Treppenabsatz.

Kapitel 26

»Wir sind zusammen«
Montag, 20. März

Noch nie habe ich mich so sehr gefreut, diesen Griesgram zu sehen. Ob das Gefühl auf Gegenseitigkeit beruht, kann ich im Augenblick nicht beurteilen. Was ich hingegen deutlich in Kais Augen erkenne, ist Wut, als sein Blick auf meine blutende Hand fällt und schließlich auf seinen Vater, der den Flur betritt.

Ohne einen Moment zu zögern, stürmt Kai die Treppe hinunter und geradewegs auf seinen Vater zu. Kai schiebt sich zwischen uns, baut sich schützend vor mir auf und stößt ihn grob zurück.

Mr. McKenzie taumelt kurz, holt dann aber aus und schlägt seinem Sohn mit der flachen Hand ins Gesicht.

Kai scheint deswegen kein bisschen überrascht zu sein und weicht nicht zurück.

»So selbstbewusst?« Kais Vater blitzt ihn an. »Willst du dich vor deiner kleinen Maus wie ein harter Kerl zeigen? Bist du womöglich sogar stärker, um sie zu beschützen? Vielleicht muss ich ja einfach nur—«

»Wag es nicht, sie nochmal zu verletzen!«, ermahnt Kai ihn lautstark.

Sein Vater stößt ein abfälliges Lachen aus. »Sie muss ja etwas ganz Besonderes sein, wenn du sie mehr als einmal in dein Bett lässt. Ich werde aber nicht zulassen, dass du dich wegen einem deiner Flittchen gegen mich stellst.«

Ich zucke merklich zurück, als Kai plötzlich mit der geballten Faust ausholt und seinen Vater schlägt. An dem Gesichtsausdruck von Mr. McKenzie erkenne ich, dass so etwas bisher nie vorgekommen ist. Anscheinend hat Kai sich noch nie gewehrt.

Im selben Moment sehe ich im Augenwinkel Mrs. Malroy und Enya den Flur betreten. Um uns herum herrscht absolute Stille.

Erst Kai bricht sie, indem er mich zur Haustür schiebt und Enya mit einem strengen Blick anweist, zu uns zu kommen. »Geht. Unternehmt irgendwas.«

»Wie bitte?«, entfährt es mir. »Nein, ich verschwinde nicht einfach wieder, Kai.«

»Ich sage nicht, dass du in den Zug steigen sollst. Ihr sollt euch nur etwas die Zeit vertreiben, bis …« Er seufzt.

Enya zückt Rays Liste aus ihrer Tasche. »Wir könnten diese Sachen hier erledigen.«

Kai nimmt ihr das Papier verwundert aus der Hand und überfliegt die einzelnen Punkte auf Rays Wunschzettel. »Hier«, sagt er, hält mir das Blatt entgegen und deutet mit dem Finger auf den Friedhof. »Da treffen wir uns heute Nachmittag.«

Unsicher verharre ich. Wird er wirklich kommen oder versucht er nur, uns zu vergraulen, weil er uns nicht hier haben will?

»Ich verspreche es«, sagt Kai eindringlich, weil man mir meine Zweifel offenbar ansieht.

Noch einen kurzen Augenblick halte ich inne, dann nicke ich. Vermutlich ist es besser, für's Erste Abstand zu diesem Vorfall zu gewinnen.

Enya und ich vertreiben uns den Vormittag damit, dass wir frühstücken gehen und uns anschließend mit einem Kaffee zum Mitnehmen Rays Punkten auf der Liste widmen. Enya fotografiert fleißig alle Orte, die wir besuchen. Einen Spielplatz, eine Einkaufsstraße, eine Schule, ein Familienhaus und einige weitere Plätze. Am Nachmittag machen wir uns wie besprochen auf den Weg zum Friedhof, besorgen auf dem Weg dorthin frische Blumen. Auch vom Grab der Klevens macht Enya ein Foto, nachdem sie die Blumen darauf platziert hat.

Ich nutze den Moment, um zur Ruhe zu kommen, lasse mich vor dem Grab im Schneidersitz auf den Boden sinken und sehe mir die Inschrift an. »Richard und Elena Klevens. Geliebte Eltern«, murmele ich. »Das waren sie. Es ist merkwürdig, nach all der Zeit mit Ray hier zu sein und das hier zu sehen. Als würde es erst jetzt real werden. Er ist allein.«

»Ist er nicht«, sagt Enya prompt und setzt sich zu mir. »Er hat uns. Und er hat Kai.«

»Vielleicht«, seufze ich. »Wenn wir ihn dazu kriegen, wieder mit nach Hause zu kommen.«

Enya mustert mich beinahe mitfühlend. »Das hier ist sein Zuhause. Hier ist er aufgewachsen. Glaubst du wirklich, dass er in Spellington Fuß fassen kann?«

»Ja«, antworte ich entschieden. »Ich werde ihm helfen. So wie Ray. Wir sind jetzt seine Familie. Und mit Sicherheit könnten wir das auch für Kai sein, weil man seinen Vater wohl kaum als liebevollen Mann bezeichnen kann.«

Enya nickt zustimmend. »Denkst du, er wird herkommen?«

Ich zucke mit den Schultern. Natürlich hoffe ich es inständig, aber ich bin mir tatsächlich nicht sicher. Bei unserer letzten Begegnung hat Kai mich geküsst und ist verschwunden. Was denkt er wohl über mein Auftauchen?

»Ich habe Ray wirklich gern«, sagt Enya plötzlich leise.

Ich mustere sie. Keine Ahnung, ob sie das zu mir gesagt hat oder zum Grabstein seiner Eltern.

»Er hat mir verraten, dass ihr zusammen seid«, bemerke ich mit einem Lächeln.

»Hat er das?« Auch in Enyas Gesicht entdecke ich ein Schmunzeln. Ein seltener Anblick bei ihr. »Wir haben irgendwie diesen Punkt verpasst, an dem man darüber spricht und es … festmacht, verstehst du?«

»Dann weißt du ja jetzt, was Sache ist«, entgegne ich amüsiert.

Bei Robin und mir hat es damals mit diesem besagten Gespräch angefangen. Wir sind uns eigentlich erst danach nähergekommen. Es war eine Entscheidung.

Bei Ian und mir war das anders. Wir haben nicht darüber gesprochen und er fand, wir seien ein Paar. Das habe ich anders gesehen, deshalb glaube ich, man sollte auf jeden Fall darüber reden, damit man sich auch sicher ist, dass beide dasselbe wollen.

»Hör mal, nimm mir das nicht übel …«, sagt Enya, »… aber wenn Kai hier wirklich auftauchen sollte und gewillt ist, dich bleiben zu lassen, würde ich gern wieder zurück nach Spellington fahren. Ich habe Rays Wunsch erfüllt und hier nach dem Rechten gesehen, aber ich bin hier fehl am Platz, Hailey.«

Ich kann ihr das nicht übelnehmen. Eigentlich hat sie sogar recht. Sie sollte mich begleiten, damit ich nicht allein vor eine Wand laufe. Aber wenn das gar nicht eintrifft, brauche ich nicht länger um jeden Preis ihre Unterstützung. Kai und ich sind hier in Payson, also sollte Enya nach Hause fahren und für Ray da sein.

»Wir sollten gehen«, bemerkt Enya leise.

Müde starre ich auf den Grabstein von Rays Eltern. Seit einer Weile habe ich die Hoffnung aufgegeben, dass Kai wirklich kommt. Aber aufstehen und gehen konnte ich dennoch nicht. Es würde bedeuten, dass ich aufgebe. Bin ich dazu bereit?

Enya sieht auf ihr Handy. »Der letzte Zug nach Hause kommt in einer Stunde. Wir müssen los, Hailey.« Sie klang sanft, doch auch sehr eindringlich.

In einer Stadt zu stranden, in der wir uns nicht auskennen, gefällt uns vermutlich beiden nicht.

Die Sonne ist bereits verschwunden und auf dem Friedhof wird es allmählich zu dunkel, um hierzubleiben. Ich habe mir wohl in meinem Leben schon zu viele Horrorfilme angesehen, um mich in der Dunkelheit noch länger hier aufzuhalten.

Also stehe ich auf und gebe nach. Es wird Zeit aufzubrechen. Einzusehen, dass Kai hier noch nicht fertig ist, keinen Besuch wünscht und vermutlich nie wieder nach Spellington zurückkehren wird.

Als wir das Gelände verlassen und an die Straße treten, winkt Enya uns ein Taxi heran. Es kommt neben uns zum Stehen und sie öffnet die hintere Tür.

Ich will gerade nach ihr einsteigen, als ich am Arm gepackt und festgehalten werde. Überrascht wende ich mich um.

»Warte«, höre ich Kais atemlose Stimme. Er sieht gestresst aus, als hätte er sich sehr beeilt. »Tut mir leid, ich kam einfach nicht so weg, wie ich wollte.«

Schweigend erwidere ich seinen Blick.

»Aber jetzt bin ich hier«, sagt er.

»Und *wir* sind jetzt auf dem Weg zum Bahnhof, um wieder nach Hause zu fahren.« Enya sieht aus dem Taxi zu uns hinauf.

Kai reagiert nicht auf ihre Worte, starrt mich ohne Unterbrechung eindringlich an. »Ihr könnt morgen immer noch fahren. Kommt mir zur Villa, dann-«

»Enya will gehen«, unterbreche ich ihn knapp.

»Und du?«

Ich fühle mich noch immer niedergeschlagen, weil ich dachte, er würde nicht kommen. Doch er ist da und bietet mir an, zu bleiben. Jetzt, wo er es tut, bin ich mir nicht sicher, ob ich wirklich damit gerechnet habe. Doch ich freue mich darüber und lächele schließlich. »Ich könnte eine Weile bleiben.«

Kai nickt, greift nach dem Portemonnaie, das in seiner Hosentasche steckt, und reicht dem Taxifahrer dann einige Scheine. »Bringen Sie sie zum Bahnhof. Enya, grüß Ray von mir.«

Offenbar ist die überrascht, dass Kai ihr die Fahrt bezahlt, und nickt nur verwundert, als sie die Tür zuzieht und sich das Auto auch schon in Bewegung setzt.

Kai nimmt meine Tasche und wirft sie sich über die Schulter.

Auf dem Weg zur Villa herrscht zuerst eine Weile Schweigen.

»Warum bist du ausgerechnet jetzt gekommen?«, fragt er schließlich. »Ich bin seit Wochen weg und dachte, du hättest dich mit meiner Abreise abgefunden.«

»Hast du damit gerechnet, dass ich dir nachfahre?«, erwidere ich verwundert.

»Anfangs irgendwie schon«, gibt er zu. »Ich habe es dir zumindest zugetraut.«

Ich grinse, weil er damit im Prinzip auf meine Hartnäckigkeit anspielt, die ihn mal sehr gestört hat, ihn nun aber scheinbar irgendwie froh macht. »Ich wollte früher kommen«, sage ich. »Aber meine Mutter hat es mir verboten. Sie hält nicht viel von dir und ich sollte dir nicht nachlaufen und dafür auch noch die Schule schwänzen.«

Kai mustert mich. »Und was hat sich verändert?«

»Zum einen haben wir Frühjahrsferien, also verpasse ich nichts«, antworte ich. »Zum anderen kann sie mir nicht länger vorschreiben, was ich darf und was nicht. Ich bin jetzt achtzehn.«

»Warte mal …« Kai bleibt stehen und sieht mich verblüfft an. »Seit wann?«

Ich grinse nur bedeutend.

»Hast du etwa *heute* Geburtstag?«

Amüsiert über seine Überraschung, nicke ich und beobachte Kais grüblerische Miene, die er aufsetzt. Nach einer Weile greift er zum Handy und informiert jemanden darüber, uns abzuholen. Keine Ahnung, was er damit bezweckt, denn auf meine Nachfrage hin grinst er nur leicht.

Etwas unsicher blicke ich mich um. »Mich hierher einzuladen, ist nett von dir.«

Es ändert aber nichts daran, dass es sich merkwürdig anfühlt, mit Kai in einem Restaurant zu sitzen.

»Du hast gerade fast deinen ganzen Geburtstag damit zugebracht, auf mich zu warten«, erwidert er bloß. »Ich versuche nur, es wiedergutzumachen.«

Als könnte er etwas dafür, dass sein Vater mich heute schlecht behandelt hat. Meine Hand schmerzt noch immer, wenn ich sie bewege. Der Schnitt sitzt genau in der Innenfläche und ist inzwischen gerötet, beinahe entzündet.

»Er hätte dir nicht wehtun dürfen«, höre ich Kais leise Stimme.

Als ich den Blick hebe, merke ich, dass er auf meine Hand starrt.

Dann reißt er sich aus seinen Gedanken und schaut mich an. »Hatte ich eigentlich schon erwähnt, dass dir die neue Frisur gut steht?«

Ich lache leise. »Wirst du heute nur nette Dinge zu mir sagen, weil du dich schlecht fühlst?«

Kai zuckt mit den Schultern. »Wahrscheinlich. Aber die Wahrheit ist es trotzdem.«

Das ist schön zu hören. Nach meinem Frisörbesuch mit Thalia hat niemand ein Wort über meine Haare verloren. Vermutlich, weil all meine Freunde wissen, weshalb ich diese drastische Veränderung gewagt habe. Meine einst langen, welligen und hellbraunen Haare reichen mir nun nur noch bis zu den Schultern und sind nach hinten hin leicht angeschrägt. Der Ton meiner Färbung war anfangs so dunkel, dass ich beinahe Enya mit ihren schwarzen Haaren Konkurrenz hätte machen können. Nun hat sich die Farbe etwas herausgewaschen und zurückgeblieben ist ein schöner, dunkelbrauner Ton mit einem leichten Goldstich.

»Warum hat Enya dich begleitet?«, setzt Kai schließlich das Gespräch fort und trinkt einen Schluck von seinem Bier.

Mich wundert, dass es sich bei seinem Getränk nicht um einen Whisky handelt. »Ray hat sie darum gebeten. Sonst wäre sie niemals freiwillig mitgekommen.«

»Herrscht also immer noch Eiszeit an der Freundschaftsfront?«, gluckst Kai.

»So würde ich das nicht sagen«, antworte ich und stochere in meinem Beilagensalat herum. »Wir kommen uns näher. Zwar nur langsam, aber ich denke, das wird schon.«

Eigentlich habe ich keinen Hunger mehr, doch mir tun von den weiten Strecken heute so sehr die Füße weh, dass ich nicht mit dem Essen aufhören möchte, weil es bedeuten könnte, dass wir sofort aufstehen und uns auf den Weg zur Villa machen.

»Ich verstehe immer noch nicht, was sie und Ray aneinander finden«, sagt Kai und ich staune nicht schlecht darüber, dass er heute auch ohne viel Alkohol deutlich gesprächiger ist als sonst. »Sie ist hinter ihrem dunklen Make-up und dem finsteren Blick ja eigentlich recht hübsch und vermutlich schlummert ganz tief in ihr auch ein netter, aufgeschlossener Mensch. Aber Ray ist irgendwie ein krasser Gegensatz zu ihr. Er ist so offenherzig und sympathisch mit seinen Witzen, seinem Verständnis für andere, dieser komischen Frisur und den lockeren Klamotten, mit denen er seine moppelige Figur verstecken will.«

Ich stoße ein Lachen aus. Er bringt es auf den Punkt, obwohl ich Rays braunen Lockenkopf jetzt nicht als merkwürdig bezeichnen würde. Sein Haarschnitt ist lediglich nicht wirklich definiert.

»Oh, scheiße«, höre ich Kai im selben Moment leise fluchen und er setzt das Bierglas an die Lippen, trinkt es in einem Schluck leer.

Ich folge seinem kurzen Blick und sehe ein Mädchen auf uns zukommen. Das ist doch bestimmt eine seiner Verflossenen, wenn er so auf sie reagiert.

Als sie an unserem Tisch zum Stehen kommt, grüßt sie nicht und fragt nicht mal nach Kais Befinden. Sie stützt bloß ihre Hand in die Hüfte und lässt ihre glitzernde Handtasche locker an ihrem anderen Arm baumeln. »Ich habe gehört, dass der berüchtigte Kai McKenzie wieder in der Stadt sein soll. Da bist du also«, bemerkt sie. Sie klang ziemlich arrogant.

Die hautenge Lederleggins lässt einiges an Hüftspeck darüber quellen. Der Ausschnitt ihres Oberteils ist so riesig, dass ihre ebenfalls großen Brüste vermutlich hinausfallen, sollte sie sich aus irgendeinem Grund bücken. Ihre Nägel sind unechte, lange Krallen. Die Plateau-High-Heels passen mit ihrem penetranten Glitzern zur Handtasche, beißen sich allerdings farblich.

Ich schaue zu Kai und warte auf seine Reaktion. Dem fehlen scheinbar die Worte oder er verfällt in sein gewohntes Muster und meint es unhöflich, indem er nicht antwortet. Ich versuche, nicht allzu auffällig zu grinsen, und setze das Bierglas an meine Lippen.

»Eine Schande, dass du einfach verschwunden bist«, äußert sich das Mädchen gekünstelt. »Gerade, als wir uns so gut *verstanden* haben.«

Ich verschlucke mich wegen der Betonung ihrer Worte und huste daraufhin so sehr, dass ihr Blick auf mich fällt. Darin entdecke ich deutlich, dass sie mich bisher überhaupt nicht wahrgenommen hat. Unglaublich, wie abgehoben ein einzelner Mensch sein kann. Ist *sowas* etwa Kais Beuteschema?

»Wer bist *du* denn?«, fragt sie und sieht dabei arrogant auf mich herunter.

»Hailey«, sage ich nur.

»Und?«

»Und was?«, erwidere ich kühl.

Eigentlich reagiere ich so nur, weil ich nicht weiß, was ich antworten soll. Normalerweise stellt man sich als Freundin von jemandem vor, doch Kai und ich sind keine Freunde, oder?

»Wir sind zusammen«, sagt aber Kai in diesem Moment wie aus heiterem Himmel.

Wieder verschlucke ich mich beim Trinken an meinem Bier. Eigentlich wollte ich mit diesem Schluck nur meinen Hals beruhigen, nun entfährt mir ein leises »Verdammt« und ich huste erneut.

»Sie ist deine *Freundin*?« Das Mädchen lacht abschätzig. »Jeder weiß, dass du keinen Wert auf innige Beziehungen legst. Oder willst du mir weismachen, dass sich das seit dem letzten Sommer geändert hat?« Ihre Stimme verrät mir, dass sie über Kais Aussage wirklich erzürnt ist.

Mir drängt sich eine Vermutung auf und ich zögere nicht, sie laut auszusprechen. »Er hat dich abblitzen lassen, nicht wahr?« Ich kann mir ein Grinsen nicht verkneifen.

»Schätzchen.« Sie stellt sich dicht vor mich, beugt sich nah zu mir und ich bete, dass ihre Brüste bleiben, wo sie sind. »Kai hat niemals ein Mädchen abblitzen lassen. Wusstest du das nicht?«

Sie glaubt wohl, dass sie mich damit verletzt. Ich weiß aber von Kais Liebschaften – wie sein Vater es genannt hat – und außerdem sind wir kein Paar, weshalb es mich ohnehin nicht treffen kann. Nicht mal mehr in Spellington ist es ein Geheimnis, dass Kai ein Weiberheld ist. Natürlich spreche ich nie mit ihm darüber, aber ich bekomme schließlich mit, wenn andere über ihn reden.

Ich sehe Kais schadenfrohes Grinsen, weil sich die Aufmerksamkeit des Mädchens nun auf mich statt auf ihn bezieht. »Dann warst du also die Einzige, die er nicht wollte?«, bemerke ich absichtlich provokant. »Mensch, das tut mir aber leid. Aber sieh es mal so … In gewisser Weise macht dich das sogar zu etwas Besonderem. Obwohl es vermutlich echt weh-tut, bei jemandem abzublitzen, der überhaupt nicht wählerisch ist.«

»Dass er nicht wählerisch ist, sehe ich«, erwidert sie bissig. »Dorfkühe scheinen wohl gerade im Trend zu liegen.«

Ich lächele, obwohl ich nicht weiß, woran sie das festmacht. »Dorf, Stadt, wen interessiert's? Solange ich nicht deine scheußlichen Klamotten tragen muss, ist es mir egal.«

Sie schnaubt nur und stakst auf ihren High Heels davon, ohne ein weiteres Wort zu verlieren.

Ich sehe ihr einen Moment hinterher, dann widme ich mich wieder meinem Salat.

»Gina war nie in der engeren Wahl«, sagt Kai leise und mustert mich.

Ich nicke bloß.

Kai beugt sich vor und stützt sich mit den Unterarmen auf dem Tisch ab. »Ich habe mich nicht wahllos auf Mädchen ein-gelassen.«

»Kai?« Ich hebe den Blick. »Eigentlich will ich das wirklich nicht wissen. Es geht mich doch gar nichts an.«

»Doch, das tut es«, erwidert er grinsend. »Immerhin bist du jetzt meine neue Bettgeschichte.« Mit seinen Worten bringt er mich erneut dazu, mich energisch zu räuspern und ein Husten zu provozieren, weil ich für einen Moment glaube, dass mir der Salat im Hals steckenbleibt.

»Witzig«, sage ich dann mit einem sarkastischen Unterton.

»Ist es.« Sein Grinsen verschwindet und wird durch ein sanftes Lächeln ersetzt. »Gina braucht nicht mal fünf Minuten und die ganze Stadt weiß, dass ich mit einem neuen Betthäs-chen in die Stadt zurückgekommen bin.«

Das Gerücht wird sie also verbreiten? Wenn sie sonst keine Beschäftigung findet, meinetwegen. Was kümmert es mich?

220

Ich bleibe immerhin nicht lange genug in Payson, damit es mir Schwierigkeiten bereitet.

Kapitel 27

»Du wirst mich nicht los«
Montag, 20. März

Als wir zur Villa zurückkehren, werden wir von Henry empfangen. Scheinbar hat er bereits von meiner Anwesenheit erfahren, obwohl wir uns auch vorhin nicht über den Weg gelaufen sind, als ich kurz meine Tasche im Haus deponiert habe. Nun bietet er an, mir mein Zimmer zu zeigen.

Kai lässt mich allein mit ihm ziehen, verschwindet in Richtung des Büros seines Vaters.

Ob der wieder nüchtern ist? Ich weiß, warum er so viel trinkt. Kai hat mal erwähnt, dass er erst nach dem Tod seiner Frau damit angefangen hat. Er verkraftet den Verlust nicht. Vielleicht hat er sich noch nie richtig damit auseinandergesetzt und ertränkt deshalb seinen Schmerz im Alkohol. Andere Menschen würden das an seiner Stelle vermutlich auch tun. Trotzdem fehlt mir das Verständnis dafür, eine Wildfremde so anzugehen, wie er es heute bei mir getan hat.

»Was genau passierte mit Kais Mutter?«, frage ich an Henry gewandt. Ich habe das Gefühl, nicht genug über die Umstände meiner Situation zu wissen.

Henry wirkt nachdenklich. »Kais Mutter war eine wundervolle Frau.« Langsam schlendern wir über den Flur. »Clive gründete seinerzeit seine Firma. Anacly Technologies wurde eines der erfolgreichsten Unternehmen in der Entwicklung von revolutionären Technologien. Gewundert hat das vermutlich niemanden. Allen McKenzies liegt es im Blut, *besonders* zu sein, aber die Familie ist eben auch auf ihre Weise sehr speziell. Clive war ein guter Mann und ein guter Vater, doch die Firma verlangte so viel Aufmerksamkeit, dass er begann, seine Familie zu vernachlässigen. Mrs. McKenzie wurde mit der Zeit immer unglücklicher und erreichte irgendwann den Punkt, an dem sie ihn verlassen wollte. Scheidung ist bei einer Familie wie dieser nicht üblich. Ihre Trennung wurde nicht toleriert und Clive reagierte zornig darauf. Sie flehte ihn immer wieder an, sie ziehen zu lassen. Irgendwann gab er nach. Er sagte ihr, sie könne gehen, aber sie müsse alles zurücklassen. Ein so reicher Mann wie Clive hätte die Möglichkeit gehabt, ihr Kai einfach wegzunehmen. Aber so weit kam es nicht. Nach einem ihrer Streits, stürmte sie aus dem Haus und auf die Straße. Sie sah den Lastwagen nicht kommen.«

Ich schlucke schwer.

»Es war so tragisch«, fährt Henry fort. »Nachdem Clive ihr gedroht hatte, ihr den Jungen zu nehmen, wäre sie niemals gegangen. Sie war wütend, aber sie wäre zurückgekommen. Sie hat Kai mehr geliebt als alles andere. Aber die Drohungen ihres Mannes machten sie zu einer verängstigten Frau.« Er sieht mich an. »Hab immer Angst vor einem Mann, der sich mit Geld alles kaufen kann, Hailey.«

Henrys Augen glitzern. Sind das Tränen?

»Ich ging ihr an diesem Tag nach, wollte sie aufhalten. Der Lastwagen erwischte sie mit einer Wucht, die mich noch heute erzittern lässt … Sie starb in meinen Armen und sagte etwas zu mir, was ich niemals vergessen werde. Etwas, das ich McKenzie später an den Kopf warf und was wohl der beste Grund für ihn war, mit dem Trinken anzufangen.«

An einer Tür hält er mich zurück, dreht sich langsam zu mir und senkt den Blick.

»Sie sagte zu mir, dass sie damit gerechnet hätte, zu sterben.« Henry verliert eine Träne. »Sie meinte vermutlich nur, dass sie innerlich gestorben wäre, wenn sie ihn nicht verlässt. Aber vielleicht hielt sie auch so wenig von ihrem Mann, dass sie glaubte, er hätte ihr etwas angetan, wenn sie tatsächlich gegangen wäre.«

Das ist so unglaublich traurig, dass ich nicht weiß, was ich dazu sagen soll.

»Sie bat mich, alles für Kais Glück zu tun.« Henry lächelt durch die Tränen hindurch. »Als Clive begann, zu trinken, und es dann immer schlimmer wurde und die Vorfälle und Verletzungen von Kai sich häuften, beschloss Kai eines Tages, sich wegzuschleichen. Ich sah ihn in dieser Nacht.«

Ich lege die Hand an Henrys Arm und lächele ebenfalls. »Du hast ihn gehenlassen.«

»Ich habe es ihr versprochen«, erwidert Henry nickend. »Er hatte keine Chance, hier glücklich zu werden, also ließ ich ihn fliehen. Kai wurde von seinem Vater über Jahre geschlagen und verletzt. Er rutschte ab und begann, seinen Frust durch körperliche Gewalt an anderen auszulassen. Und er fing an, ständig irgendwelche dummen Mädchen zu Familien- und Firmenfeiern mitzubringen, um seinen Vater bloßzustellen. Ich war in dieser einen Nacht an einem Punkt, an dem ich mich entscheiden musste. Ich konnte nicht verhindern, was geschah und wie er sich deswegen veränderte. Ich wusste nur, dass er besser dran sein wird, wenn er seinen Weg allein geht. Ich habe gehofft, dass es ihm helfen wird, wieder zu sich selbst zu finden.«

»Er versucht es, denke ich.«

Henry wirkt nachdenklich, als er weiterspricht. »Sie sind beide nicht über den Tod hinweggekommen. Man sieht es in ihren Augen, wenn sie darüber reden. Doch ich habe gesehen, dass Kai innerlich wieder stärker geworden ist. Das Leben in Spellington scheint ihm gutzutun. Ich will, dass er es wiederbekommt, sonst wird sein Vater ihn eines Tages brechen. Er wird diesen guten Jungen zerstören.«

Mein Blick fällt auf die Tür, doch bevor ich sie öffne, seufze ich. »Ich will ihm helfen, aber er macht es einem nicht einfach.«

»Dann musst du energischer sein, als ich es war.« Henry legt mir die Hand auf die Schulter. »Kai hat das gute Herz seiner Mutter. Er weiß, was richtig ist. Danach zu leben, das fällt ihm bloß schwer. Ich bin schon sehr lange hier und für diverse Dinge in diesem Haushalt zuständig. Doch nichts war mir so wichtig, wie mich um diesen Jungen zu kümmern.«

***

Am späten Abend liege ich allein in meinem luxuriös eingerichteten Gästezimmer und starre nachdenklich an die Decke. Kai hat als Kind so viel durchgemacht, dass aus ihm dieser unnahbare Kerl geworden ist. Er hält Fremde auf Abstand, weil ihn sogar diejenigen verletzt haben, die ihn eigentlich hätten lieben müssen. Sei es mit Absicht oder einfach nur, weil sie zu früh von uns gegangen sind.

Ich fühle mich an diesem Ort nicht wohl und bin mir sicher, dass es auch Kai so geht. Irgendwie muss ich ihn dazu bringen, wieder mit nach Spellington zu kommen. Aber ich weiß nicht, welche Pläne er hat, und das macht mich wahnsinnig.

Meine Hand pocht. Henry hat mir etwas zum Desinfizieren und Verbinden besorgt, allerdings ich habe mich noch nicht um meine Wunde gekümmert.

Nach einem merklichen Zögern beschließe ich, den Abend und meinen Geburtstag so nicht enden zu lassen. Leise, damit ich im Nachthemd nicht der falschen Person in die Arme laufe, schleiche ich über den Flur. An Kais Tür traue ich mich nicht mal zu klopfen, weil es unglaublich still im Haus ist.

Vorsichtig drücke ich die Klinke herunter. »Kai?«, flüstere ich.

Ich höre einige gedämpfte Schritte, dann wird mir die Klinke entzogen und Kai steht in der offenen Tür, sieht mich überrascht an. Nicht weniger als ich selbst, denn er trägt kein T-Shirt und für einen Moment bin ich von dem Anblick irritiert. Zuerst nur, weil er - wie erwartet – durchtrainiert ist. Aber dann fallen mir an seinen Armen ebenfalls kleine Wunden und auf seiner Brust einige Hämatome auf. Dieser Mistkerl von Vater hat wieder mit Flaschen nach ihm geworfen und ihn geschlagen.

Kai mustert mich zuerst wortlos und lässt mich vorbei. Dann fällt sein Blick auf die Verbandssachen in meiner Hand. »Pack das weg«, brummt er sofort. »Es hat sich nie jemand darum geschert, wenn ich verletzt war. Jetzt muss damit auch keiner mehr anfangen.«

»Eigentlich …« Ich lasse den Satz offen und halte ihm stattdessen meine Hand hin. »Ich hatte gehofft, du würdest mir helfen, das zu verbinden. Ich bin ehrlich gesagt eine richtige Mimose, was Verletzungen und Blut angeht. Zumindest bei mir selbst.«

»Klar, setz dich«, sagt er nun um einiges freundlicher.

»Na ja …«, fahre ich zögernd fort und lasse mich auf die Bettkante sinken. »Aber wenn wir dann einmal dabei sind, kann ich nicht vielleicht doch–«

»Nein.«

»Aber es schadet doch nicht, also stell dich nicht so an«, ermahne ich ihn und versuche, selbstbewusst zu klingen, obwohl ich mich kaum von seinem gutaussehenden Anblick losreißen kann.

Ohne darauf zu reagieren, greift er nach meiner Hand.

Erst, als er mir den Verband angelegt hat, wage ich erneut den Versuch, mich durchzusetzen. »Lass mich–«

Wortlos entreißt er mir das Desinfektionsspray und wirft es hinter mich auf die Matratze.

»Sehr erwachsen, McKenzie.« Ich schüttele den Kopf.

»Bloß passend zu dem Ding da.« Er deutet mit einem knappen Blick auf mein Nachthemd.

Ich sehe an mir herunter und schmunzele. Beim Packen meiner Tasche hatte ich nicht geplant, in diesem Outfit jemanden zu treffen. Die kleinen Feen, die darauf abgedruckt sind, amüsieren Kai offenbar.

Er geht durch den Raum und nimmt eine Flasche vom Tisch. Als er mir damit zuwinkt, grinst er.

Ich denke ehrlich gesagt nicht, dass gemeinsames Trinken eine gute Idee ist, nicke aber bloß. Es ist nur wichtig, dass ich mich nicht wieder so betrinke wie beim letzten Mal, als wir anschließend in Rays Bett gelandet sind.

Der Gedanke an die Whiskynacht ruft auch die Erinnerung an den Abschiedskuss wach, als Kai nach Payson aufgebrochen ist. Obwohl ich mir sicher bin, dass er nichts bedeutet hat und bloß eine lapidare Geste war, will ich es ansprechen.

»Als du dich von mir verabschiedet hast, was hast du dir dabei gedacht?«, frage ich und nehme meinen Whisky entgegen. Widerliches Zeug. Keine Ahnung, wieso ich mich schon wieder dazu hinreißen lasse, es zu trinken.

»Man hat mir beigebracht, sich nicht im Streit zu verabschieden.« Kai blickt auf mich herunter.

»Na ja, die Gelehrten streiten noch, aber eine Umarmung soll wohl eine geeignete Abschiedsform sein«, erwidere ich.

»Ich war mir nicht sicher, ob wir uns wiedersehen, also was soll's.« Kai zuckt mit den Schultern, grinst aber leicht. »Wie es scheint, werde ich dich aber nicht los.«

»Was ist außerdem ein Kuss, wenn mich Spellington und nun auch Payson für deine Bettgeschichte halten?«, erwidere ich und nippe an meinem Glas.

»Dann sollte ich wohl eine neue Kerbe ins Holz machen«, bemerkt Kai trocken und deutet mit dem Finger auf das Gestell seines Bettes.

»Untersteh dich«, entgegne ich lachend, halte dann aber kurz inne. »Warte mal, hast du wirklich Kerben in dieses Bett gemacht?«

»Willst du nachsehen?«, zieht er mich auf.

»Lieber nicht.« Ich schüttele den Kopf.

Kais Lächeln verschwindet. Er lässt sich neben mich auf die Couch sinken und greift nach meiner bandagierten Hand, starrt mit einem ernsten Blick darauf, als würde er seinen Vater innerlich dafür verteufeln, dass er mich verletzt hat. »Wieso bist du hergekommen, Blake?«

»Um dich nach Hause zu holen.«

»Den Kerl, der nicht mit dir befreundet sein möchte?«, fragt er bloß.

»Ganz genau«, antworte ich entschieden. »Den schlecht gelaunten, unfreundlichen, distanzierten und gewaltbereiten Typ, der mich mehr zur Weißglut als zum Lächeln bringt. Der hier mit unzähligen Narben, Wunden und blauen Flecken neben mir sitzt, aber *meine* Hand hält, weil ich verletzt bin.«

Offenbar wird Kai erst in diesem Augenblick bewusst, dass er das wirklich tut, denn er lässt mich los. »Nichts würde sich ändern, wenn ich mitkäme. Alles würde beim Alten bleiben. Ich kann das nämlich nicht. Das hier, dieses Freundschaftsding. Ich bin nicht Ray und werde dir niemals so ein Freund sein können.«

»In Ordnung«, sage ich.

Er wird seinen eigenen Weg finden. Das mit uns ist vom ersten Tag an anders gewesen. Da ist eine Spannung zwischen uns, eine Anziehungskraft. Gleichzeitig aber auch eine Distanz, die uns trennt. Doch wir werden das hinkriegen, da bin ich mir sicher.

»Du wirst mich nicht los, Kai«, setze ich entschieden hinzu. »Denn auch wenn du nicht mein Freund sein willst, ich bin deine Freundin.«

Kai lächelt leicht. »Ist dir eigentlich bewusst, dass ich dich – mit Ausnahme von Ray – bereits weitaus mehr an mich heranlasse als jeden anderen?«

Ich lache. »Okay, das ist absoluter Schwachsinn. Sollten da hinten wirklich Kerben im Holz sein, sind die wohl der Beweis dafür.«

Es ist ein Witz, um die Stimmung nicht zu sentimental werden zu lassen. Aber eigentlich verstehe ich genau, was er meint. Ich habe die Mauer überwunden und stehe nun vor dem Tor des Sicherheitszaunes. Warte darauf, dass er mich reinlässt.

Kapitel 28

»Noch nicht genug«
Dienstag, 21. März

Die Nacht war lang und erholsam. Niemals hätte ich damit gerechnet, dass ich in diesem Umfeld wirklich seelenruhig schlafen könnte. Vielleicht lag es aber auch an dem warmen Körper neben mir.

Zwischen Kai und mir hätten gut und gern noch zwei weitere Menschen Platz gefunden und doch hat es mich beruhigt, dass er die ganze Nacht über neben mir lag.

Als ich mich mit Kai beim Frühstück einfinde und Mrs. Malroy mir ein gekochtes Ei neben den Teller stellt, fühle ich mich allerdings kein bisschen behaglicher als am vergangenen Tag. Vor allem nicht, als Clive McKenzie den Raum betritt und sich zuerst wortlos zu uns an den Tisch setzt.

Kai legt sofort sein Messer zur Seite und starrt wütend zu seinem Vater hinüber.

Der schüttet sich in aller Ruhe einen Kaffee ein, trinkt einen Schluck und erst dann fällt sein Blick schließlich auf mich. »Miss Blake, ich möchte mich für mein Verhalten entschuldigen.«

Das überrascht mich jetzt aber wirklich.

»Kai wird Ihnen alles über mein Trinkverhalten verraten haben, also wozu es noch schönreden?«, fährt er fort. »Ich bin nicht stolz auf meine Momente und schon gar nicht darauf, Sie gestern verängstigt und verletzt zu haben.«

Ich nicke bloß, weil ich nicht weiß, wie viel Wahrheit in seinen Worten steckt. Vermutlich hasst er sich selbst für sein Verhalten, wenn er trinkt. Aber Hilfe sucht er sich dennoch nicht. Stattdessen trinkt er munter weiter. Und mehr als seine Entschuldigung überrascht mich in diesem Augenblick nur, dass er scheinbar noch nüchtern ist.

»Wir sollten uns nach dem Frühstück unterhalten«, sagt Mr. McKenzie schließlich zu seinem Sohn.

Der stößt einen abschätzigen Laut aus. »Wirst du denn lang genug nüchtern sein?«

»Können wir vielleicht nicht vor deinem Gast—«

»Lass es«, unterbricht Kai ihn brüsk. »Tu nicht so, als wären dir Manieren wichtig. Wenn sie dir deine Worte abnimmt, von mir aus, aber bei mir hast du dich schon so oft entschuldigt, dass ich die Male nicht mehr zählen kann. Es hat *nichts* an deinem Verhalten geändert.«

»Ich will mich bessern«, beteuert sein Vater.

»Weil dir die Zeit davonläuft?«, erwidert Kai unfreundlich. »Weißt du, ich kam her, weil ich dachte, dass du bereits im Sterben liegst. Nur das war der Grund. Aber sieh dich an. Du bist noch immer fit genug zum Saufen und dafür, andere zu verletzen. Dein Verhalten der letzten Wochen mir gegenüber und insbesondere gestern gegenüber Hailey hat gezeigt, dass du nicht ansatzweise bereust, wer du bist.«

»Ich bin krank«, sagt McKenzie leise.

»Ja, aber noch nicht so schwer, dass es mich aktuell kümmern müsste. Deine Nieren sind hinüber, dein Herz ist im Eimer, aber du trinkst immer weiter. Ruf mich an, wenn du wirklich stirbst, und dann sehen wir, ob ich Zeit für dich erübrigen kann.«

Kai schiebt seinen Stuhl zurück und das laute Kratzen über den Parkettboden reißt mich aus meiner Starre. Wütend stürmt er aus dem Raum, doch ich bleibe zurück.

Ich sehe hinüber zu seinem Vater, der den Blick gesenkt hält. »Sie versuchen zu wenig zu spät. Geben Sie ihm Zeit. Melden Sie sich zwischendurch bei ihm, aber lassen Sie ihn ziehen und versuchen Sie nicht, ihn von etwas zu überzeugen, was er Ihnen noch nicht glauben kann.«

McKenzie nickt bloß.

»Ich verzeihe Ihnen Ihren Ausbruch gestern«, sage ich schließlich. »Aber Kai kann das nicht.«

»Dann bist du größer als er«, entgegnet Clive leise.

»Nein, denn Kai hat schon wahre Größe bewiesen, als er seinen Koffer gepackt und zu Ihnen zurückgekommen ist. Er dachte, Sie wären wirklich krank und würden bereuen, was Sie ihm all die Jahre angetan haben.«

»Das tue ich.«

»Noch nicht genug«, weise ich ihn darauf hin.

»Ich werde sterben«, sagt er. »Nicht morgen, nicht nächste Woche. Aber zu bald, um meine Fehler wiedergutzumachen. Ich werde gehen und einen Sohn zurücklassen, der mich hasst und dessen letzte Worte an mich waren, dass er sich nur vielleicht die Zeit nehmen will, meinetwegen zu trauern.«

Darauf fällt mir nichts mehr ein. Er hat recht. Kais Worte waren heftig, doch ich bin mir sicher, dass nur die Wut aus ihm gesprochen hat. Er war immerhin bereit, herzukommen, weil er dachte, um seinen Vater stünde es bereits schlimmer. Er wird es wieder tun, wenn der Tag gekommen ist.

»Ich nehme ihn wieder mit nach Hause«, sage ich nach einer Weile.

»Werden Sie ihm gut zureden, dass er mich manchmal besucht?«, fragt McKenzie mit einer Spur Hoffnung in der Stimme.

»Nein«, antworte ich knapp. »Ich habe nicht genug Einfluss auf Ihren Sohn, um ihn dazu zu bringen. Und ehrlich gesagt, will ich ihn auch gar nicht drängen. Wenn es nach mir geht, sollte er Ihnen den Rücken kehren.«

McKenzie sieht mich mit großen Augen an.

»Der Kai, den ich vor einigen Monaten kennengelernt habe, war ein distanziertes, kühles Wrack. *Sie* haben diesen Menschen aus ihm gemacht. Ihre Nähe tut ihm nicht gut. Ihre Trinkerei, Ihre Wutausbrüche und Ihr gewalttätiges Verhalten ihm gegenüber zerstören ihn.« Ich halte einen Augenblick inne. »Aber Sie sind sein Vater und ich bin mir sicher, dass Sie ihn auf Ihre eigene, verkorkste Weise lieben. Wenn er sich dessen bewusst ist, wird er sich von selbst bei Ihnen melden.«

McKenzie nickt leicht und starrt beinahe apathisch durch den Raum. »Als Kai mitten in der Nacht verschwunden ist, hat es mir das Herz gebrochen. Das würde er mir nicht glauben, aber so ist es.« Er seufzt. »Achten Sie auf ihn, ja?«

»Natürlich«, erwidere ich und stehe auf.

Es wird Zeit, aufzubrechen. Ich möchte Payson verlassen, vor allem dieses Haus.

»Und kümmern Sie sich auch um Ray.«

Überrascht halte ich inne, obwohl ich schon fast die Tür erreicht habe. »Wie bitte?«

»Wenn die Jungs etwas brauchen oder in Schwierigkeiten stecken, melden Sie sich bitte bei Henry. Er wird dann alles

Nötige veranlassen, sollte ich nicht ...« McKenzie bricht den Satz ab.

Ich verlasse schließlich den Raum, halte erst am Treppenabsatz inne und bin mir ganz plötzlich nicht mehr sicher, ob er der Teufel ist, für den ich ihn halte.

Kapitel 29

Als ich nach einigen Stunden Zugfahrt aufwache, ist es bereits dunkel. Na, wenn das mal nicht für einen miserablen Schlafrhythmus sorgen wird.

Ich werfe einen Blick auf meine Uhr, dann sehe ich mich um und stelle fest, dass ich allein in der Kabine bin. Kai entdecke ich vor der Tür. Er steht auf der anderen Seite des Ganges und sieht aus dem Fenster. Ich frage mich, ob er dort noch immer steht oder schon wieder.

Während Kai seine Sachen gepackt hat, wir zum Bahnhof gefahren sind und schließlich den Zug bestiegen haben, hat er geschwiegen. Seit dem Streit mit seinem Vater hat er wirklich keinen Ton gesagt und sich gleich dort draußen hingestellt.

Ich rappele mich auf und trete aus der Kabine. Obwohl die Tür ein schleifendes Geräusch verursacht, dreht Kai sich nicht zu mir um.

»Hey, alles in Ordnung?«, frage ich leise.

»Alles bestens«, erwidert er kühl.

Das würde ihm wohl niemand glauben. Nicht, nachdem er mit seinem Vater auf diese böse Weise auseinandergegangen ist.

»Kann ich irgendwas tun?«, erkundige ich mich.

Kai stößt einen abschätzigen Laut aus. »Was denn noch? Zuerst drängst du dich in mein Leben, obwohl ich deutlich gemacht habe, dass du es lassen sollst. Dann kommst du mir nach, obwohl ich dir gesagt habe, dass ich das nicht will.«

Autsch, okay. Die Worte tun weh, weil sie ziemlich überraschend kommen. Seine Laune ist wirklich unterirdisch. »Das solltest du dir sparen, findest du nicht auch?«, bemerke ich sanft.

Kai wendet sich mir zu und funkelt mich finster an.

»Nach allem, was war, brauchst du nicht wieder dazu übergehen, mich *so* zu behandeln«, weise ich ihn darauf hin.

»Ich hätte besser nie damit aufgehört.«

»Tja, dann hättest du es konsequent durchziehen müssen«, werfe ich ihm vor. »Keine Whiskynacht, kein Provozieren von Ian, keine Hilfe auf der Klassenfahrt, kein Übernachten zu meiner Unterstützung und vor allem hättest du mich niemals küssen dürfen!«

In Kais Augen blitzt Verwunderung wegen meines Ausbruchs auf.

»Ich bin es so leid«, betone ich. »Dieses Schleichen um dich herum, das vorsichtige Herantasten an dich und deine verfluchte Mauer. Nach all der Zeit werde ich mich bestimmt nicht wieder auf diese lächerlichen Machtspielchen mit dir einlassen, McKenzie. Du möchtest mir weismachen, dass du mich noch immer nicht in deinem Leben willst? Dass du es furchtbar findest, dass ich für dich da und bereit bin, dir in jeder beschissenen Lebenslage zur Seite zu stehen? Fein, sprich es aus und ich werde dir glauben, aber dann will ich nie wieder ein Wort von dir hören.«

Ich bin tatsächlich ein bisschen wütend, weil er den Versuch startet, mich wieder auszugrenzen. Aber eigentlich hoffe ich nur, dass ich ihn mit meinem Wutausbruch wachrüttele und ihn zur Vernunft rufe. Er ist nicht gut drauf und hat einiges hinter sich, aber er darf das einfach nicht länger an mir auslassen.

»Sag es, Kai«, provoziere ich ihn leise, um nicht die Aufmerksamkeit der Leute in den umliegenden Kabinen auf uns zu lenken. »Dann werde ich vergessen, dass du mir das Leben gerettet hast. Dass du mich davor bewahrt hast, vergewaltigt zu werden. Dass du für mich da warst, als Michael sich als Betrüger entpuppte. Dass ich mich mit meiner Mutter deinetwegen gestritten habe. Dass ich dich vor jedem verteidigt habe, der in dir genau das sieht, was du hier gerade darstellen willst. Dass ich meinen Scheiß-Geburtstag damit vergeudet habe, dich aufzusuchen und von deinem Vater wegzuholen, damit du mich am Ende wieder wie Dreck behandelst. Als hätte es die letzten Monate nie gegeben. Also sag es hier und jetzt, Kai. Sag, dass du mich nicht leiden kannst, mich nicht in deinem Leben willst und wir keine verdammten Freunde geworden sind!«

Ich mustere ihn und warte ab.

Was wird er sagen? Wird er mich stehenlassen? Mich wirklich abweisen? Ich befürchte, dass ich zu weit gegangen bin.

»Ich war lange wütend auf viele Menschen«, bemerkt er leise und sieht mir eindringlich in die Augen. »Das bin ich immer noch und es macht müde. Es ist anstrengend, herauszufinden, wer es wirklich gut mit mir meint. So viele Menschen haben mich hängenlassen, obwohl ich es nie von ihnen erwartet hätte. Und dann treffe ich dich und sehe, wie sehr du dich um mich bemühst. Mir fällt es nicht leicht, darauf einzugehen. Nicht, nach allem, was ich erlebt habe.« Er seufzt. »Ich habe dir gesagt, dass ich nicht gut in diesen Sachen bin. Ich bin nicht Ray. Aber vielleicht gibst du mich noch nicht auf und lässt mir mehr Zeit, um der Freund zu werden, den du verdienst.« Es klang wie eine Bitte, kein Zorn lag mehr in seiner Stimme.

Meine Worte haben ihn offenbar erreicht und etwas bewirkt.

Kai tritt an mir vorbei und verschwindet in der Kabine, lässt mich lächelnd zurück. Als ich ihm wenig später folge, hat er sich bereits auf der Sitzbank hingelegt und ist eingeschlafen. Seinen Rucksack nutzt er als Kopfkissen, er atmet langsam und gleichmäßig. Seine Mimik wirkt so friedfertig, wie sie das selten tut.

Ich greife nach der Jacke, die auf seinem Koffer liegt, und breite sie über ihm aus. Dann greife ich nach meinem Handy und gebe Ray per SMS Bescheid, dass wir auf dem Heimweg sind. Gemeinsam.

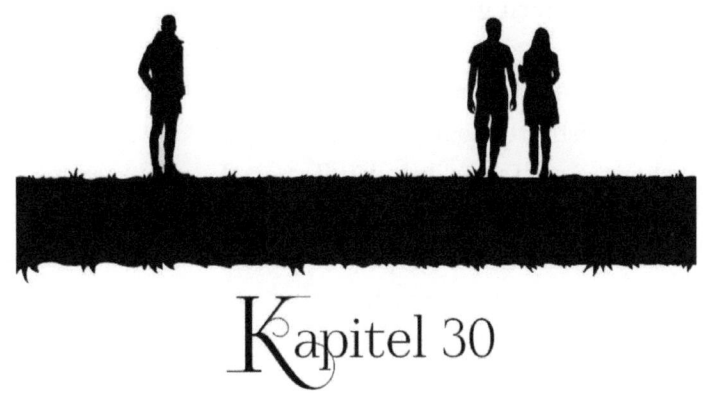

Kapitel 30

Ray eilt gleich auf mich zu, als ich das *Luk*'s betrete. Überschwänglich reißt er mich in seine Arme und drückt mich so fest an sich, dass mir für einen Augenblick die Luft wegbleibt.

»Danke«, sagt er in mein Ohr und lockert seinen Klammergriff – ein Schraubstock ist ein Dreck dagegen - zumindest ein wenig.

»Na ja, wäre ja nicht so, als hätte ich Kai bewusstlos geschlagen und ihn heimlich her verfrachtet«, erwidere ich mit einem Lachen. »Er ist freiwillig in den Zug gestiegen.« Mein Blick sucht den Raum ab und entdeckt Kai an der Bar.

Er mustert uns. »Du wirst sie noch ersticken«, ruft er uns zu.

Endlich lässt Ray von mir ab, führt mich zur Theke und wendet sich an seinen besten Freund. »Und seit wann würde dir das was ausmachen, hm?«, neckt er ihn.

Kai zuckt bloß mit den Schultern, wirft mir aber ein kleines Lächeln zu.

Ich fühle mich gerädert. Mein Nacken schmerzt und obwohl ich vergangene Nacht im Zug viel geschlafen habe, bin ich nicht erholt. Ich brauche dringend einen Kaffee.

Das registriert sogar Lukasz, denn nur kurze Zeit später schiebt er eine Tasse über den Tresen. Er zwinkert mir zu. »Auf gelungene Pläne. Geht auf's Haus.«

Ray wirft ihm einen gespielt empörten Blick zu. »Mir hast du gerade Geld abgenommen.«

»Was soll ich sagen?«, erwidert Luk und sieht von Ray zu Kai. »Du bist hier mit Mr. Griesgram aufgetaucht und das verleitet mich nicht dazu, spendabel zu sein. Aber anscheinend kann er ja doch lächeln.«

Ich sehe, wie er und Kai einander anstarren. Luks Blick streift mich kurz, bevor er sich Kai erneut zuwendet. »Lukasz Evan-Jones«, stellt er sich vor und reicht ihm die Hand.

»Seid ihr alle Freunde geworden, als ich weg war?«, entgegnet Kai verwundert. Es scheint ihn zu irritieren, dass Luk ihn bisher immer gemieden hat, nun aber freundlich zu ihm ist und den Kontakt sucht.

»Wir sind eben normale Menschen und brauchen nicht erst eine Opfergabe an Gott, um andere an uns heranzulassen«, murmelt Ray und lacht dann.

In diesem Moment schließt Lesley Kai von der Seite in die Arme. »Du wärst wahrscheinlich viel glücklicher, wenn wir deine Freunde wären.«

Ich pruste so abrupt los, dass ich den Kaffee fast zurück in meine Tasse spucke.

Kai sieht sehr gequält aus, weil Lesley einfach jede Distanz außer Acht lässt und ihn umarmt. Das kann er gar nicht leiden und ich bin mir sicher, dass Lesley sich dessen durchaus bewusst ist.

»Okay, okay.« Kai windet sich aus der Umklammerung und rutscht vom Barhocker. Er zieht sich das T-Shirt glatt, weicht deutlich einen Schritt vor Lesley zurück und wendet sich dann an Luk. »Kai McKenzie«, sagt er und reicht ihm schließlich die Hand.

Lukasz nickt zufrieden und wirft mir daraufhin ein Lächeln zu. Schön, dass er und sein Bruder sich bemühen, Kai zu akzeptieren. Mit seinen Ecken und Kanten wird ihnen das nicht leichtfallen, aber ich denke, dass sie das Durchhaltevermögen besitzen werden.

Alles ist in Ordnung, nicht wahr? Die Dinge haben sich gut entwickelt.

Alex ist zwar weg und seit der Klassenfahrt habe ich nichts mehr von ihm gehört, doch das verletzt mich nicht länger. Ich habe wundervolle, neue Menschen in meinem Leben. Neue Freunde.

Ray ist der liebste und aufmerksamste Mensch, den ich je kennengelernt habe. Thalia hat mir in den vergangenen Wochen eine tiefgründige Seite an sich gezeigt, die sie mich nun aufrichtig und dauerhaft mögen lässt. Enya und ich sind wohl auch auf gewisser Ebene Freunde geworden. Es fällt mir schwer, es so zu definieren, weil wir mit Sicherheit nie knuddelnd in einer Ecke sitzen werden. Nicht so, wie es zum Beispiel mit Lesley möglich ist. Ich war sein Halt, als er einen gebraucht hat. Und er hat mir im Gegenzug den Mut zugesprochen, Kai nach Hause zu holen. Er und sein Bruder Luk, der aufmerksame und sympathische Besitzer des Cafés, das einer meiner liebsten Aufenthaltsorte geworden ist.

Kai ist ein Mensch, der mich auch künftig an meine Grenzen bringen wird. Ich habe mich in den vergangenen Monaten so sehr darum bemüht, herauszufinden, wer der Mensch hinter dem Namen Kai McKenzie ist. Dabei habe ich einige Brocken aus seiner Vergangenheit erfahren. Und trotzdem fühlt es sich noch immer so an, als hätte ich kaum relevante Informationen über ihn erhalten.

Kai ist ein Rätsel. Unberechenbar, zu Gewaltausbrüchen neigend, distanziert. Aber die angenehmen Momente mit ihm lassen mich hoffen, dass sich zwischen uns alles gut entwickeln wird.

Ich frage mich, wo wir alle eines Tages stehen werden, als ich meinen Kaffee zur Seite stelle, Kai anlächele und mir den Weg zur Toilette rechts hinter der Bar bahne.

Es ist schon verrückt, wie sich die Dinge entwickelt haben. Und wenn ich genau darüber nachdenke, muss ich mir wohl eingestehen, dass Kai und ich uns nicht nur wegen der Dramen in unserem Leben nähergekommen sind, sondern vor allem wegen einer Sache.

Es war ein bestimmter Moment. Der Kuss in unserer Whiskynacht. Ich war mir bis vor Kurzem sicher, dass er nichts bedeutet hat, aber nun weiß ich es besser.

Dieser Kuss hat das alles erst ins Rollen gebracht. Er ist der Grundstein unserer Freundschaft. Vielleicht wird er eines Tages ihr Untergang sein oder aber der Anfang einer Geschichte, die ich meinen Enkeln erzählen werde.

Ich zwänge mich durch den Türrahmen, der in den hinteren Bereich des Cafés führt. Bevor ich es schaffe, in die Damentoilette zu verschwinden, werde ich angerempelt und fange mich reflexartig an der Wand ab.

»Entschuldige«, höre ich sofort eine Stimme in meinem Rücken.

Eine Hand greift nach meinem Arm. Offenbar will der Kerl, der mich soeben über den Haufen gerannt hat, sichergehen, dass es mich nicht von den Füßen gerissen hat.

»Schon gut«, sage ich bloß. »Kann ja mal passieren.« Ich hebe den Blick und sehe meinem Gegenüber in die Augen.

Sie sind beinahe schwarz und werden von dichten Wimpern eingerahmt. Ein Dreitagebart, wie auch Kai ihn immer öfter trägt, hebt das knappe Lächeln hervor, das mir der Fremde zuwirft. Die sehr kurzen, fast schwarzen Haare runden das Bild perfekt ab. Verdammt, sieht der gut aus.

»Hi, ich bin Jess«, stellt er sich vor.

»Hailey«, hauche ich bloß.

Im selben Moment stellt sich Enya an meine Seite. Ihr scheint unser Starren aufzufallen, doch sie grinst nur und schiebt mich dann voran durch die Tür.

Fortsetzung folgt …

Nachwort

Vielen Dank, dass du mein Buch gelesen hast. Ich hoffe, es hat dir gefallen. Die Reise von Hailey ist noch nicht beendet und ich würde mich freuen, wenn du auch an den Folgebänden interessiert bist.
Dir gefällt die Reihe bisher? Dann sei doch bitte so gut und schreibe eine Rezension. Sie ist nicht nur für mich als Autorin sondern auch für andere potenzielle Leser interessant. Sie muss nicht aus vielen Wörtern bestehen, aber ein kurzes Feedback darüber, was dir gefallen oder eben nicht gefallen hat, würde mich sehr freuen. Ich nehme mir jede Rückmeldung meiner Leser zu Herzen und versuche Kritik zu verinnerlichen und daraus zu lernen. Mir ist dein Feedback also sehr wichtig und ich würde mich freuen, wenn du dafür nur ein paar Minuten erübrigen kannst.

Auf den kommenden Seiten findest du noch einige Infos zu anderen Büchern.

Liebe Grüße

Laura Misellie

Hailey Blake

Buchwerbung

**Ein mitreißendes Abenteuerbuch für alle Fans von Fantasy-
und Vampirgeschichten**

Band 1

Die 17-jährige Helena liebt Fantasy- und Vampirgeschichten. Da trifft es sich gut, dass ihr Onkel Leopold ein Hotel in der "Vampirischen Region" betreibt. Als während ihres Ferienjobs dort im Wald hinter dem Hotel rätselhafte Dinge passieren, beginnt Helenas Abenteuer. Eine magische Feder erscheint und übermittelt ihr, wie von Zauberhand dirigiert, eine Botschaft. Ein Hilferuf, der direkt aus dem geheimnisvollen Wald zu kommen scheint ...

Band 2

Aufregung auf dem Herzogstand - auf dem Gipfel des Berges scheint es zu spuken. Ist tatsächlich Hexerei im Spiel? Steckt vielleicht Helena dahinter, das kecke bayerische Mädchen, das es im 1. Band der Reihe "Die magische Feder" in die "Vampirische Region" verschlug? Dort erlernte sie perfekt das Hexenhandwerk und heiratete Prinz Lorenzo, den Herrscher über die Fabelwelt.

Im 2. Band der Reihe wartet ein neues Abenteuer auf Helena: Für eine Rettungsmission muss sie nun ins ewige Moor aufbrechen. Doch Vorsicht, dieser Weg ist voller Gefahren! Schließlich muss sie hier ihrem ärgsten Feind erneut gegenübertreten - Silas, dem machthungrigen Vampir, der einst die Macht im übernatürlichen Königreich an sich reißen wollte ...